近出殷周金文考釈　第四集

出土地未詳編

凡例

一、収録範囲

第一集から第四集までに考釈を収録した銘文は、『殷周金文集成』刊行後に報告されたもので、およそ二〇〇五年までに報告されたもののうち銘文字数が二〇字以上のものである。二〇字に特段の意味があるわけではない。二〇字以下の銘文を含めると、註釈すべき語句が少ないという点と公表する件数が膨大になるという点を考慮したものである。巻末に、『殷周金文集成』刊行後に報告された殷周時代金文銘の「近出殷周金文目録」として収載した。もとより、入手した資料範囲に限界があり、遺漏や錯誤を避ける努力はしたが、完璧とは言い切れない。

本冊には、近年発見された青銅器銘のうち、出土地未詳の青銅器銘文を収録した。なお、関連器を考察する都合上、第一集から第三集において、出土地未詳器の一部分を掲載した。

二、配列の原則

おおよそ時期の古い銘文から並べた。ただし、青銅器の製作時期は、西周早期、西周中期という程度の推定であるところから、精確な製作順にはできないので、配列順序に特段の意図はない。

二、個別の銘文は、次の項目にしたがって整理した。

〈時期〉　青銅器の製作時期。多くは、報告者の推定に従っている。異説のある場合には、簡略に説明を付した。また、これまでの研究成果を利用して再検討し、独自に時期を推定したものがある。

〈出土〉　本冊では、この項目を省略した。伝承がある場合にのみ記載した。

〈現蔵〉　著録に明記されている場合に記載した。

〈銘文拓影〉　著録から採録した。原寸で掲載したもののほか、拡大あるいは縮小したものがある。
〈器影〉　著録から採録した。写真がない場合は、模写図を掲載した。
〈隷定〉　主に拓影と著録に掲載の釈文によって、楷書に置き換えた。ただし、人名、地名などの固有名詞は、金文の字形のままにしたものがある。また、隷定字に異説がある場合及び既存の著録と異なる隷定字を定めた場合は、〈註釈〉において言及した。
〈通読〉　隷定に基づいて、漢文訓読体で書き下した。
〈註釈〉　語句の註釈を述べた。著録に見える解釈は、考釈の参考としたものについて、その要点を記載した。
〈器の時期、同時出土器、文字、書法など関連事項〉　銘文釈読以外のことがらで、資料としての意味を考察する上で参考となることを適宜に採りあげて記述した。
〈著録〉　銘文を最初に記録した書籍・定期刊行物及びその後に記録した主な刊行物を記載した。註釈で採りあげなかった関連著録は、大多数を省略した。
〈担当者〉　考釈を担当した者の氏を記載した。

三、記述に用いた字体

（一）　原則として、現代日本における常用漢字を用い、現代の表記の仕方によって記述したが、現代の漢字字体が旧字体と大幅に異なる文字の一部については、旧字体を用いた。例えば、次のような場合である。括弧内は、現代字体。

應（応）、　對（対）、　壽（寿）、　寶（宝）、　藝（芸）、　禮（礼）、　國（国）、　齊（斉）、　餘（余）

ただし、古典語彙や隷定字として旧字を使用した場合でも、註釈等の文中では現代の字体を使用した場合がある。

（二）作字　現代の明朝体活字（フォント）がない場合、金文の文字構造に近い形の明朝体で作字した。また、隷定しなかった固有名詞の文字は、原則として金文の字形のまま作字した。

（三）　隷定と通読の字体　〈隷定〉においては、できる限り金文の字形に近い構造の明朝体で記載し、〈通読〉においては、隷定字の下の括弧内に同じ意味の現代字体を記載した。その主な例を以下に列挙する。

［金文・隷定・通読］

隹(隹れ)　白(伯)　弔(叔)　各(格)　易(賜)　敔(敢)

乍(作)　䬝(揚)　氒(厥)　睪(擇)　嗣(司)　䭫(稽)

邁(萬)　釁(眉)　彊(疆)　𣄰(祈)　匃(匄)　亯(享)

且(祖)　障(尊)　段(簋)

なお、敢・揚・眉・萬字など頻出する文字については、金文形の隷定字を用いず、現代字体で表記したものがある。

目次

近出殷周金文考釈　第四集

出土地未詳編

作冊般黿

〈時期〉殷晩期

〈出土〉未詳

〈現蔵〉中国国家博物館

〈隷定〉

1　丙申王⿺辶弋⿰扌戸洹隻

2　王一射般射三率亡灋矢

3　王令寢馗兄于乍冊

4　般曰奏⿰扌戸⿸广⿱⺕乇乍女寶

〈通読〉

丙申、王 洹に⿺辶弋(いた)りて、隻(獲)たり。王 一射し、般 射すること三たび。率(ことごと)く灋(廃)矢なし。王 寢馗に令(命)じて、乍(作)冊般に兄(貺)(おく)らしめて曰く、「⿸广⿱⺕乇(盤庚)に奏せよ」と。女(母)寶を乍(作)る。

〈注釈〉

1　⿺辶弋　先ず、各著録における見解の相違を簡潔に示しておく。

〈銘文拓影〉『中国歴史文物』2005-1より

・著録a…⿺辶戈に隷定し、過と読んで、「至」の意味に捉える。
・著録b…⿺辶必に隷定し、「出向」の意味であろうと言う。なお、必字と比字とは上古音が近く、比字に「及」「至」の意味があること、さらに、卜辞の用例から、⿺辶必字には、某地に往き、また出発地に帰ってくるという意味が含まれると言う。
・著録c…⿺辶戈に隷定し、「巡視」「巡察」等の意味であろうと言う。
・著録g…迍に隷定し、陳と読んで、「陳列」の意味に捉える。
・著録n…⿺辶弋に隷定し、弋と読んで、「弋射」のことを指すと言う。
・著録o…⿺辶必に隷定し、「田猟習戦及献禽以祭」ということなどに関係する意味であろうと言う。
・著録x…⿺辶弋に隷定し、田猟に関する動詞と捉える。

この字、拓影は模糊としているが、写真によると弋形が見える。すなわち、辵に従い、弋の声というべき字形である。しかし、従来、甲骨文でも金文でも、声符の戈・必・弋形の区別を明確にしておらず、字音は判然としない。なお、この字は、甲骨文・金文において目的語をとることがなく、大部分が「王⿺辶弋于召（王が召に至る（或いは、及ぶ））」（『甲骨文合集』三六六四七他同様の例多数、黄類）、「王⿺辶戈抒乍冊般新宗」（王　作冊般の新宗に⿺辶戈る）」（作冊豊鼎、『殷周金文集成』二七一一、殷）のように「于＋某地」という前置詞構造を字の直後にとる。ゆえに、字義については、著録abのように「至」「及」といった意味で捉えておくことにした。

1　洹　　この字、拓影は模糊としており、写真によっても確認しづらいが、さんずいと思しき偏と旁の一部が見て取れる。ここでは、著録abcのように「洹」字と捉え、「洹水」のことであるという説に従っておく。今、安陽の殷墟の中を流れている川も洹水、洹河と呼ばれている。しかしながら、甲骨文において「⿺辶弋于洹」と言っている例は見当たらない。

1　隻　　著録abcでは、動詞と捉え、器の形となっている竈を獲得したことを言うものと解しており、これらの説に従う。別解として、著録fでは、この字を名詞と捉え、「所獲」の意味に解している。また、著録kでは、この字の下部に又字形はないと見て、助詞の隹（惟）に捉え、次の王字以下に続けて読んでいる。この字については、動詞として捉える方が文として自然であろうし、また、拓影及び写真から又字形が確認できる。

2　王一射　　この部分、著録acでは「王射」と捉え、bでは「王一射」と捉える。拓影及び写真から判断して、著録bのように捉えるべきであると判断した。

2　般　　著録cで般に隷定しており、これに従う。般はこの器の作器者の名であり、受賜者である。この字は、第四行にも見えるが、書きぶりが異なって見える。しかし、拓影及び写真から[illegible]のような字形であろうと考えられる。銘文の前後からは、般が王の射礼に参加し、会射していることが窺える。なお、この字の解釈については、以下に示すように他にいくつか異説が出されているが、簡潔に紹介するにとどめ、ここでは従わない。

・著録a…㕛に隷定する。賛と読んで、「佐」「助」の意味に捉える。「賛射」とは「王射」を佐助することだと言う。

・著録b…[illegible]に隷定する。「再」「又」の意味に捉える。王が一箭したあと、続けて三箭したと解釈する。

・著録k…㕛に隷定する。残と読み、「残穿」の意味であるとした上で、ここでは引申義の「貫」の意味に捉えている。「㕛射」とは「貫射」「穿射」の意味であると言う。

・著録o…この字、「不識」としながらも、この竈のことを指していると言う。つまり、直前の射字の目的語にあたるという解釈である。

2　三　　拓影及び写真から、著録abcのように三に隷定して、数詞と捉えた。著録ksでは四字と見るが、これらの説には従わない。また、著録oでは三に隷定しているものの、「終止」の意味の「訖」に解している。これも妥当な説とは言えない。

2　率　　隷定については、著録aで、率に行構えを付した字とするが、拓影及び写真から、著録bcのように、率とするのが正確である。字義については、著録bで、『漢書』宣帝紀に「率常在下杜（率ね常に下杜に在り）」とあり、顔師古注に「率者、総計之言也」と言うのを引き、また、『説文通訓定声』に「按、猶均也」とあるのを引いて、「総計」「均」の意味に解している。著録cでは、「率亡」は「完全没有…」の意味だとしており、著録bの見解に近いところがある。そもそも、著録bcに言うような意味の副詞として率字が用いられている例は、既に甲骨文に見られる。例えば、「桒自上甲、大乙、大丁、大甲、大庚、大戊、中丁、且乙、且辛、且丁十示、率羊（上甲より太乙・太丁・太甲・太庚・太戊・仲丁・祖乙・祖丁の十名の祖先神に対して（ある物事を）祈求するために、悉く羊（を用いてある儀式をする））」（『甲骨文合集』三二三八五、[illegible]類）というような場合の率字は、参考資料1に「率、皆也悉也」と言うように、「皆」「悉」の意味で捉えるべきである。よって、銘文中の率字は「ことごと－く」と訓読しておくことにした。なお、著録aでは「率」字を「循」の意味に捉えているが、妥当な説とは言えない。

2　灋　　西周金文では、通常「廃」の意味に用いる。廃矢とは、矢(箭)が命中しないことを言う。

3　寝馗　　寝字については、著録abが指摘するように、官名である。特に著録bでは、寝宮内で王に服侍している近臣であると説明している。馗字については、金文としては初見。著録abともに、人名としており、これらの説に従う。

3　兄　　貺に通ず。賜る、贈るの意。

3　乍册般　乍册は作冊に同じで、官名。般は受賜者であり、作器者の名である。第二行にも見えるが、こちらの方が字画がはっきりとしている。

4　奏抒庸　先ず、各著録における見解の相違を簡潔に示しておく。

・著録a…「奏于庸」に隷定する。文献及び卜辞に見える「奏庸」の用例を引いた上で、庸は鏞であり、「奏庸」とは鐘を撃つことだと解している。また、この部分は、商王が寝馗に命じて作冊般に黿を賜与させる際に、伝達を指示していることを言うのだと論じている。

・著録b…「奏抒庸」に隷定する。庸は、『周禮』春官における「典庸器」の「庸器」と解す。また、その鄭注及び賈公彦疏により、「庸」を「伐国所獲之器」と見ることもできるという説を出している。この部分については、庸器に銘記する意に読んでいる。

・著録c…「奏于庸」に隷定する。「奏于庸」は「奏之于鏞」の意味であり、商王が作冊般に大黿を射して獲たことを音楽にし、鐘楽を演奏させることと解している。

・著録f…庸字の次の一字まで続けて読み、「奏于庸作」と捉えている。奏を「進」の意味に捉え、庸は、西周金文における「僕庸」と基本的に同義であると言う。「庸作」とは、「庸之所作」のような意味であるとし、「奏于庸作」とは、庸徒が働く所に送るという意味であると言う。

・著録g…「奏于庸」に隷定し、鏞鐘を演奏するという意味に捉え、射の後に挙行される享礼の儀の一種だと言う。

・著録n…「奏于庸」に隷定する。直接的には「献牲于庸」という意味だが、具体的には牲血を用いて鐘鏞に衅（ちぬ）ることだと言う。なお、庸字の次の字は乍に隷定し、「奏于庸、乍」と捉えている。乍は作に釈して、鐘に衅（ちぬ）ることを行うことと解している。

・著録p…「奏于庸」とは、「奏于庚」であり、庚は商の盤庚を指していると言う。各著録で庸としている字を盤庚の合文と捉えている。また、奏とは、帝王に上書、或いは進言することであると言う。

・著録r…奏を告の意に解し、庸を「中庸」、或いは「天常」の意に解す。その上で、「奏于庸」とは、「告于帝」ということだと捉える。

・著録t…「奏于庸」に読む。奏字については、甲骨文における用例から、雩祭と関係があり、雨乞いの祭と似たようなものだと論じる。また、その祭の目的は、神霊に福祐、或いは降雨を求め、みのりを得ることにあったのではないかと論じる。

本銘のこの箇所に類似するものとして、甲骨文中に「叀且丁、[illegible]奏（祖丁・盤庚に対して奏という祭祀儀礼を行う）」（『甲骨文合集』二七三一〇、無名類）、「叀[illegible]奏（盤庚に対して奏という祭祀儀礼を行う）」（『甲骨文合集』二七三一〇、無名類）という例がある。奏の祭義については、諸説あって確定しがたいが、このような甲骨文の例を踏まえて考えると、各著録で議論される本銘のこの部分については、「盤庚に対して奏という祭祀儀礼を行う」という意味に解するのが適当と思われる。

4　乍女寶　先ず、各著録における見解の相違を簡潔に示しておく。

・著録a…第二字を母字と見る。その上で、母字が十干を伴わないことから、本器が礼器としてではなく、当時存命中の母のために作られたものだという可能性もあると指摘している。また、銅黿は商王の賞賜に対する記念品として作ったものであるという見方をしている。

・著録b…第二字を女字と見て、「汝」の意味に解している。

・著録c…本器は、作冊般が母親に献上したものだと言う。

・著録e…第二字を母字と見て、模と読み、「象形」の意味、現代中国語で言うところの「模型」であると言う。

・著録f…第二字を毋と見る。「毋宝」とは、黿の甲羅を保存し、宝物としないという意味だと言う。

・著録r…寶は、食物を指していると言う。

金文の通例では、「作母寶」の寶字の後に、「隮彝」などの「器」に当たる文字がある。これを省いたものであろう。また、この位置の「女寶」を「汝寶」と読ませる例はこれまでにない。母字の前後に十干や個人名・親族呼称・身分呼称を伴っていない例が、わずかながら存在する。□作厥母簋（『殷周金文集成』三六七三、西周早期）の「□乍氒母寶隮𣪕（□厥の母の寶隮簋を作る）」、隹作母尊鬲（『西清續鑑』乙編一四・〇二、西周中期）の「隹作母酋（隹れ母の尊を作る）」、子咸鼎（『殷周金文集成』二二七一、西周早期）の「子咸乍母隮彝（子咸母の隮彝を作る）」などがその例である。これらの場合、亡き母の器を作ったと見るべきであろう。すなわち、本銘の母が生者であると言い切ることはできない。生者だとすると、「寶」字も装飾愛玩品の意味になるであろう。そのような意味で、母のために箭の刺さった黿を作るであろうか。不自然である。本器の母は、亡き母の意味に解すべきであろう。射における名誉を記し、器形もそのことを表現して、母を祀る祭壇に飾ったのであろうと推測する。

〈器の時期について〉　著録aでは、作冊般の関係した既存の銅器三件を挙げたうえで、作冊般甗（『殷周金文集成』九四四、殷）に帝辛の人方征伐について記しているところから、本器の時期も帝辛時期と論じている。著録bでは、本銘の文字が商代晩期晩葉の金文の特徴を示しているところから、器の時期を商代晩期晩葉、およそ帝乙・帝辛時期と論じている。著録cでも、本銘の字体が商晩期の作風だと言っている。これらの見方には同感である。

〈器形について〉　著録bでは、黿体に陥入している四箭について、その形から箭の末端部分であると言う。また、箭の大部分が黿体を突き抜けているのは、射を行った商王の武力のはなはだ勝れていることを示したものであると言う。本器の形は、通例の礼器には見られない、極めて珍しい形をしている。射儀の実際をそのまま形に残したような造りである。

〈鼃について〉　著録cでは、鼃が「美味之水産品」であると言い、『春秋左氏伝』宣公四年の「染指」の故事を紹介している。また、動物学上は、鼈科に属し、形がやや大きく、一般に26～72㎝。商周時代、河南一帯の気候は温暖で、洹水に鼃が生息できたと言う。また、銅鼃のサイズや、箭の作りから見て、この器は模型であり、商王の射の百発百中の神威を顕示するものとして作ったものだと言う。

〈箭尾の形について〉　箭の尾羽が四本ある。その形について、著録ａｃでは、既知の形とは違うことなどを論じている。

〈射儀及び射儀における鼃の使用について〉　射に関する金文で、鼃が出てくる前例はない。ただし、記述の仕方や内容が本銘に近いものはいくつかある。麦尊（『殷周金文集成』六〇一五、西周早期）には、辟雍における儀礼中で、王が射を行い、侯が従っていたことが記されている。令鼎（『殷周金文集成』二八〇三、西周早期）には、藉田の礼において、王が射を行い、随従の有司・師氏・小子が会射を行ったことが記されている。鄂侯鼎（『殷周金文集成』二八一〇、西周晩期）には、王の射に鄂侯が会射したことが記されている。ちなみに、十三経の経文にも、射儀に関する用例はおびただしい件数があるが、関連文中に、鼃が登場するものはない。

〈著録〉

ａ　李学勤「作冊般銅鼃考釈」　『中国歴史文物』二〇〇五年一期

ｂ　朱鳳瀚「作冊般鼃探析」　『中国歴史文物』二〇〇五年一期

ｃ　王冠英「作冊般銅鼃三考」　『中国歴史文物』二〇〇五年一期

ｄ　楊小林「作冊般銅鼃的分析与保護」　『中国歴史文物』二〇〇五年一期

ｅ　董珊「従作冊般銅鼃漫説「庸器」」　北京大学震旦古代文明研究中心編『古代文明研究通訊』二四期　二〇〇五年三月刊

ｆ　裘錫圭「商銅鼃銘補釈」　『中国歴史文物』二〇〇五年六期

ｇ　宋鎮豪「従新出甲骨金文考述晩商射礼」　『中国歴史文物』二〇〇六年一期

ｈ　求実「作冊般銅鼃献疑」　『中国文物報』二〇〇六年二月十五日　七版

ｉ　王冠英「談「作冊般銅鼃献疑」」　『中国文物報』二〇〇六年三月二二日　七版

j　求正「析「作冊般銅黿献疑」」　『中国文物報』二〇〇六年四月一九日 七版

k　袁俊桀「作冊般銅黿所記史事的性質」　『華夏考古』二〇〇六年四期

l　東京国立博物館・朝日新聞社編　『悠久の美 - 中国国家博物館名品展』（No.一七「作冊般黿」…作品解説・資料編、谷豊信）　二〇〇七年一月刊

m　李凱「試論作冊般黿与晩商射礼」　『中原文物』二〇〇七年三期

n　晁福林「作冊般黿与商代厭勝」　『中国歴史文物』二〇〇七年六期

o　楊坤「作冊般銅黿補説」　復旦大学出土文献与古文字研究中心　http://www.gwz.fudan.edu.cn/SrcShow.asp?Src_ID=330　二〇〇八年一月三一日発布

p　張秀華・邵清石「作冊般銅黿銘文彙釈」　『黒竜江教育学院学報』二〇〇九年一期

q　髙澤浩一・浦野俊則「射漁礼関係金文考釈」　『二松学舎大学東アジア学術総合研究所集刊』三九集　二〇〇九年三月刊

r　連邵名「両件商代青銅器銘文新證」　『中国歴史文物』二〇〇九年六期

s　袁俊桀「作冊般銅黿銘文新釈補論」　『中原文物』二〇一一年一期

t　朱現「略論商周時期射牲礼」　『中原文物』二〇一二年一期

u　閆志「商代晩期賞賜金文」　『殷都学刊』二〇一二年一期

v　常耀華「卜辞「弋」字考辨」　『漢字研究』第六輯　二〇一二年六月刊　hanja.ks.ac.kr/sm_uo_res/_paperDownload.php?no=90

w　丸山啓樹「金文通解　作冊般黿」　『漢字学研究』第二号　立命館大学白川静記念東洋文字文化研究所　二〇一四年七月刊

〈参考資料〉

1　金祥恒「釈率」　『中国文字』第一六冊　台北・国立台湾大学文学院中国文学系　一九六五年一二月刊

2　楊郁彦『甲骨文合集分組分類総表』　台北・藝文印書館　二〇〇五年一〇月刊

（担当者　長谷川）

〈器影〉『中国歴史文物』2005-1より
首尾長21.4×最大幅16×通高10cm

僕麻卣

〈時期〉西周早期
〈出土〉一九八五年、西安市長安県灃西公社興旺村
〈現蔵〉西安博物院
〈隷定〉

1　壬寅州子曰僕麻余
2　昜帛賫貝蔑
3　女王休二朋用
4　乍父辛𢍜　　（以上、器銘）

〔図象〕　父丙　　（以上、蓋銘）

〈通読〉
〔図象〕壬寅、州子曰く、「僕麻よ、余帛、賫貝を昜(賜)ひ、女(汝)を蔑す」と。王二朋を休(たま)ふ。用て父辛の𢍜を乍(作)る。（以上、器銘）
〔図象〕父丙。（以上、蓋銘）

〈註釈〉
1～4　〔図象〕　戈・冊・単・北の要素を組み合わせた形である。両冊の間に図形や文字が配された図象の例は多くある。また、単・北の組合せ、単・北・戈の組合せになる図象の例も見られるが、これと同じ例は見られない。
1　州子　人名。

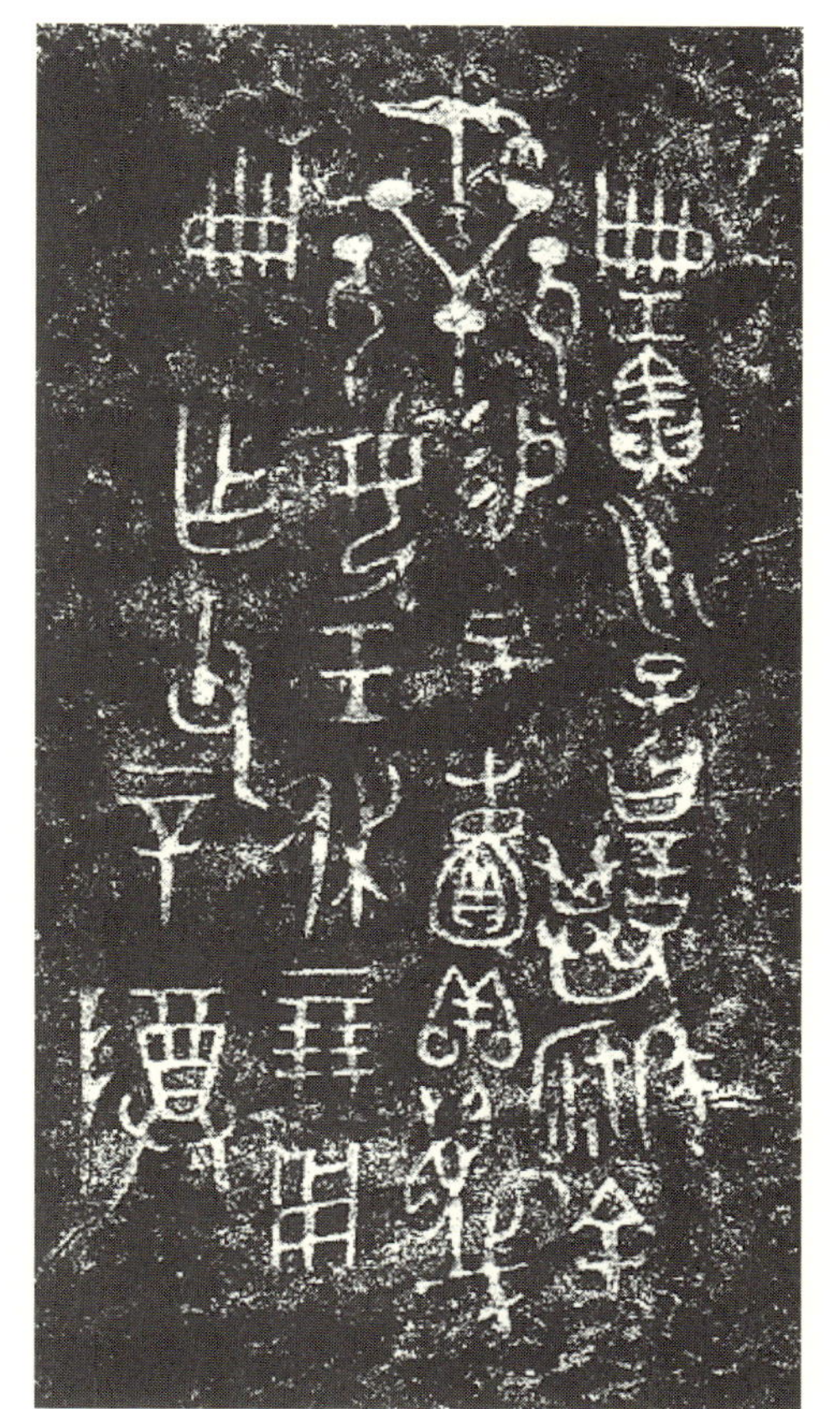
〈器銘拓影〉『西安文物精華』より

〈蓋銘拓影〉『新収殷周青銅器銘文暨器影彙編』より

1　僕麻　作器者。僕字と麻字の合文と見たてての隷定である。「僕」部分は甲骨文第一期に見える形であるが、「麻」部分は麻字に似ているが、麻字とは異なる部分がある。

2　賣貝　貝の上にある字は、金文においてその産出地であることが多く、ここでもそう考えたい。

2　蔑　功績を表彰する意。

〈一器に複数の図象と廟号があることについて〉　本器は、器銘と蓋銘で図象も廟号も異なっている。器と蓋が本来別物であったという例があるが、本器は、元来、別銘であったのであろう。同様の例として、一九七四年一二月、遼寧省喀左県山湾子出土の提梁卣がある。この卣には、器銘に父甲、蓋銘に父丁とあり、図象も異なっている。一器で複数の図象や廟号を用いることについては、今、詳論することは避けておく。

〈器の時期について〉　著録aは、西周早期とし、著録cは、李学勤が殷末と認定していることを記している。参考資料1には、山湾子出土卣を西周ⅠA型としている。参考資料2には殷晩期の卣の中に、蓋の形、紋様の付け方にほぼ同形のものがあるが、本器よりも器幅に対して器高が低い傾向にある。これらの状況から、現時点では、本器は西周早期と見るのが妥当である。

なお、本器は、はじめ著録aに従って、出土地未詳器として本冊に収録したが、著録bに出土地が記録されていた。

〈著録〉

a　王長啓「西安市文物中心収蔵的商周青銅器」『考古与文物』一九九〇年五期

b　王鋒鈞・孫福喜『西安文物精華』青銅器　二〇〇五年一〇月

c　鍾柏生等編『新収殷周青銅器銘文曁器影彙編』一七五三　二〇〇六年四月刊

d　王長啓・高曼『西安博物院』　二〇〇七年五月

〈参考資料〉

1　林巳奈夫『殷周時代青銅器の研究』　吉川弘文館　一九八四年二月刊

2　厳志斌『商代青銅器銘文分期断代研究』　社会科学文献出版社　二〇一四年一月刊

〈拓影〉『西安文物精華』より
通高33cm×最大腹径26.3cm

（担当者　髙澤）

亢鼎

〈時期〉西周早期
〈出土〉未詳
〈現蔵〉上海博物館

〈隷定〉

1 乙未公大保買
2 大珁护𠦪亞才
3 五十朋公令亢歸𠦪
4 亞貝五十朋㠯鬱
5 𦳒鬯𩰫牛一亞
6 賓亢𦍌金二勻
7 亢對亞宔用乍
8 父己 ［図象］

〈通読〉

乙未、公大(太)保 大珁を𠦪亞より買う。才(財)は五十朋なり。公 亢に令(命)じて𠦪亞に貝五十朋を歸(饋)らしめ、鬱𦳒、鬯𩰫、牛一を㠯ふ。亞 亢に𦍌金二勻(鈞)を賓ゆ。亢 亞の宔に對へて、用て父己(の尊彝)を乍(作)る。［図象］

〈銘文拓影〉『上海博物館集刊』8より

〈註釈〉

1　公大保　公は爵称。大保は太保に同じで、官名。著録aに、銘文中の「公大保」が伝世文献における召公奭であると論じている。そもそも、周代における太保は、太師・太傅に次ぐ三公の一つである。『尚書』君奭の序及び『史記』周本紀に「召公為保、周公為師（召公 保と為り、周公師と為る）」とあり、また、『尚書』顧命に「乃同召太保奭、芮伯、彤伯、畢公、衛公、毛公、師氏、虎臣、百尹、御事（乃ち太保奭、芮伯、彤伯、畢公、衛公、毛公、師氏、虎臣、百尹、御事を同召す）」とある。本器を西周早期の作と判断した上で、伝世文献の記述に即して考えれば、銘文中の太保は召公奭ということになる。なお、「公大保」という語については、本器の他に御正良爵（『殷周金文集成』九一〇三、西周早期）・旅鼎（『殷周金文集成』二七二八、西周早期）にも見える。

1　買　この字は、伝世器銘において、買王眔觚（『殷周金文集成』七二七五・七二七六、西周早期）の「買王眔」のように族名として、或いは中甗（『殷周金文集成』九四九、西周早期）の「白買（伯買）」のように個人名として用いられている例があるが、本銘においては動詞として用いられている。そのことについて、著録aに、本銘における買字が「売買交易」の意味であり、金文中で、買字がその意味で用いられた初めての例であると論じている。なお、銘文の第四行に「貝五十朋」という語が見えるが、そのことについて、著録mの注に「ただ、「買」という行為が常に貝による取り引きを意味したかどうかは疑問である」と論じており、また、著録qに「…品物の代金を貝で支払ったのか、五十朋の価値のある物で交換したのかは分からないが、貝を基準にして品物の価値が決められている。このことは、貝は貨幣として用いられることもあった可能性を示していよう」と論じている。本器が作られた時期においては、まだ貨幣による取り引きが普及している社会ではないが、貝によって代価を清算することが行われていたと考えてよいであろう。

2　大⿰王亞　具体的にどのようなものであったか断定しがたい。この語については、各著録における見解の相違を、箇条書きにして簡潔に示しておく。

・著録a…⿰王亞字は、玉に従い亞の声という構造の字であり、字音は休字に近い。また、休字と球字とは上古音が近い。その上で、大⿰王亞は、『詩経』商頌・長髪にある「大球」に相当する玉器であると言う。

・著録b…⿰王亞は珠と読む。大⿰王亞は大珠、すなわち大きな真珠であると言う。

・著録k…⿰王亞字は、玉に従い亞の声という構造の字であり、亞は休と読むべきであろうと言う。⿰王亞は玉器であると捉える。

・著録o…琁字は、玉を意符とし、崇・寵・従・宗などの字音に近い亞を声符とする字で、玉器の名である琮の古字だと言う。

2　𦍌亞　人名。隷定していない𦍌字は、金文中初見の字である。亞字は、個人名、或いは人物の地位を表す字の可能性がある。𦍌字については、各著録における見解の相違を、簡潔に示しておく。

・著録a…𦍌に隷定する。『字彙補』に美字を収めており、羗字の別体ではないかと言う。

・著録b…様字に釈す。

・著録k…美字に捉える。

3　才五十朋　著録aで、才を財の意味に捉えており、これに従う。伝世器銘においては、裘衛盉（『殷周金文集成』九四五六、西周中期）に「才八十朋（財八十朋）」「才廿朋（財廿朋）」とある。参考資料1によれば、才字と財字は、上古音でともに従母之部に属す。朋は、玉飾を数える量詞。

3　亢　人名。作器者。

3　歸　饋に通じ、「おく-る」と訓じる。貉子卣（『殷周金文集成』五四〇九）に「王令士衜歸貉子鹿三（王 士衜に命じて貉子に鹿三を饋らしむ）」という例があり、歸字の用法としては同様である。なお、参考資料1によれば、歸字と饋字は、上古音でともに羣母物部に属す。

4　貝　貝を象った装身具。著録aでは貝幣と見ているが、その説には賛同できない。

4　㠯　㠯は以と同字。『広雅』釈詁三に「以、予也」とあるように、予に通じ、「あた-ふ」と訓じる。著録aでは、与の意味に捉えているが、伝世文献における接続詞としての用例を持ち出して論じている。ここでは、動詞として捉えるべきである。参考資料1によれば、上古音では、㠯・以字は餘母之部に属し、予字は餘母魚部に属す。

4　鬱〓鬯〓牛一　「牛一（牛一頭の意）」以外の四字については、単語としての字数の取り方や解釈が著録によって一定しない。そこで、先ず、各著録におけるこの四字についての見解を、箇条書きにして簡潔に示しておく。

・著録a…「翌〓（義不祥）」、「鬯（酒名）」、「〓（酒名）」に解す。

・著録b…「鬱瓶（鬱一瓶の意）」、「鬯〓（鬯一〓の意）」に解す。

・著録d…「茅屏（茅蕝の意）」、「鬯觛（鬯を入れる小觶）」に解す。

・著録h…第一字から第四字まで一字ずつが鬯酒、或いは鬯酒を作る際の植物か香料であるとする。第一字と第二字については隷定せず、第三字を鬯に、第四字を〓に隷定する。

・著録j…「郁貫（十片の郁草の葉）」、「鬯觶（一觶の鬯酒）」に解す。

・著録k…著録dの見解を踏まえて、第一字を矛に隷定した上で茅に解す。続く字は隷定していないが、二束を表す「対」「双」の意味を含む純字に釈するべきではないかと論じ、二字で二束の青茅を指しているとの見方を示す。

以上の説を踏まえて、この部分の最初の四字について言えば、第一字は、著録bのように鬱に解する説が適当だと思われる。続く二字は、「鬯觛（香酒である秬鬯一觛）」に解す。任鼎（本冊「任鼎」銘考釈を参照のこと）に「王事孟聯父蔑暦、易脡牲、大牢、又鬯束、大𠦪、鬱𦮁（王の使孟聯父 蔑暦せられ、脡牲、太牢、又鬯束、大𠦪、鬱𦮁を賜ふ）」とあり、叔卣（『殷周金文集成』四一三二・四一三三、西周早期）に「商叔鬱鬯、白金、芻牛（叔に鬱鬯、白金、芻牛を賞す）」とある。これらの銘文中の鬱字については、任鼎銘においては[illegible]のように書かれており、叔卣銘においては、[illegible]のように書かれている。本銘における鬱字の字形に近く、いずれも鬱字の異体と見なしてよかろう。また、本銘における「鬱𦮁」と任鼎銘における「鬱𦮁」は同じ語と考えられる。さらに、「鬱𦮁」「牛一」がそれぞれ一語だとすれば、「鬯𠤳」も一語と見るのが自然であろう。ただし、本銘における𦮁字と𠤳字の意味については判然としない。

6　賓　　著録aでは、儐に釈し、報の意味に捉えている。著録lでは、このような場合の賓は、そもそも賓礼という一種の儀礼を指し、動詞として用いる場合、賓礼における儀式の一つである「回贈」の意味になることを論じている。これらの説を踏まえ、〈通読〉においては、「むく‐ゆ」と訓読しておく。

6　羊金二匀　　著録aでは、羊字と金字とをそれぞれ別個の名詞として捉えており、羊を騂に釈し、金とは青銅材料のことであると言う。著録bでは「羊金」で一語と捉え、羊を觲・騂に釈し、「羊金」とは「紅銅」のことだと言う。また、著録bcなどでは、春成侯盉（著録cなどに考證あり、戦国期）における𨥛字（羊金の合文）との関連性を指摘している。特に、著録cでは、『説文解字』新附・騂字条に「馬赤色也」とあるのを引き、多くの古文字学者が羊字が騂字の初文であることを認識しているが、古文字資料においては、馬の赤色だけでなく、それ以外のものの赤色も「羊」と称していたと論じている。さらに、「羊金」は「赤金」の異名であり、「紅銅」を指すのだとも言っている。ここでは、著録bcのような見解に従い、「紅銅」を指すものと理解しておく。なお、匀字は、青銅の重量を表す量詞である。鈞に通ず。参考資料1によれば、上古音では、匀字は餘母真部に属し、鈞字は見母真部に属す。

7　宔　　著録aで、令簋（『殷周金文集成』四三〇〇・四三〇一、西周早期）の「令敢揚皇王宔（令　敢へて皇王の宔に揚す）」のような表現における宮字は、金文中習見の「對揚王休」の休字に相当するものであると論じている。本銘における宮字についても、同様に捉えておく。

8　父己　亡き父の己。己は廟号。下に尊彝のような語を省略していると考えられる。

〈著録〉

a　馬承源「亢鼎銘文－西周早期用貝幣交易玉器的記録」　『上海博物館集刊』第八期　上海書画出版社　二〇〇〇年一二月刊

b　黄錫全「西周貨幣史料的重要発現－亢鼎銘文的再研究」　黄錫全『古文字与古貨幣文集』　文物出版社　二〇〇九年五月刊（原載：中国先秦貨幣学術研討会論文（二〇〇一年六月）及び『中国銭幣論文集』第四輯　中国金融出版社　二〇〇二年九月刊）

c　李家浩「談春成侯盉与少府盉的銘文及其容量」　『華学』第五輯　二〇〇一年一二月刊

d　李学勤「亢鼎賜品試説」　李学勤『中国古代文明研究』　華東師範大学出版社　二〇〇五年四月（原載：『南開学報』（哲学社会科学版）二〇〇一年増刊）

e　黄錫全「金文「滅宁」試解」　『中国文字』新二八期　台北・藝文印書館　二〇〇二年一二月刊

f　馬承源『中国青銅器研究』三四三　上海古籍出版社　二〇〇二年一二月刊

g　彭裕商「西周金文中的「賈」」　『考古』二〇〇三年二期

h　王冠英「任鼎銘文考釈」　『中国歴史文物』二〇〇四年二期

i　陳佩芬『夏商周青銅器研究』西周篇・上一九七　上海古籍出版社　二〇〇四年一二月刊

j　董珊「任鼎新探－兼説亢鼎」　『黄盛璋先生八秩華誕紀念文集』　中国教育文化出版社　二〇〇五年六月刊

k　陳絜、祖双喜「亢鼎銘文与西周土地所有制」　『中国歴史文物』二〇〇五年一期

l　陳英傑「再説『左伝』之「弗賓」」　『中国典籍与文化』二〇〇六年一期

m　佐藤信弥「会同型儀礼から冊命儀礼へ－儀礼の参加者と賜与品を中心として見る－」　『中国古代史論叢』四集　二〇〇七年三月刊（及び佐藤信弥『西周期における祭祀儀礼の研究』　朋友書店　二〇一四年三月刊）

n　陳剣「釈「琮」及相関諸字」　陳剣『甲骨金文考釈論集』　綫装書局　二〇〇七年四月刊

o　胡長春『新出殷周青銅器銘文整理与研究』四二四　綫装書局　二〇〇八年一〇月刊

p　張再興「金文語境異体字初探」　『蘭州学刊』二〇一二年七期

q　三輪健介「西周王朝の財政」　『漢字学研究』第二号　立命館大学白川静記念東洋文字文化研究所　二〇一四年七月刊

〈参考資料〉

1　郭錫良編著『漢字古音手冊』（増訂本）　商務印書館　二〇一〇年八月刊

（担当者　長谷川、浦野）

〈銘文拓影〉『夏商周青銅器研究』より
通高28.5×後掲5.8cm　重1.8kg

保員簋

〈時期〉西周早期
〈出土〉未詳
〈現蔵〉上海博物館

〈隷定〉

1 唯王既尞氒伐東
2 尸才十又一月公反自
3 周己卯公才虘保
4 員邐儱公易保員
5 金車曰用事隊于寶
6 段用鄉公逆洀事

〈通読〉

唯れ王 尞(燎)するを既ふ。氒(厥)れ東尸(夷)を伐つ。十又(有)一月に才(在)り。公 周より反(返)る。己卯、公 虘に才(在)り。保員 邐す。儱公 保員に金車を易(賜)ひて曰く、「用て事へよ」と。寶段(簋)に隊して、用て公の逆洀(造)事(使)を郷(饗)せよ。

〈註釈〉

〈器影〉『夏商周青銅器研究』より
通高14.2×口径19.9cm　重2.5kg

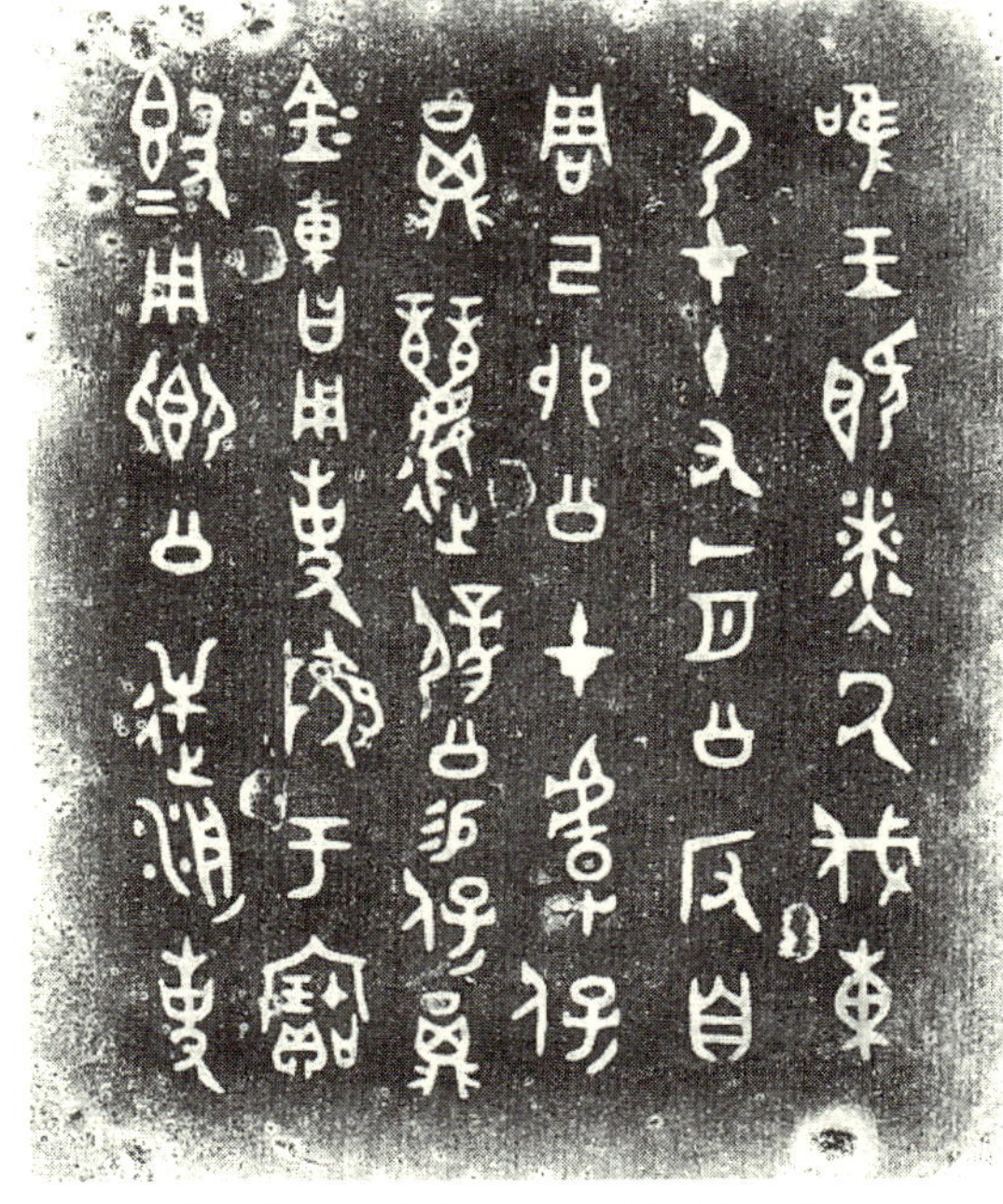

〈銘文拓影〉『夏商周青銅器研究』より

1　尞　燎。経書中では「燎」字を用いる。燎祭は天地、岳、祖先などに対して行われる。『説文』に「尞、柴祭天也」という。『逸周書』世俘解に軍事の際にも燎を行うことが記されている。本銘では、東夷征伐のことが書かれており、あるいは、軍事に関して行われた燎であるかもしれない。この点に関して、著録aは東夷征伐の前に行ったものと捉え、著録bは征伐の後に行ったものと捉えている。

3　虘　地名。金文中、初出である。著録bでは虘に釈しているが、ここでは原字形のままとしておく。

3　保員　作器者。

4　邐　著録abとも附麗（くっつく）の意に捉えている。bは、公の車の右に乗り、公に付いて離れないこと、公の近衛と説明している。

4　儱?公　著録aは㕙公に隷定し、著録bは儱公に隷定している。字形が判然としないが、今、仮に儱字に読んでおく。第二行、第三行に見える「公」は、この人物と考えられる。

5　隊　著録abとも、施（ほどこす）の義に解している。著録bは、隊字に隷定している。本銘の字形はどちらとも言いがたい。

6　鄉　著録aは饗宴の義に解している。著録bは相・助の義に解し、（王の）逆造を助くと読む説を述べている。両説の間に相当の隔たりがあり、更に究明する必要があるが、今、仮にaの解釈によって通読しておく。

6　逆造事　伯□父鼎（『殷周金文集成』二四八七、西周中期）に「用饗王逆造事人（用て王の逆造事人を饗せよ）」とあり、倏趩父卣（『殷周金文集成』五四二九、西周早期）に「用饗乃辟軝侯逆造出入事人（用て乃の辟軝侯の逆造出入事人を饗せよ）」とある。すなわち逆造事は、逆造事人あるいは逆造出入事人を短縮した句と考えられる。逆造の逆は迎の義、造は至の義。すなわち、逆造は王公が貴賓を迎えもてなすことを言い、逆造事(使)人はその役職者を言う語と解すべきである。

〈著録〉

a　張光裕「新見保鼎𣪕銘試釈」　『考古』一九九一年七期　六四九～六五二頁
b　馬承源「新獲西周青銅器研究二則」　『上海博物館集刊』第六期　一九九二年一二月刊
c　鍾柏生等編『新収殷周青銅器銘文暨器影彙編』二四八　台北・藝文印書館　二〇〇六年四月刊
d　陳佩芬『夏商周青銅器研究』西周篇・上二三四　上海古籍出版社　二〇〇四年一二月刊

（担当者　髙澤）

榮仲方鼎（子方鼎）

〈時期〉西周早期
〈出土〉未詳
〈現蔵〉保利藝術博物館

〈隷定〉

1 王乍𤇾中宮
2 才十月又二月
3 生覇吉庚
4 寅子加𤇾中
5 玔庸一牲大牢
6 己巳𤇾仲速
7 内白猒侯子々
8 易寚勻用
9 乍父丁䵼
10 彝〔図象〕

〈通読〉

王𤇾(榮)中(仲)の宮を乍(作)る。十月又二月生覇吉庚寅に才(在)り。子𤇾(榮)中(仲)に玔庸一、牲大(太)牢を加(賀)す。己巳、𤇾(榮)中(仲) 内(芮)白(伯)

〈銘文拓影〉『文物』2005-9より

・㝬(胡)侯、子を速す。子 𨥠(白金)匀(鈞)を易(錫)ふ。用て父丁の䵼彝を乍(作)る。〔図象〕

〈註釈〉

1 𤇾　人名。榮字の古体。金文中に、榮伯、榮季、榮子など榮氏の器が西周早期から相当数あり、大きな勢力を持っていた族である。本銘から王と榮氏との関係の強さが見て取れる。

1 宮　著録ａは序字に解しているが、宮字に解すべきである。甲骨文の宮字に同様の字形が見られる。本銘での宮は、宗廟を意味している可能性がある。

4 子々　子は身分称号。ここでは、子字を二度に読んでおいたが、文意の理解が複雑になる。あるいは、この重文符号は、慣習的に付けられたもので、意味上は一字として読むべきであろうと考えている。通読すると「子」が作器者であるという著録ｆの説が正しい。従って、器名を子方鼎と改めるべきである。

4 加　この字は、これまで嘉に通ずると見て、嘉(よみ)するの意に読むことが行われているが、著録ｆは、賀字に読み、地位の低い者が高い者に礼物をもって祝賀の意を奉ずる意味だと言っている。この説が妥当であると考え、ここでは賀字の意で読んだ。

5 𨥠　白金。白字と金字の合文。著録ｄでは、白色の金属材料で錫を指すと言っている。しかし、金文中の白金は銀を指すという説もある。また、鉛も白色に近い。出土器の中に、少量ながら錫製の器や鉛製の器がある。著録ｇの論文は、西周時期の金属材料の名称や実体について考える参考になるが、今、詳しく論ずることは避ける。

6 速　著録ｄでは、「速」字に隷定し、『左伝』隠公三年に「君人者、將禍是務去、而速之、無乃不可乎」とあるのを引いて、速字は先秦期において召の意に用いられると言い、本銘はまさに召請の意として用いていると言っている。今、この説によって「め-す」に読んでおくが、字形は束に従い、辵に従う字であって、速字ではない。

7 内白、㝬侯　芮伯・胡侯。著録ａによれば、『尚書』顧命に芮伯は成康の時、大臣の職にあった者であるという。著録ｂでは、芮は姫姓の国で今の陝西大荔朝邑の南にあたり、胡は姫姓の国で今の安徽阜陽を指すという。

〈器の時期について〉　著録ａは、陝西省長安県張家坡出土の咸方鼎に類似していると言っているが、時期を明言していない。参考資料２では咸方鼎は西周中期偏早としている。しかし、咸方鼎は、脚が細く長い点で本器と異なる。参考資料1によると、本器のように腹部が深く脚部が太いのは殷後期Ⅲ型の中に見える。ただし、扉稜の作りは西周期に見られるものである。結論として、ぴったり当てはまる類形を見つけることは困難である。銘文の横長形式は今のところ西周器に見られるものであること、字体としては比較的古い体が見られ、西周中期以降ではないであろうことから、当面、西周早期としておく。

〈著録〉

a　李学勤「試論新発現的㪉方鼎和栄仲方鼎」『文物』二〇〇五年九期

b　王世民等「保利芸術博物館収蔵的両件銅方鼎筆談」『文物』二〇〇五年一〇期

c　鍾柏生等編『新収殷周青銅器銘文曁器影彙編』一五六七　台北・藝文印書館　二〇〇六年四月刊

d　何景成「関于『栄仲方鼎』的一点看法」『中国歴史文物』二〇〇六年六期

e　馮時「坂方鼎、栄仲方鼎及相関問題」『考古』二〇〇六年八期

f　陳絜「浅談栄仲方鼎的定名及其相関問題」『中国歴史文物』二〇〇八年二期

g　李建西「西周金文白金初探」『考古与文物』二〇一〇年四期

〈参考資料〉

1　林巳奈夫『殷周時代青銅器の研究』　吉川弘文館　一九八四年二月刊

2　王世民・陳公柔・張長寿『西周青銅器分期断代研究』　文物出版社　一九九九年一一月刊

〈器影〉『文物』2005-9より
通高30.0×寛18.0×口長22.3cm

（担当者　髙澤）

矩方鼎

〈時期〉西周早期
〈出土〉未詳
〈現蔵〉台北・国立故宮博物院
〈隷定〉
1 矩乍宗室䙴其
2 用郷王出内穆々事
3 賓子孫其永保

〈通読〉
矩 宗室の䙴を乍(作)る。其れ用て王の出内(入)に穆々たる事(使)賓を郷(饗)せよ。子孫、其れ永く保たんことを。

〈銘文拓影〉『故宮西周金文録』より

〈註釈〉
1 矩　作器者。
1 䙴　器名。著録aでは、䙴は鬲であるという。妥当な意見である。
2 出内　出内の語は、金文中に散見する。そのほとんどが王命の出入について書かれている。例えば、衛鼎（『殷周金文集成』二七三三、西周中期）には「用饗王出入事人（用て王の出入使人を饗す）」とある。大克鼎（『殷周金文集成』二八三六、西周晩期）には、尹氏を呼んで膳夫克に冊命して「令女出内朕令(汝に命じて朕が命を出入せしむ)」とある。また、銘文中の「出内」の語は、「出入」に読むことが通例となっているが、場合によっては「出納」に読んでも良さそうである。

3　事賓　使賓。事は使、使者の使である。賓は人名。西周金文中に「出内事人」の用例が十餘件ある。これらの用例を総合すると、「事人」は、「使人」、すなわち王の命を出納する使者の意味であることがわかる。本銘では、事人を事賓と書いてある。人の代わりに人名を書いた例は他にないが、人名に解しておく。賓字について、著録aは賓字の誤写ではないかと言い、矩の主君と解しているが、この説には賛同しない。

〈器形と器の時期について〉　方鼎は、殷晩期から西周中期にかけて見られる。円鼎に比べて器数は少ない。中でも本器のように四辺のコーナーに丸みを着けたものは少ない。従って、器の類型によって時期を推定するには不利であるが、現在見うる器と本器の形態を比較すると、器体部は西周早期の形態である。しかし、脚部の長さは殷晩期に見られる形態で、西周期にこれほど長い脚の器は見られない。本器の出土事情が不明であるが、伯矩方鼎（宝鶏茹家荘M一乙：一五・『文物』一九七六年四期）、　伯方鼎（宝鶏茹家荘M二：五・『文物』一九七六年四期）と器体部の形態はよく似ている。これら二器は、発掘簡報によると穆王時期あるいはその少し前と考えられている。ただし、この二器はともに脚部が短い。以上の状況から、矩方鼎の時期については、当面、西周早期に配置しておく。

〈器影〉『故宮西周金文録』より
通高 20.5 ×口径 13cm
重 1.529kg

（担当者　本間）

〈著録〉

a　国立故宮博物院『故宮西周金文録』一二　台北・国立故宮博物院　二〇〇一年七月刊

b　鍾柏生等編『新収殷周青銅器銘文暨器影彙編』一六六四　台北・藝文印書館　二〇〇六年四月刊

〈参考資料〉

1　林巳奈夫『殷周時代青銅器の研究』　吉川弘文館　一九八四年二月刊

靜方鼎

〈時期〉西周早期（昭王時期）
〈出土〉未詳
〈旧蔵〉出光美術館

〈隷定〉

1 隹十月甲子王才宗周令
2 師中眔靜省南或相
3 埶应八月初吉庚申至告
4 于成周月既望丁丑王才成
5 周大室令靜曰嗣女采嗣
6 才㑹噩白王曰靜易女鬯
7 旂市采𩰫曰用事靜
8 䟒天子休用乍父丁
9 寶障彝

〈通読〉

隹れ十月甲子、王 宗周に才（在）り。師中眔び靜に令（命）じて南或（國）を省せしむ。相埶应。八月初吉庚申、至りて成周に告す。月の既望丁丑、王 成周の大（太）室に才（在）り。靜に命じて曰く、「女（汝）の采を嗣（司）り、曾噩（鄂）に才（在）るの白を嗣（司）れ」と。王曰く、「靜よ、女（汝）に鬯、旂、市、采𩰫を昜（賜）ふ」と。曰く、「用て事へよ」と。靜 天子の休に䟒（揚）へて、用て父丁の寶障（尊）彝を乍（作）る。

〈銘文拓影〉『文物』1998-5より

〈註釈〉

1　宗周　周の武王が建てた都城鎬京のことをいい、現在の陝西省西安市長安区の豊鎬遺址一帯であるという説がある。

1　師中　著録ｃｉでは、中方鼎と中甗の作器者の「中」が静方鼎銘文中の「師中」と同一人物である可能性があると言っている。著録ｃでは、その理由として、①南国への巡視、行宮の設置、曾・鄂の地における軍隊の管理、という銘文内容の類似性、②昭王南征時に用いられた特徴的な「省南或」、「埶应」の語句を使っていること、③銘文中の「王」「南」「宝」等の字の書きぶりが近接していること、の三点を挙げている。①②の指摘は妥当である。③について著録ｊでは、中方鼎も中甗も『博古図録』や『薛氏鐘鼎彝器款識』に著録された銘文で、文字の書きぶりの近似性を論ずることは困難であるという。その通りである。

2　静　作器者。静が作器者である青銅器に、静簋、静卣、小臣静卣の三件がある。これらと本器の靜との関係について、著録ｉは、同一人物であるという。また、著録ｃに、静方鼎が昭王十二年、静簋が穆王四十二年、その間に五十年の差があると推論している。著録ｄもこの年代差について静の年齢から可能性を論じている。著録ｎでは、静方鼎と小臣静簋は同じ手による銘文で、静簋は銘文の紀年から、静方鼎と小臣静簋とは違う書者であるという。また、静方鼎と小臣静簋、静簋と静卣における銘文中の静の身分が異なることを論じている。これらの見解の違いについては、紹介するに留める。

2　省南或　南或は、広く南方の国族を指す。「省南或」の句は中先鼎・中甗等の銘にもあり、また「伐南國」の句が禹鼎銘等に見られる。「省南或」の語句から、周王朝は、南方諸国に対して征伐や支配権確認の視察を行っていたことが分かる。「省」は視察する意である。視察地「南国」の場所について、参考資料18では、漢水流域という。参考資料36では、「南国」の主要区域について淮水流域で南陽盆地と漢淮間の平原一帯であるというが限定できないと言っている。

2　相　拓影では判別しにくいが、著録ａの器体内銘の写真を子細に観察すると、「木」偏上部と「目」の形と見ることができるため「相」字に隷定する。著録ｅは、地名に解している。妥当な見解である。その他、以下のような多様な意見がある。著録ａｂｉｍ参考資料１・11は、「相」に釈している。著録ｃは□(不明字)、参考資料19は「柜」に隷定し「陳」字に解し、「陳」は現在の河南淮陽であるという。参考資料11は、「相」は「湘」であり、今の湖南にある地名であると言っている。

3　埶　著録cは「埶」字に読んでいる。著録abは不明字としている。ここでは著録cに従って「埶」に隷定しておく。

3　埶応　未詳。この句形の前例が十九例ほどある。意味を確定できていないが、本器との関連器では、「埶王応在䕫…」(中方鼎)、「埶于寶彝」(中方鼎)、「埶応在曾」(中甗)、「中埶王休」(中觶)に見られる。なお、埶字を执字に隷定し、「設」義に解する場合がある。著録mと参考資料17は設に読んでいる。応字は、応に隷定することもある。居、位、廙に解されている。著録cikでは「位」に解している。

3　至告　著録aは「至杏」に隷定しているが、著録bは「杏」は誤りだと言い、「告」に隷定している。著録cも「告」に読んでいる。「杏」では、文意を解することが困難である。また、参考資料22では、「至告」の二字で出兵前の「告祭の儀式」に対応すると言っている。

4　成周　東都洛邑をいい、現在の河南省洛陽市東郊にあったという。

4　月既望丁丑　著録cdhでは、「月」字の前に八、九、十の何れかの数字が脱落しているというが、「八月初吉庚申」の「庚申」から「月既望丁丑」は十八日後であり、同月内のことを指している。

5　𤔲女采𤔲　采は采邑の義。著録bは「□汝□□」としている。著録cikは「卑(俾)女(汝)□𤔲(司)」としている。著録fは「𤔲(司)女(汝)采、𤔲(司)」としている。著録jは、拓影と写真を観察して、呉振武氏が出光美術館において実見して作成した釈文がもっとも妥当としている。

6　在⿱亼凶噩𠂤　⿱亼凶、噩(鄂)は地名。⿱亼凶と鄂の二地にある軍事拠点の意。参考資料1では、「西周代の「𠂤」字は「師」字と混用されることがある」と言い、「師」ではなく「𠂤」に隷定し(著録mにおいても同様)、「𠂤」は王朝直轄地であり、静はこの地に管理者として派遣された人物であると言っている。本来、𠂤は軍事的な拠点、基地というべき地を表す字である。参考資料1では、「卑汝□𤔲在曽、鄂𠂤。」と隷定し、「□𤔲」を管理と解釈する。参考資料29では、噩(鄂)に駐留する軍隊が有るという記述であると言う。また、西周前期における南陽は漢水流域の政治の中心であると言っている。参考資料34では、「曾鄂」は漢東にあり、「曾」国は姫姓であるという。参考資料35では、「鄂」国は湖北随州にあったと言う。今、静は⿱亼凶鄂の𠂤の管理者であったと捉えておく。

6　⿱亼凶　地名。著録jでは、銘文の字形は、判然としないが、「曾」字の上部だけのようであるという。中甗の「埶応在⿱亼凶」も曾字の下部がない字形である。この字形は、あるいは、曾とは別の地名であるかもしれないと言っているが、近年、⿱亼凶字形の銘文を持つ青銅器が、湖北随州葉家山の墓葬から発掘(『文物』二〇一一年一一期「湖北随州葉家山西周墓発掘簡報」他)されており、比較的近い地点の墓葬から曾字銘のある青銅器が出土しており、曾と⿱亼凶との関係を論ずることができる資料である。両者は近縁の族と推測されるが、字形を区別した事情は分からない。

7　旂　賜物。旗の一種。

7　巿　賜物。韍（膝を蔽う古代の祭服）。

7　采⿱冖毋　采は采邑の義。⿱冖毋は采地の名。采⿱冖毋を四種の賜物と並列して書いてある。著録iでは⿱冖毋の場所について、『説文』『集韻』によって字形とのその通用字、『風俗通』の胡母氏に関する記載などを論拠として、胡母は古く陳の国境に在り、現在の河南省の奉母であり、⿱冖毋はこの奉母の付近にあったと論じている。このような説も見られるが、後世の文献記述が西周時期の記述と一致するかどうかは不明である。参考資料15では、⿱冖毋は地名であるとのみ言い、具体的な場所に言及しない。参考資料28では、李學勤の説によって⿱冖毋を孝感（随州以南）というが、確証に乏しい。⿱冖毋が采邑の地名であると言うに留めておく。

〈器の年代について〉　この器の年代について、著録bは、著録aの解説にある器の形制、文様には商末周初の特徴を備えているということを引用するも、西周早期或いは昭王の南征に関する内容であると結論している。また、著録gは、著録bで引用する著録aを支持している。著録hは、冊命金文の要素や記述形式を検討して、康王時期より発展し、穆王時期ほどには完備していない状況から、昭王時期としている。著録dとiもまた、昭王期とする。著録kは、昭王十六年という。著録nでは、静方鼎の扉稜の形・器形・紋様を徳鼎、徳方鼎、伯方鼎と比較し、さらに静方鼎腹部の饕餮紋と両側に倒立する短尾夔紋の組み合わせが、殷墟後期から見られ西周早期前段に流行するものであることから「西周早期前段、成康時期」と断代している。参考資料2・7・8では、器の年代を昭王十八年（前一〇二四）とする。参考資料10・11・12・14・33では、「十月甲子」を昭王十八年（前九七八）、「八月初吉庚申」と「月既望丁丑」を昭王十九年（前九七七）とする。参考資料9では、昭王十九年（前九七七年）としている。参考資料13・24では、「十月甲子」を昭王十八年といい、13では前九七八年とし、24では西暦の推定はしていない。参考資料32では、「十月甲子」を昭王十七年、「八月初吉庚申」を昭王十八年という。参考資料26では、紋様・文字の書風・器の型式から昭王期というものの、昭王期には静方鼎のように器腹が深いものがなく、器の高さが高いものもあまり見ないという。参考資料31では、器の年代について成康時代とのみいう。各著録・参考資料ともに、種々の時期推定をしているが、これらを総合して昭王晩期の器とするのが穏当なところであろう。

〈暦日の錯誤（月相）と偽銘説について〉　著録gは、「初吉」を一日、「既望」を十四日とする月相定点説を論じており、本銘文中の「八月初吉庚申」と「既望丁丑」とが定点説に合わないとして、「既望丁丑」に対応する月首は「甲子」であるため暦日に錯誤があるといい、この銘文が後人の偽作であろうという。これについて著録jでは、この説については、まず、根拠としている月相定点説の可否が問題となる。また、三件の干支日の解釈についても、さらに別解が考えられる。また、暦日の記述上の錯誤のみで偽銘とすることにも問題がある。よって、銘文の真偽についての判断は留保するという。これ以後の著録と参考資料では、月相について論ずるものが多い。

定点説の誤差と矛盾点について、著録cdで指摘している。参考資料3と5も定点説の矛盾を指摘している。特に参考資料3では、静方鼎以外で定点説を用いると誤差のあるものが四十六器にのぼるという。

月相四分説を支持するものとしては、参考資料6・16・23・30がある。二分二段説を支持するものに参考資料27がある。参考資料2では、「八月初吉庚申」と「月既望丁丑」の間は十八日の隔たりであり、同月のことであるとする。参考資料4でも、王の「八月初吉庚申」と「月既望丁丑」の差は十八日であり、この月相について四分一月説以外では解釈できないという説を述べている。

参考資料14・20では日食の問題を挙げている。参考資料14では、静方鼎の年代を昭王十九年(前九七七)といい、前九七八年十二月十七日に日食があったという。また、参考資料20では、「庚申」と「丁丑」の間に十八日の隔たりがあるという条件が四分説に最も当てはまるというが、定点説に一・二日の差が見られることは日食によるものであるという。

以上のように定論のない状況であるが、「八月初吉庚申」と「月既望丁丑」の間は、十八日の隔たりがあると見るのがこの銘文を解釈するのに最も適していると現時点では考えている。

〈銘文の書者について〉

著録iは、小臣と記載のある金文を挙げ、『周礼』に記載の小臣の職務と同じであり、史官の性質を持つものであるといい、小臣が器を作る場合は、本人が器銘の書写を行ったであろうと言っている。この見解は一つの推論である。

〈著録〉

a　『出光美術館館蔵名品選』第三集　出光美術館編　平成八年四月刊
b　徐天進「日本出光美術館収蔵的静方鼎」『文物』一九九八年五期

c　張懋鎔「静方鼎小考」『文物』一九九八年五期
d　王占奎「関于静方鼎的幾点看法」『文物』一九九八年五期
e　李学勤「静方鼎与周昭王暦日」『西周諸王年代研究』貴州人民出版社一九九八年
f　李学勤「静方鼎補釈」『西周諸王年代研究』貴州人民出版社一九九八年
g　李仲操「也談静方鼎銘文」『文博』二〇〇一年三期
h　張懋鎔「静方鼎的史学価値」『古文字与青銅器論集』二〇〇二年（原載：西北大学史学叢刊『周秦漢唐文明国際学術研討会文集』三秦出版社二〇〇一年）
i　王長豊『「静方鼎」的時代、銘文書写者及其相関聯的地理、歴史』『華夏考古』二〇〇六年一期
j　下村泰三「静方鼎銘」『近出殷周金文選読二』二松学舎大学大学院中国学研究科浦野研究室　二〇〇九年一月（未刊）
k　劉啓益「静方鼎等三器是西周昭王十六年銅器」『中国歴史文物』二〇〇九年四期
l　〔法〕戴明徳「静諸器月相和断代問題新解」『紀念徐中舒先生誕辰一一〇周年国際学術研討会論文集』巴蜀書社二〇一〇年一二月刊
m　李春利「聞尊銘文与西周時期采邑制度」『南方文物』二〇一二年六期
n　沈長雲「静方鼎的年代及相関歴史問題」『中国国家博物館館刊』二〇一三年七期

〈参考資料〉

1　谷秀樹「西周代陝東戦略考―「𠂤」との関わりを中心にして―（西周中期改革考（3））」『立命館文学』六二六号二〇一二年三月
2　馮時「晋侯穌鐘与西周暦法」『考古学報』一九九七年四期
3　王占奎「初吉等記時術語与西周年代問題申論」『文博』一九九七年六期
4　黄彰健「釋『武成』与金文月相」『歴史研究』一九九八年二期
5　王占奎「初吉等術語含義臆測」『文博』一九九八年六期
6　張聞玉「関于『武成』的幾箇問題」『歴史研究』一九九九年二期
7　張聞玉「再談西周王年」『貴州社会科学』一九九九年三期

8 張聞玉「西周王年足徴」『貴州大学学報』社会科学版 一九九九年六期

9 夏商周断代工程専家組『夏商周断代工程一九九六―二〇〇〇年階段成果報告・簡本』世界図書出版公司 二〇〇〇年

10 夏商周断代工程専家組「夏商周断代工程一九九六～二〇〇〇年階段成果概要」『文物』二〇〇〇年一二期

11 江林昌「夏商周断代工程的研究方法和技術路綫」『斉魯学刊』二〇〇一年一期

12 江林昌「来自夏商周断代工程的報告」『中原文物』二〇〇一年一期

13 陳久金「夏商周断代工程的研究方法和西周王年的解決」『広西民族学院学報』哲学社会科学版 二〇〇一年一期

14 李勇「『授時暦』対天再旦、天大日壹的年代問題研究」『文博』二〇〇一年二期

15 劉雨「近出殷周金文綜述」『故宮博物院院刊』二〇〇二年三期

16 陶磊「初吉月首説」『徐州師範大学学報』哲学社会科学版 二〇〇二年三期

17 裘錫圭「燹公盨銘文考釋」『中国歴史文物』二〇〇二年六期

18 王輝「逨盤銘文箋釋」『考古与文物』二〇〇三年三期

19 曹建国「昭王南征諸事辯考」『阜陽師範学院学報』社会科学版 二〇〇三年五期

20 常金倉「眉県青銅器和西周年代学研究的思路調整」『宝鶏文理学院学報』社会科学版 二〇〇三年五期

21 李学勤『青銅器与古代史』 二〇〇五年

22 景紅艶 辛田「先秦献捷礼考論」『中国文化研究』二〇〇五年三期

23 常金倉「西周青銅器断代研究的兩箇問題」『考古与文物』二〇〇六年二期

24 孫慶偉「従新出𩰫甗看昭王南征与晋侯燮父」『文物』二〇〇七年一期

25 張天恩「論西周采邑制度的有関問題」『考古与文物』二〇〇八年二期

26 張懋鎔「試論西周青銅器演変的非均衡性問題」『考古学報』二〇〇八年三期

27 徐鳳先「以相対暦日関係探討金文月相詞語的範圍」『中国科技史雑誌』二〇〇九年一期

28 呉紅松「西周金文土地賞賜述論」『安徽農業大学学報』社会科学版 二〇〇九年六期

29 于薇「淮漢政治区域的形成与淮河作為南北政治分界綫的起源」『古代文明』二〇一〇年一期

30　王長紅「由「七日来復」解談卦気説之弊端」　『中州学刊』二〇一〇年二期
31　阮明套「「商周文明学術研討会」綜述」　『管子学刊』二〇一〇年三期
32　孫進「青銅器中的古莱国与中原王朝」　『烟台大学学報』哲学社会科学版　二〇一〇年二期
33　謝応挙　謝祥熹　謝紅偉　謝暁峰「対『夏商周断代工程一九九六―二〇〇〇年階段成果報告・簡本』的質疑」　『学理論』二〇一一年八期
34　旦増卓嘎「古曾国研究綜述」　『安康学院学報』二〇一二年五期
35　晏昌貴　郭涛「《鄂君啓節》銘文地理研究二題」　『華北水利水電学院学報』社科版　二〇一二年五期
36　趙燕姣「西周時期的「南国」、「南土」範圍芻議」　『南方文物』二〇一三年四期
補　出光美術館館報「一九九八年度事業報告」　北京大学副教授・徐天進（青銅器の実測調査及び拓本：七月二十八日～九月三十日）

（担当者　本間）

〈器影〉『文物』1998-5より
通高32.7×口長25.6～25.8×
口寛20.3～20.5cm ×壁厚約0.3×
足高12×足径3.2～4.2cm

呂壺蓋

〈時期〉西周早期
〈出土〉未詳
〈現蔵〉個人

〈隷定〉
1 辛巳王祭𢍉
2 才成周呂昜
3 鬯一卣貝三朋用
4 乍寶障彝

〈通読〉
辛巳、王祭し𢍉(烝)す。成周に才(在)り。呂鬯一卣、貝三朋を昜(賜)はる。用て寶障彝を乍(作)る。

〈註釈〉
1 祭𢍉　祭祀用語。共に動詞に用いている。祭は肉を供え、烝は烝した穀物を供えることに由来する文字である。著録aでは、祭と烝とが同時に挙行されることは、文献に見られないと言っている。また、著録aは、「夕(肉)」に従う祭字を書いた金文の最早の例であると言っている。確かに、西周時期の銘文では史喜鼎(『殷周金文集成』二四七三)に見える程度であるが、甲骨文では「夕(肉)」に従う祭字が、第五期に見られる。
2 呂　人名。作器者。
4 寶　この字、缶が最下部に書かれている。珍しい形である。

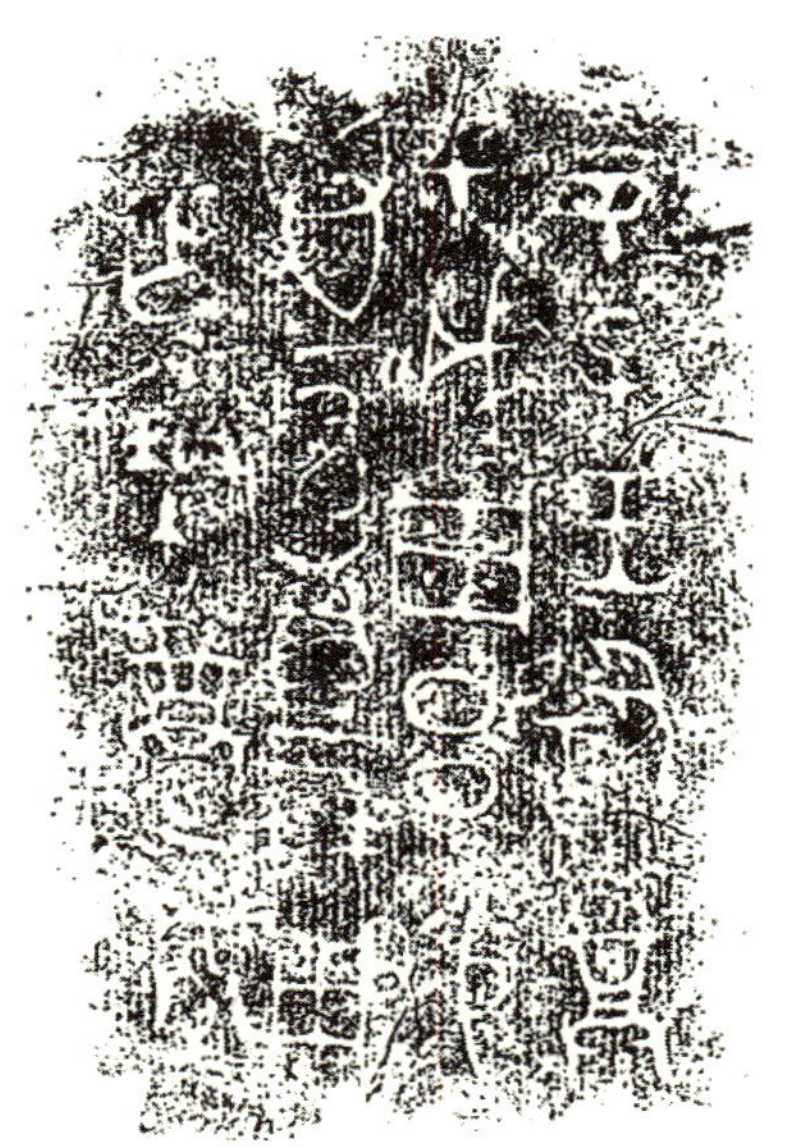
〈銘文拓影〉『第二届国際中国古文字学研討会論文集』より

〈器の時期について〉　著録aでは、橢円形の広い口で無耳壺の蓋であるといい、さらに、花紋・辞例及び字形の特徴からも西周早期であると言っている。

〈著録〉

a　張光裕「呂壺蓋銘淺釋」『第二届国際中国古文字学研討会論文集』香港中文大学中国語言及文学系　一九九三年一〇月刊

b　鍾柏生等編『新収殷周青銅器銘文曁器影彙編』一八九四　台北・藝文印書館　二〇〇六年四月刊

（担当者　本間）

〈器影〉『第二届国際中国古文字学研討会論文集』より
蓋口至紐高 5.5 ×口内径縦長 9.5 ×横長 7.4 ×
口外径縦長 12 ×横長 9 ㎝

𤔲簋

〈時期〉西周早期
〈出土〉未詳
〈現蔵〉個人蔵

〈隷定〉（甲器・器蓋同銘）

1 隹八月公陳殷年公
2 易𤔲貝十朋迺令𤔲𤔲
3 三族爲𤔲室用茲𣪘
4 𢐗公休用乍且乙𨽍彝

〈通読〉

隹れ八月 公陳 殷するの年、公 𤔲に貝十朋を易(賜)ふ。迺ち𤔲に令(命)じて三族を𤔲(司)り、𤔲の室を爲(つく)らしむ。茲の𣪘(簋)を用ゐて、公の休に𢐗(揚)す。用て且(祖)乙の𨽍彝を乍(作)る。

〈註釈〉

1 公陳殷年　公は爵称。陳は個人名。陳字は、金文中初見の字である。金文中、人名を表す場合に、本銘のように公某としている例が他にもあり、臣卿鼎(『殷周金文集成』二五九五、西周早期)における「公違」、尋簋(『殷周金文集成』四〇八八、西周早期)における「公𡔶」などがそれ

〈甲器・銘文拓影〉『文物』2009-2より　左：蓋銘　右：器銘

に当たる。殷は祭祀(殷祭)を表す動詞。殷字が本銘と同様に用いられている例としては、他に作冊䰧卣(『殷周金文集成』五四〇〇、西周早期)・作冊䰧尊(『殷周金文集成』五九九一、西周早期)に「隹明保殷成周年(隹れ明保 成周に殷するの年)」とあり、また、小臣傳簋(『殷周金文集成』四二〇六、西周早期)に「令師田父殷成周〔年〕(師田父に命じて成周に殷せしむるの年)」とあるのが挙げられる。なお、著録aでは、銘文の公が、周公を指すものと解している。また、続く「陝殷」の部分については、『説文解字』夷字条に見える「平也」という解釈、さらに、他のいくつかの伝世文献で、夷字が「平定」「平地」「摧毀」等の意味に用いられる場合があることを示して、陝字に「平土」の意味があると言う。そこで、「陝殷」とは、殷の地、或いは殷族を平定したことと関係があり、本銘においては、特に周公が三監の乱を平定したことを指すものと解している。また、この箇所に言及するこれ以外の著録においては、三監の乱に関することかどうか異論があるものの、周公が殷を平定した、或いは滅ぼしたという意味に解していることでほぼ一定している。しかし、そのような解釈は、金文の通例から言って自然ではない。

2 易　本銘の字形については、易の異体と見てよい。賜(たま-ふ)の意。徳鼎(『殷周金文集成』二四〇五、西周早期)に「王易貝廿朋(王 貝廿朋を賜ふ)」とあり、賜字は[illegible]形で表されている。本銘の字形に近い部分があり、また、本銘と同様の文型で用いられている。なお、著録aでは、この字を益に隷定し、賜に釈す。益字及び賜字の旁である易が、上古音でともに錫部に属すということによる。著録bでは、盄に隷定し、錫に釈す。また、著録dでは、この字を賜の意味に解しているものの、字形については、器形としての匜の象形であると言う。しかし、本銘の字形は、通常金文で益に隷定される字形とは明らかに異なっており、また、盄に隷定するのも自然ではない。さらに、器形としての匜に似ているとも言いがたい。

2 ⿰馬可　作器者。受賜者。著録bでは⿰馬可に隷定し、何に釈しているが、人名であるため、ここでは隷定するに止めておく。著録aでは、伝世器である⿰馬可尊(『殷周金文集成』六〇一四、西周早期)の作器者「⿰馬可」と同一人物であると言うが、著録cでは、両銘文における⿰馬可字の字形や言葉の用い方等に着目してそのことを否定している。両者が同一人物かどうかは断定しがたいが、⿰馬可尊銘における⿰馬可字は[illegible]形であり、確かに本銘における字形とはやや異なっている。本銘の⿰馬可の身分については、著録aで周室の大臣であると言い、著録hで周王室における同姓の小宗の長であると言う。本銘の⿰馬可の出自については、著録cで殷の遺民であろうと言う。しかし、いずれの説についても、確証は得られない。

2 𤔔　𤔲字の略体で、司(つかさど-る)の意。この字について、著録aでは、𤔔字に隷定し、𤔲に釈して、「管治」の意味に解している。著録bでは、𤔔に隷定し、治に釈しているが、説明がない。著録gでは、𤔔に隷定する説に従うも、金文中で𤔲字の声符である司を省略した𤔔字は見られないと言い、その上で、この字を乱に釈している。また、同著録では、その語義について、『説文解字』亂字条に見える「治也」という解釈、さらに他のいくつかの伝世文献中に見られる乱字の用法に触れ、「治める」の意味に解している。著録hでは、𤔔に隷定し、司に釈している。

金文の前例から言えば、𤔔字は、賜物の一種として、或いは「反乱」の乱字に解されるが、「治める」の意味で乱字、或いは𤔔字が用いられている前例はない。𤔲字の声符を省略したと見られる𤔔字が出てくる前例もないが、後に続く「三族」という語との関係を考慮すると、𤔲字の略体と見て、著録hの説に従うのが妥当であると思われる。

3　三族　先ず、各著録における見解の相違を、箇条書きにして簡潔に示しておく。

・著録a…三監の族属を指しているのではないかと論じる。

・著録e…周公宗族内部における中下級貴族と平民とからなる軍隊で、左中右の三部で編成されるものだと推測する。

・著録h…三つの族属からなる軍隊であると論じる。

・著録j…殷の遺民の三つの氏族であると論じる。

・著録l…⿰犭可の家族組織ではないかと論じる。

・著録p…各著録における見解を検討して、「本銘の三族は無理に軍組織と解釈せずとも、三つの氏族と釈する方が自然である」と言う。また、「三族の具体的な構成員については不明だが、時期から推測するに、康叔や魯侯に与えられたような殷の遺民であった可能性が高い」と言う。

そもそも、この語の用例としては、魯侯尊（『殷周金文集成』四〇二九、西周早期）に「王令明公遣三族伐東或（王　明公に命じて三族を遣はし、東国を伐たしむ）」とあるのが挙げられる。ここで言う三族は、親族関係でも三監でもなく、支配下にある三つの氏族(の軍)を指している。支配下にある三つの氏族（の軍）を派遣し、東方を征伐させるということである。著録pでも魯侯尊における用例を検討して論じているが、このような用例を踏まえて考えれば、同著録で指摘されるように、具体的な族名を記していないものの、三つの氏族という意味に捉えておくのが、やはり妥当であろう。直前の動詞、𤔔（司）との関係を考えても、無理がないと言える。

3　爲⿰犭可室　先ず、各著録における見解の相違を、箇条書きにして示しておく。

・著録a…⿰犭可が行政を指揮する場所を設置することと捉える。

・著録b…作器者たる⿰犭可(何)のために、(宮と同義の)房舎を建造する、或いは⿰犭可に妻を娶らせる、或いはその両方の意味を兼ねるものと論じているが、いずれも明らかではないとする。
・著録h…㹅の祭室を作ることと捉える。
・著録j…爲は、作の意味だと言う。室については、その本義が親属組織を指して言うものだと論じる。ただし、西周・春秋時期においては、その主体は親族を指すが、その頃には、それが既に一つの単純な親属組織ではなく、家族の家臣・僕庸・臣妾等を内に含んでおり、それらが共同で複雑な政治・軍事・経済共同体というものを構成していたと論じる。ゆえに、ここでの室もそのような共同体であったと捉える。
・著録l…爲は、「設置」「建立」の意味だと言う。室については、西周時期におけるそれが、政治・経済・軍事に関する集合体で、采邑組織でもあったと論じる。
・著録p…各著録における見解を検討して、「他の氏族を己の家の附庸としたという解釈が最も適当であると考える」と、著録jの説が適当であると論じている。また、「室とは家財・財産を指す語であり、ここで述べられているのは邑を賜るの別の表現、あるいは人間のみ与えられ領地に移住させたという内容であると考えられる」と言う。

爲字については、金文における通例から、ここでは作の意味に解して差し支えなかろう。室字については、金文で「宗室」「宮室」などと言う場合の室として捉えるべきだと考える。先にまとめた著録の中では、abhの見解に部分的に賛同できるが、本銘のように「某の室を為る（つく）」と言う場合、その室が行政を行うための室を指しているのか、祭祀を行うための室を指しているのか、或いは寝食のための室を指しているのかということまでは読み取れない。また、本器が作られた時期に、身分の差も関係しているとは思われるが、行政・祭祀・寝食等のための場所がどこまで明確に区分されていたのかも、判然としないところである。

4　褺公休　褺字については、著録aで、上部の埶に「樹立」の意味があり、それが藝の初文であることを説明し、引申義として「彰顕」の意味があると論じる。その上で、埶・褺字は、「樹立」「盛揚」の意味を含むと言う。また、「褺公休」とは「對揚公休」と言うのと同じようなものだと論じる。さらに、甲骨文・金文・楚簡において埶字を「設」に釈することがあり、褺字は設に釋することができると論じる。しかし、このことについては、著録iで、「設王休」のような言い方が古文字資料において見られず、金文中の用例から考えて、褺字は揚字に読むべきではないかと論じ、音韻学方面から検討している。著録pでは、この字が揚字の異体である可能性を指摘しているが、ひとまず設に釈する説を採用している。

通常、金文において揚に釈する字は、字素として丮形（跪座して捧持する形）を含むが、本銘の褺字も、その部分が共通している。また、この箇所全体としては、金文における「對王（或いは公）休」「揚王（或いは公）休」「對揚王（或いは公）休」といった表現に類似していると言える。例えば、中觶（『殷周金文集成』六五一四、西周早期）に「中执王休（中 王の休に揚す）」とあり、本銘のこの箇所と文型が同じで、执字については、本銘の字形と共通性がある。本銘の褻字は、「對揚」の揚字の異体と見なして差し支えないであろう。

〈器の時期について〉　各著録で、この器の時期に言及するものでは、西周早期ということで一致している。著録ａのように成王期であると論じるものもあるが、ここでは、西周早期の作と言うに止めておく。また、著録ｂでは、本器の器形（器身）・紋飾に類似するものとして、禽簋（『殷周金文集成』四〇四一、西周早期）を挙げているが、妥当な見解と言えよう。禽簋については、参考資料１で西周前期（西周ＩＢ）、参考資料２で西周早期（成王期）の作であると論じられている。

〈字形・書法について〉　字形は、一部の字を除き、概ね標準的である。書法について言えば、器銘は、点画に不明瞭な部分があるものの、力強さが感じられ、西周早期の特色がよく表れていると言える。一方、蓋銘は、器銘と比較して、布置や字形が整っており、点画も明瞭だが、線はやや弱い。

〈関連器について〉　本器については、形制・紋飾・大きさのほとんど同じ関連器（個人蔵）が存在することが、著録ｊに報告されている。同著録では、今検討した器を甲器とし、関連器として示す器を乙器としている。乙器の銘文については、蓋銘は甲器と同銘であるものの、器銘は異なっており、以下に示しておく。なお、著録ｊにも指摘されているが、乙器の蓋銘と器銘に見える受祭者は、日名が異なっている。これについて、同著録では、商代後期から周代初期にかけての商人の祭祀制度に対する理解を深める上で助けになると論じている。また、乙器の銘文の字形・書法について言えば、乙器（器銘）は、点画の乱れもなく、書風も堂々としたものだと言え、乙器（蓋銘）は、甲器（蓋銘）の書きぶりに類似する部分が多いと言える。

〈乙器 器銘〉

〈隸定〉　１　[illegible]盥且辛

２　寶[illegible]彝

〈通読〉 牱 且(祖)辛の寶障彝を盥(鑄)す。

〈著録〉

a 張光裕「牱簋銘文与西周史事新證」 『文物』二〇〇九年二期

b 李学勤「何簋与何尊的関係」 中国文化遺産研究院編『出土文献研究』第九輯 中華書局 二〇一〇年一月刊（再録：李学勤『三代文明研究』商務印書館 二〇一一年一一月刊）

c 王宏「牱簋・牱尊非同人之器辨」 『殷都学刊』二〇一〇年二期

d 趙平安「『牱簋』銘文在文字演変上的意義」 李学勤主編『出土文献』第一輯 中西書局 二〇一〇年八月刊（再録：趙平安『金文釈読与文明探索』 上海古籍出版社 二〇一一年一〇月刊）

e 劉源「従殷墟卜辞的「族」説到周初金文中的「三族」」 『古文字研究』第二八輯 中華書局 二〇一〇年一〇月刊

f 洪颺「従牱簋銘文「褻公休」的釈読談古文字資料中魚部字和月部字的相通」 中国古文字研究会第一八次国際学術研討会（［北京］香山飯店にて開催 二〇一〇年一〇月二二〜二三日）における発表論文（未見）

g 李春桃「説牱簋銘文中的「乱」字」 復旦大学出土文献与古文字研究中心 http:www. gwz. fudan. edu. cn/SrcShow. asp?Src_ID=1332 二〇一〇年一二月一七日発布

h 黄国輝「新見牱簋再議」 『考古与文物』二〇一一年一期

i 洪颺「牱簋銘文釈読及相関問題」 『社会科学戦線』二〇一一年三期

j 韋心瀅「牱簋銘文探析」 朱鳳翰主編『新出金文与西周歴史』上海古籍出版社 二〇一一年五月刊

k 羅恭「清華簡『金縢』与周公居東」 『文史知識』二〇一二年四期

l 李春利「西周時期殷遺民採邑試析」 『文博』二〇一二年三期

m 呉鎮烽『商周青銅器銘文曁図像集成』（牱簋（甲器）：五一三六、牱簋（乙器）：五一三七） 上海古籍出版社 二〇一二年九月刊

n 楊棟「何簋与『逸周書・度邑』篇」 『中国典籍与文化』二〇一二年三期

o　李春桃「浅談伝抄古文資料対古漢語研究的重要性」『古漢語研究』二〇一二年三期
p　齋藤加奈「金文通解　䚄簋」『漢字学研究』第二号　立命館大学白川静記念東洋文字文化研究所　二〇一四年四月刊

〈参考資料〉

1　林巳奈夫『殷周時代青銅器の研究』　吉川弘文館　一九八四年二月刊
2　王世民・陳公柔・張長寿『西周青銅器分期断代研究』　文物出版社　一九九九年一一月刊

〈乙器・銘文拓影〉『商周青銅器銘文曁図像集成』より　左：蓋銘　右：器銘

〈乙器・器影〉『新出金文与西周歴史』より

〈甲器・器影〉『文物』2009-2より　通高23cm×口径19cm

（担当者　長谷川）

⿱艹⿱丰口簋

〈時期〉西周早期
〈出土〉未詳
〈現蔵〉香港思源堂

〈隷定〉
1 隹十月初吉壬申駇
2 戎大出于槁⿱艹⿱丰口搏戎執
3 ⿰口⿱𢆶皿隻馘槁灰⿱⿰林攵产⿱艹⿱丰口馬
4 四匹臣一家貝五朋⿱艹⿱丰口𩡧
5 灰休用乍槁中好寶

〈通読〉
隹れ十月初吉壬申、駇戎 大ひに槁に出ず。⿱艹⿱丰口 戎を搏（う）ち、執⿰口⿱𢆶皿（訊）隻（獲）馘あり。槁灰（侯）⿱艹⿱丰口に馬四匹、臣一家、貝五朋を⿱⿰林攵产（おく）る。⿱艹⿱丰口 灰（侯）の休に𩡧（揚）へ、用て槁中（仲）の好寶を乍（作）る。

〈註釈〉
1 駇戎 駇は国族名、戎は軍隊のこと。
2 槁 槁侯簋蓋（『殷周金文集成』四一三九）ほか、西周早期から中期にかけて関連器が数例あり、この字形と同じである。この字を楷と読むことが

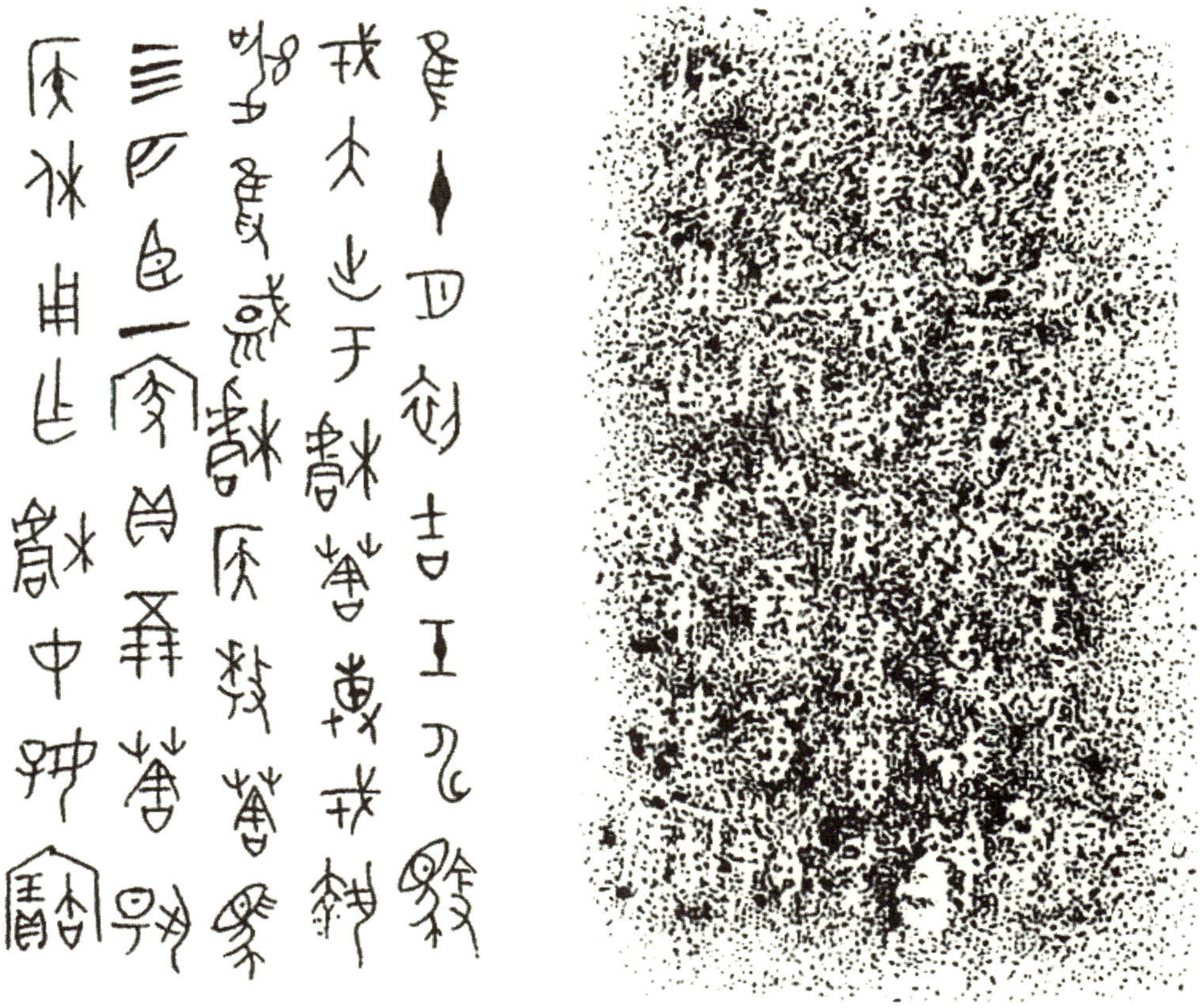

〈銘文拓影・模写〉『新収殷周青銅器銘文暨器影彙編』より

行われているが、固有名詞であることを考慮して、原形のまま隷定しておく。
2　䔎　作器者。槁国の臣下。
2　執嗌隻馘　執訊獲馘。執訊は捕虜を捕らえること。獲馘は首を取ること。
3　𠩺　おくる（釐）。ここでは「賜う」と同じ意味である。
5　槁中　著録ａでの槁仲簋（『殷周金文集成』三三六三）の槁仲と同一人物と推測している。
5　好寶　好の意味について、著録ａでは乖伯簋の「用好宗廟、享夙夕」の例を引いて、美しいの意にとらえている。寶字の下に尊彝のような語が略されている。

〈器の時期について〉著録ａでは器形、紋飾が穆王期の静簋（『殷周金文集成』四二七三、西周早期）に似ていることから、昭穆期としている。

〈担当者　染谷〉

〈著録〉
ａ　李学勤「䔎簋銘文考釈」『故宮博物院院刊』二〇〇一年一期
ｂ　鍾柏生等編『新収殷周青銅器銘文曁器影彙編』一八九一　台北・藝文印書館　二〇〇六年四月刊

〈器影〉『故宮博物院刊』2001-1より
通高15×口径21cm

㪤鼎

〈時期〉西周中期
〈出土〉未詳
〈現蔵〉上海博物館

〈隷定〉

1 隹正月既生霸丁
2 亥王才西宮王令
3 寑昜㪤大具㪤拜
4 䭫首敢對䚄天子
5 不顯休用乍剌考
6 皇母障鼎㪤其萬
7 年子々孫々永寶用享

〈通読〉

隹れ正月既生霸丁亥、王 西宮に才(在)り。王 寑(寝)に令(命)じて㪤に大具を昜(賜)ふ。㪤 拜し䭫(稽)首し、敢て天子の不(丕)顯なる休に對䚄(揚)して、用て剌(烈)考、皇母の障鼎を乍(作)る。㪤よ、其れ萬年子々孫々まで永く寶用し、享せよ。

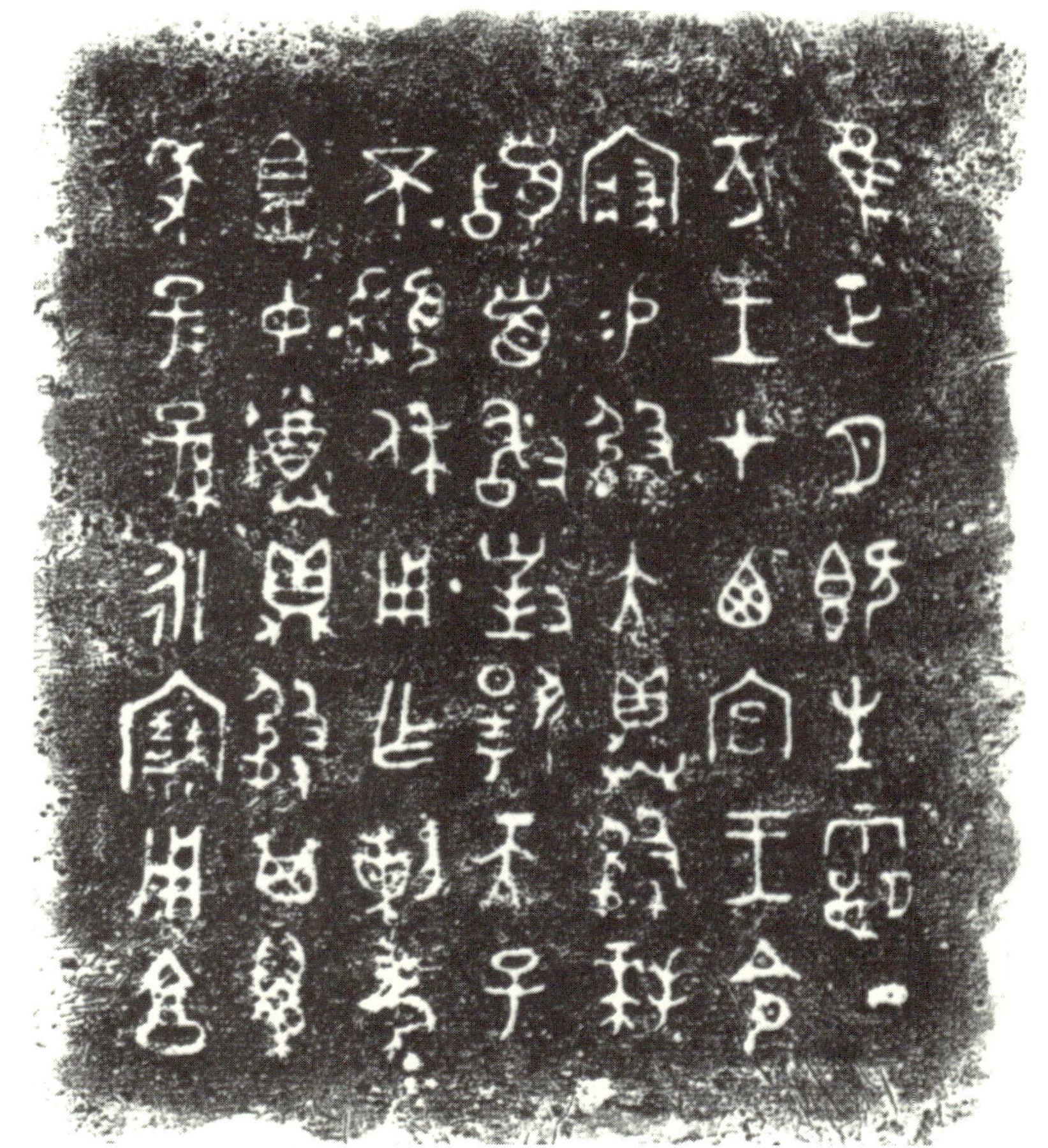

〈銘文拓影〉『上海博物館集刊』8より

〈註釈〉

3　寑　寝。著録aでは「王者所居之宮」と言うが、著録cでは、この部分の文型から判断して、人名に解している。金文における寝字の用例としては、作冊般黿（本冊「作冊般黿」註釈を参照のこと）に「王令寝馗貺于作冊般曰…（王 寝馗に命じて作冊般に貺らしめて曰く…）」とあるのに近い。作冊般黿における寝馗は、寝が官名で、馗がその名である。故に、本銘における寝字も官名であり、その名については、省略されているものと捉えておく。

3　大具　著録bでは、「大貝」と見ているが、字形から言えば、著録aに言うように「大具」である。賜物としては、著録cに言うように、金文中初見である。その意味については、著録aに、「大饌」、つまり王の盛饌であり、著録cでは「食用器具」「饌食」を指しているものではないかと論じている。『礼記』内則に「若未食、則佐長者視具（若し未だ食らはざれば、則ち長者を佐けて具を視る）」とあり、鄭注に「具、饌なり」と言う。著録acの解釈は、このような伝世文献の解釈を踏まえているが、銘文の文脈から考えても、ともに穏当な解釈と言えよう。

なお、具字の字形について補足すれば、金文中の具字は、鼎、貝、目に従う三種がある。鼎に従う字形が原形で、譌変して貝、目形が使われるようになったものと推測できる。原形から言えば、具字は鼎に廾（両手）を加えて、食物を供える意を表した会意文字である。「具は、饌なり」という鄭注と軌を一にするものである。本銘の具字は鼎形に従っている。

3　啟　作器者。受賜者。この字の隷定については、字の下部に不鮮明なところがあるため、著録aに従い「啟」としておいた。ちなみに、著録cでは、この字を「托」と捉えており、著録dでは、字形についての検討を行っているものの、隷定はしていない。

6　皇　この字、剔出に問題があったもののようである。著録aのように、皇字と見るのが妥当であろう。

〈器の時期について〉　著録aでは、器形・紋飾・文の表現上の類例から、西周中期、特に恭王懿王時期と推定している。参考資料1に示される標準器と比較して言えば、西周中期の作と見て良かろう。字形・書法上から見ても、その頃の作として不自然ではない。

〈著録〉

a　陳佩芬「新獲両周青銅器」　『上海博物館集刊』第八期　上海書画出版社　二〇〇〇年一二月刊

b　鍾柏生等編『新収殷周青銅器銘文暨器影彙編』一四四六　台北・藝文印書館　二〇〇六年四月刊

c　呉紅松「托鼎銘新釈」『黄山学院学報』二〇〇八年一期

d　張再興「近年新発表西周金文字形小考」『中国文字研究』第一五輯　二〇一一年九月刊

〈参考資料〉

1　林巳奈夫『殷周時代青銅器の研究』吉川弘文館　一九八四年二月刊

（担当者　長谷川）

〈器影〉『上海博物館集刊』8より
通高28.5×口径25.8cm　重5.1kg

仲枏父鬲

〈時期〉西周中期
〈出土〉陝西省永寿県好畤河村（推定）
〈現蔵〉上海博物館

〈隷定〉（甲器の配字による）

1　隹 六 月 初 吉 師 湯
2　父 有 嗣 中 枏 父 乍
3　寶 鬲 用 敢 鄉 考 于
4　皇 且 丂 用 旟 眉
5　壽 其 萬 年 子々 孫々 其 永 寶 用

〈通読〉

隹れ六月初吉、師湯父の有嗣(司)中(仲)枏父 寶鬲を乍(作)る。用て敢て皇且(祖)丂(考)に鄉(饗)考(孝)し、用て眉壽を旟(祈)る。其れ萬年子々孫々まで、其れ永く寶用せよ。

〈註釈〉

1　師湯父　師は官職名。湯父は人名。師湯父鬲（『殷周金文集成』二七八〇、西周中期）の銘にもこの名が見える。同一人と思われる。

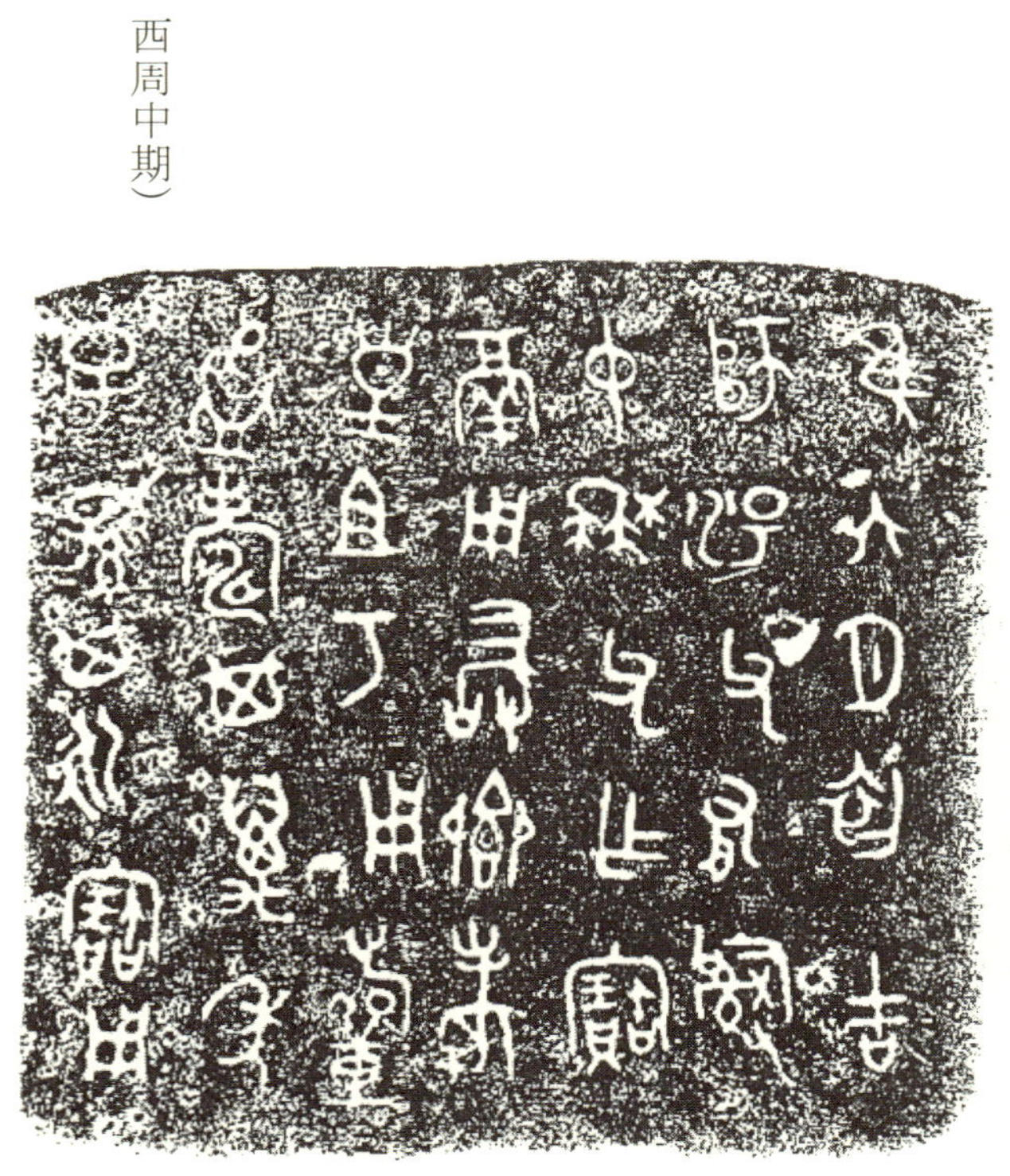

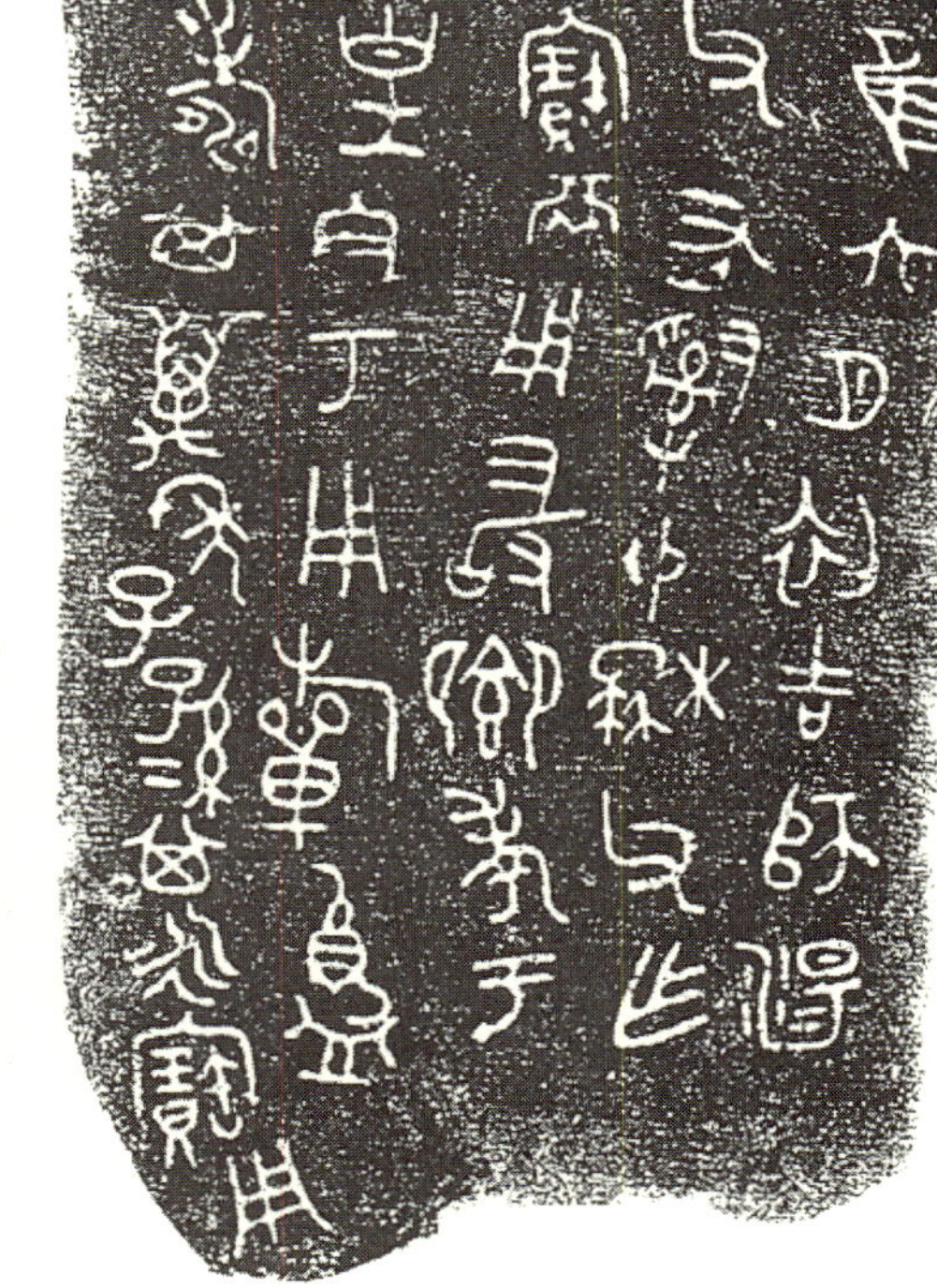

〈器銘拓影〉『上海博物館集刊』第八期より　　左：乙器　右：甲器
通高14.2×口径19.8　重2.26kg

2　有嗣　有司。官職にある者を指す普通名詞。『周礼』地官・泉府に「與其有司辨而受之」とあり、鄭玄注には「有司、其所屬吏也」とある。

2　仲枏父　作器者。『薛氏鐘鼎彝器款識』一五六・一に仲信父甗（『殷周金文集成』〇九四二、西周晩期）がある。この甗の銘文に「隹六月初吉、仲枏父作旅甗。其萬年、子々孫々永寶用」とあり、記録に「咸平三年、好畤令黄鄆、この器を獲て闕に詣り、以て献ず」とある。本器と一連の器であり、仲枏父甗と称すべきものである。参考までに、咸平三年は、北宋の年号で、西暦一〇〇〇年にあたる。

〈器の時期について〉　著録aにおいて、師湯父鼎に「王在周新宮、在射廬」とあり、恭王十五年作の趞曹鼎にも「王在周新宮、王射于射廬」あることから、類推して本器も恭王期であると言っている。参考資料1も、恭王時期に配置している。なお、周新宮については第二集二五ページ参照。

〈関連器、同銘器について〉　本器二件は、出土事情が判然とせず、上海博物館に収蔵されたものであるが、同形同文の鬲が一九六七年に陝西省永寿県好畤河村から三件出土しており、『考古』一九七九年二期に報告されている。同時に仲枏父簋が二件（『殷周金文集成』四一五四、四一五五、西周晩期或いは春秋早期）出土しており、銘文が本器と同文であり、字体、書風も同じであって、あきらかに本器と一連の器である。また、別に、『文物』一九六五年一期に一件、『考古与文物』一九八五年四期に二件の鬲が報告されている。現在、合わせて八件の同銘器が知られている。前記の報告の他、参考資料1においても触れているものであるが、新たに出現した器として本冊に収録した。

〈著録〉

a　陳佩芬「新獲両周青銅器」　『上海博物館集刊』第八期　二〇〇〇年一二月刊

b　鍾柏生等編『新収殷周青銅器銘文暨器影彙編』一四四七　台北・藝文印書館　二〇〇六年四月刊

c　首陽斎等編『首陽吉金』三二　上海古籍出版社　二〇〇八年一〇月刊

〈参考資料〉

1　白川静『金文通釈』巻二・一〇八師湯父鼎　白鶴美術館　一九六八年三月刊

〈器影〉『上海博物館集刊』第八期より
左：甲器　通高14.2×口径19.8cm　重2.26kg
右：乙器　通高14.4×口径19.7cm　重2.32kg

（担当者　大橋）

⿱雥用 卣

〈時期〉西周中期
〈出土〉未詳
〈現蔵〉上海博物館

〈隷定〉

1 隹王九月辰才己亥
2 丙公獻王餴器休
3 無遣内尹右衣獻
4 公畬才官易⿱雥用
5 馬曰用肇事⿱雥用
6 拜䭫首對䫹公休
7 用乍父己寶障彝
8 其子々孫々永寶用［図象］

〈通読〉

隹れ王の九月、辰は己亥に才(在)り。丙公 王に餴器を獻ず。休するに遣《とがめ》(譴)無し。内尹 右(佑)けて獻ずるを衣《を》(卒)ふ。公 畬(飲)するに官(館)に才(在)り。⿱雥用に馬を易(賜)ひて曰く、「用て肇《ここ》に事へよ」と。⿱雥用 拜し䭫(稽)首して、公の休に對䫹(揚)す。用て父己の寶障彝を乍(作)る。其れ子々孫々まで永く寶用せよ。［図象］

〈蓋銘拓影〉『上海博物館集刊』7より

〈注釈〉

2　丙公　この語は、著録ａに指摘されているように、金文中初見である。丙が族名で、公が爵称だと見てよかろう。丙字形、或いは丙字形を部分的に含む族徽は殷代以来多く見られるが、丙公とそれらの族との関係性については不明である。

2　獻　献上するという意味の動詞。金文中では、「黿獻且丁（黿 祖丁に獻ず）」（黿獻祖丁觚、『殷周金文集成』七二一三、殷）、「用獻用爵、用享用孝（用て獻じ用て爵し、用て享し用て孝す）」（伯公父勺、『殷周金文集成』九九三五、西周晩期）のように、祖先に対する儀礼としての用例や、「寓獻佩于王（寓 佩を王に獻ず）」（寓鼎、『殷周金文集成』二七一八、西周早期或中期）、「史獸獻功于尹（史獸 功を尹に獻ず）」（史獸鼎、『殷周金文集成』二七七八、西周早期）のように、具体的な物品や功績を時人に対して（儀礼として）献上する例が見られる。本銘における獻は、後者の例に類するものである。

3　遣　金文では、通常、譴（とがめ）の意味に用いる。

3　内尹　官名。著録ａで指摘されるように、金文中初見の語である。著録ｆに、「史官など王に仕える側近の官」である可能性を指摘している。また、同著録で、他の金文中の用例を検討して、「…この内尹は内史尹氏などの略称であると思われる」とも言っている。

3　衣　著録ａでは、この字を、「大」「盛」の意味の殷に釈している。著録ｆでは、卒に釈し、終えるの意味に解している。「衣獻」という用例はこれまでに見られないが、史獸鼎（『殷周金文集成』二七七八、西周早期）に「史獸獻功于尹。咸獻功。尹商史獸福、易豕、鼎一、爵一（史獸 功を尹に獻ず。咸（ことごと）く功を獻ず。尹 史獸に福を賞し、豕、鼎一、爵一を賜ふ）」とあるのを参考にすれば、ここでは著録ｆの見解が適当だと思われる。

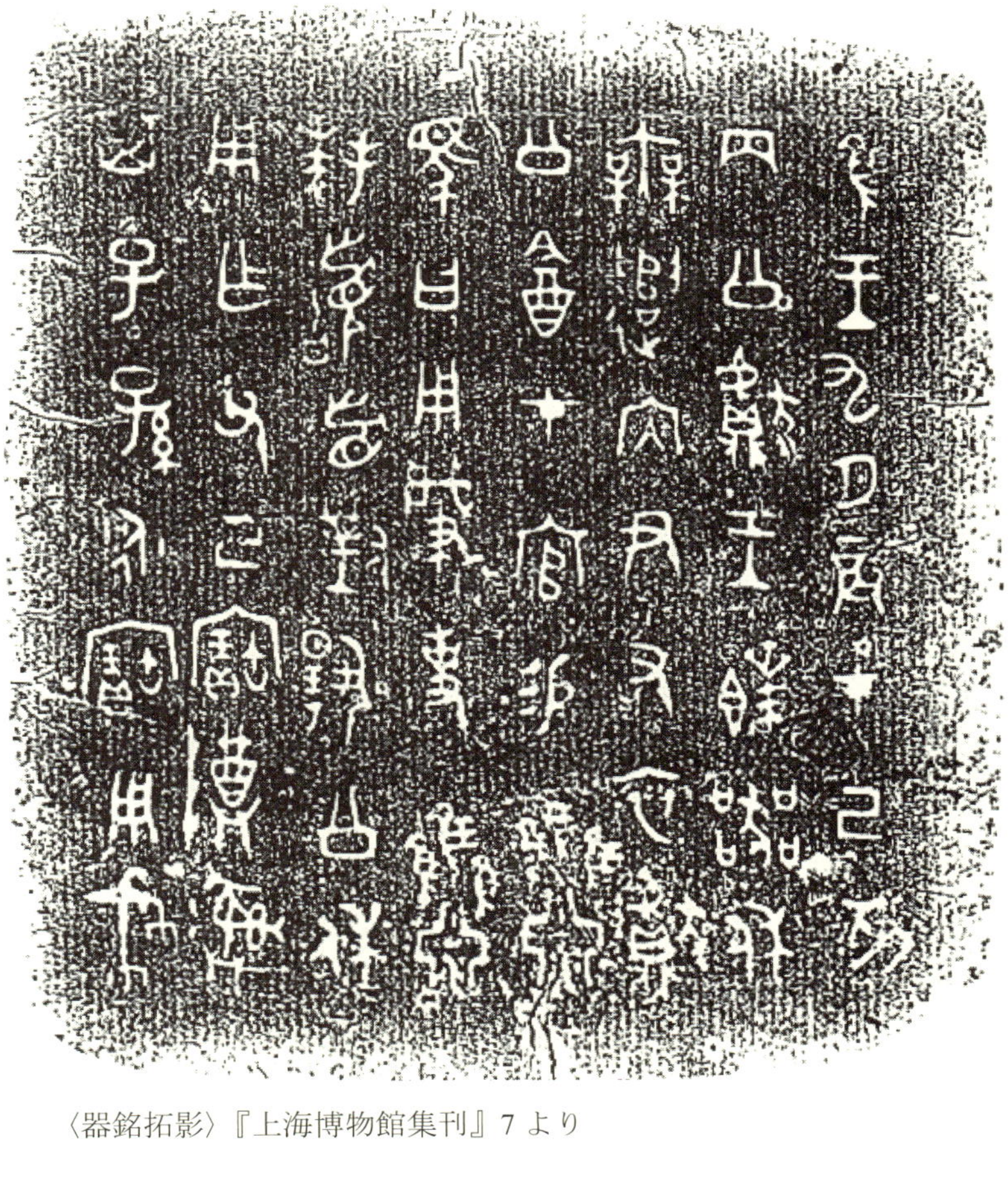

〈器銘拓影〉『上海博物館集刊』7より

4　畲　著録aに論じられるように、飲酒の礼を行う意である。本銘の字形は、飲字の偏に同じである。
4　𩰫　作器者。この字は『説文解字』に見られるが、金文としては初見である。
4　官　著録aでは官字に隷定し、「館舎」の館に釈している。著録fでは、そもそもこの字を宮字と見ている。拓影からは、宮字には見えない。官字である。ここでは著録aの見解に従っておく。

〈器の時期について〉　著録aでは、昭穆期の際、或いは穆王期の前段と見ている。また、著録bcdfでは西周中期、著録eでは西周早期と見ている。明確ではないが、今、西周中期と見る説に従っておく。

〈著録〉

a　唐友波「𩰫卣」与周献功之礼」『上海博物館集刊』第七期　一九九六年九月刊
b　劉雨・盧岩編著『近出殷周金文集録』六〇五　中華書局　二〇〇二年九月刊
c　陳佩芬『夏商周青銅器研究』西周篇・下三五〇　上海古籍出版社　二〇〇四年一二月刊
d　鍾柏生等編『新収殷周青銅器銘文暨器影彙編』一四五二　台北・藝文印書館　二〇〇六年四月刊
e　胡長春『新出殷周青銅器銘文整理与研究』六五四　綫装書局　二〇〇八年一〇月刊
f　佐藤信弥『西周期における祭祀儀礼の研究』　朋友書店　二〇一四年三月刊

〈器影〉『上海博物館集刊』7より
通高 20.3 ×腹縦 11.5 ×横 15.5cm
重 2.02kg

（担当者　長谷川、浦野）

叔豐簋（甲・乙）

〈時期〉西周中期
〈出土〉未詳
〈現蔵〉保利藝術博物館
〈隷定〉
1　弔豐曰余肇
2　乍寶𣪘其至
3　于子々孫其萬
4　年永寶用

〈通読〉
弔(叔)豐曰く、「余肇に寶𣪘(簋)を乍(作)る」と。其れ子々孫に至るまで、其れ萬年永く寶用せよ。

〈註釈〉
1　弔豐　作器者。豐字は、豊など数種の字形に隷定されている。又、本器と同じ字形が豐公鼎（『殷周金文集成』二一五二）、豐卣（『殷周金文集成』五三四六・五四〇三）などに見られる。ここでは作器者名であることから、原形のままとすべきであるが、一連四器中に文字構造の異なるものがあ

〈乙器：器影・銘文拓影〉『保利藏金』より
通高15.5×口径23.7cm　重3.19kg

〈甲器：器影・銘文拓影〉『保利藏金』より
通高15.5×口径23.7cm　重2.88kg

ることを考慮して、仮に豐字を用いておく。

1　肇　字形は啓字に近いが、肇字の異体と見て、肇に読むこととした。啓字に近い字形を肇字に読むべき例は攸簋（『殷周金文集成』三九〇六）にも見える。

〈担当者　染谷〉

有蓋叔豐簋（甲・乙）

〈関連器について〉　著録『保利蔵金』に叔豐簋を四件収録している。右記の叔豐簋二件は器形、文様、銘文とも同じく一対の器である。二件とも蓋がない。他の二件は、蓋があり、器蓋同銘である。無蓋の銘文に比して「曰余肇」三字が少ないほかは同文である。字体、書法上も近似しており、これら四件の簋は一連の作と考えられる。

〈隷定〉（器蓋両銘同文）

1　弔豐乍寶毁
2　其至于子々孫其
3　萬年永寶用

〈付記〉　豐字の下部が、通例と大きく異なっている。

〈著録〉

a　王世民「叔豐簋」　『保利蔵金』一九九九年
b　李零・董珊「有蓋叔豐簋」　『保利蔵金』一九九九年
c　鍾柏生等編『新収殷周青銅器銘文暨器影彙編』一六〇二～一六〇五　台北・藝文印書館　二〇〇六年四月刊

〈器影・拓影〉『保利蔵金』より
左：有蓋乙器（上：蓋銘、下：器銘）　通高18×口径17cm　重3.08kg
右：有蓋甲器（上：蓋銘、下：器銘）　通高18×口径17cm　重3.28kg

〓方彝

〈時期〉西周中期
〈出土〉未詳
〈現蔵〉ドイツ・ベルリン博物館
〈隷定〉

1 〓乍朕且日辛
2 朕考日丁隮
3 彝其萬年子々
4 孫々永寶用［図象］

〈通読〉

〓朕が且(祖)日辛、朕が考日丁の隮彝を乍(作)る。其れ萬年、子々孫々まで永く寶用せよ。［図象］

〈註釈〉

1 〓　作器者。この字、馬字に似ているが、馬のたてがみにあたる部分が馬字とは異なっている。著録cでは左偏の二画を「にすい」に見て「馮」に釈しているが、無理がある。ここでは人名であるところから、隷定せず、そのままの形としておく。

1 且日辛考日丁　祖日辛、考日丁。二人の祖考名を連名して尊彝を作ることを記した例は、多くはないが、時に見られることである。

3 萬年　年字に重文符号が付いているが、この場合、重要な意味を持つ符号ではないと見るべきであろう。よって、通例のように「萬年」と読んでおく。

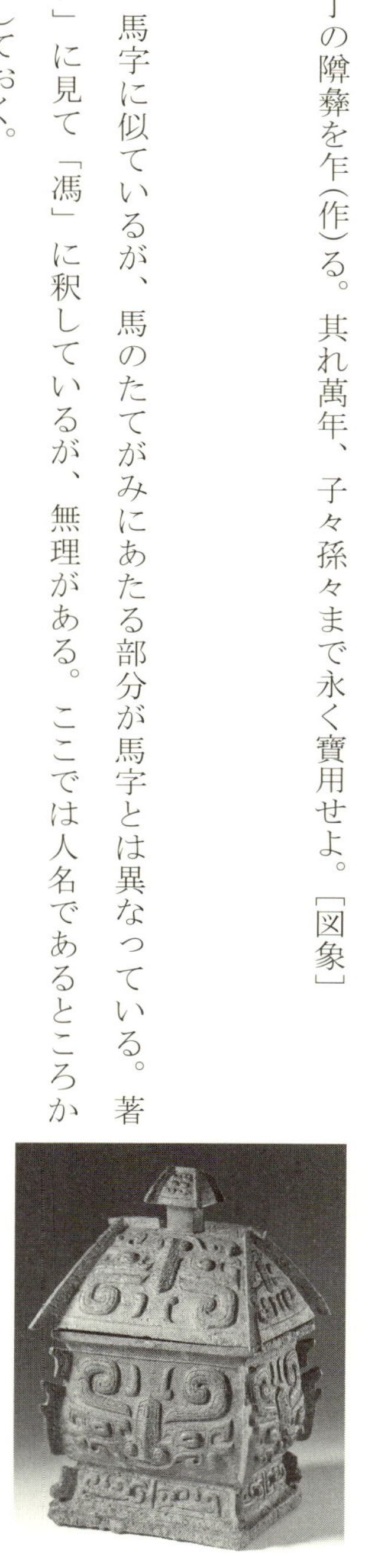

〈器影・拓影〉『Frühe chinesische Bronzen aus der Sammlung Klingenberg』より
通高28.7×口黄16.2×口縦13.4cm

〈器の時期について〉　参考資料１によれば、羊角形二段犧首の饕餮紋は殷後期から出現するという。器形からすると、アメリカ・メトロポリタンミュージアム蔵の方彝がもっとも近い。この方彝の時期は西周Ⅱ二型に属している。著録ｂでは西周中期の作としている。図象や字形から見ても、西周中期とするのが妥当である。

〈字形・書法について〉　字形は、頭部が大きく脚部の短い字が目につく。字画は等質でおだやかな線である。字の構造は、「朕」「彝」に変形の進んだ形が見える。

（担当者　大橋）

〈著録〉

a　H. Butz『Frühe chinesische Bronzen aus der Sammlung Klingenberg』　Staatliche Museen zu Berlin 一九九三年刊

b　鍾柏生等編『新収殷周青銅器銘文曁器影彙編』一二四〇　台北・藝文印書館　二〇〇六年四月刊

c　劉雨、厳志斌編著『近出殷周金文集録二編』九〇二　中華書局　二〇一〇年二月～一〇月刊

〈参考資料〉

１　林巳奈夫『殷周時代青銅器紋様の研究』　吉川弘文館　一九八四年二月刊

老簋

〈時期〉西周中期（穆王）
〈出土〉未詳
〈現蔵〉個人

〈隷定〉
1　隹五月初吉王才莽京
2　魚于大滮王蔑老曆易
3　魚百老﨓䭫首皇䚄王
4　休用乍且日乙隮彝
5　其萬年用夙夜于宗

〈通読〉

隹れ五月初吉、王 莽京に才(在)り。大滮に魚(漁)す。王 老の曆を蔑し、魚百を易(賜)ふ。老 﨓(拜)し䭫(稽)首し、皇(おほ)ひに王の休に䚄(揚)へて、用て且(祖)日乙の隮彝を乍(作)る。其れ萬年まで用ゐ、宗に夙夜せよ。

〈銘文拓影〉『雪齋學術論文二集』より

〈註釈〉
1　莽京　　地名。著録aでは、この語について旧説を整理して「方」「鎬」「豐」の三説に分類し、自らは、字形と字音の分析、銘文に射漁の記述が見られることから、方説がいいであろうとしている。著録cでは、金文中では䒶京において、王室の重要な典礼が行われており、射漁に関する記事が見られることから、䒶京には辟雍及び辟池があったと推測できるとしている。参考資料1では、諸説を検討し、鎬京付近の独立した城邑であるとしている。参考資料2では、字の声義からすると豐京と見る方が良く、強いて分類すれば豐は地の大名、䒶京はその地の辟雍所在の神域をいうと言っている。参考資料3では、䒶京は周初に三都の一つとして造営されたもので、神都として先世先王の祀所が置かれたところであると言っている。

2　魚　　字形は魚であるが、漁の義。射漁の禮をさす。

2　大滹　　著録aでは、滹字の右下部が子でないことに着目して、「滮」字に隷定し、大滮は大池の別称で、王室が射漁の礼を行う場所であったとしている。

2　老　　作器者。

3　易魚百　　易は賜。百魚を賜わるの意。著録aでは、井鼎、公姞鼎の例とともに「易魚」の一例であるとしている。著録cでは、䒶京における漁の儀礼において、功労のあったものに魚を与えていたことがわかると言っている。

5　夙夜　　朝夕、早晩のこと。また、朝早くから夜遅くまで祭儀に励むこと。夙夕と同義。

〈器の時期について〉　著録aでは、器形と文様、銘文の内容、他の青銅器との比較から時期を考察している。すなわち、器形と文様から見ると西周中晩期、䒶京、魚于大滹など銘文に用いられている用語から見ると西周中期以前、そして紀年のある虎簋蓋との比較から西周穆王時期と考えられるとし、これらを綜合して西周穆王時期としている。

〈著録〉

a　張光裕「新見老簋銘文及其年代」　『雪齋學術論文二集』二〇〇四年一二月刊（再録：『考古与文物』二〇〇五年増刊）

b　鍾柏生等編『新収殷周青銅器銘文暨器影彙編』一八七五　二〇〇六年四月刊

c　小田健資「老簋銘」　『近出殷周金文選読』　二松学舎大学大学院中国学研究科浦野研究室編　二〇〇八年一月刊

d　髙澤浩一・浦野俊則「射漁礼関係金文考釈」　『二松学舎大学東アジア学術総合研究所集刊』三九集　二〇〇九年三月刊

〈参考資料〉
1　劉雨「金文莽京考」『考古与文物』一九八二年三期
2　白川静「臣辰卣」『白川静著作集別巻　金文通釈1（上）』平凡社　二〇〇四年一月刊
3　白川静「西周史略」『白川静著作集別巻　金文通釈6』平凡社　二〇〇五年七月刊

（担当者　津村）

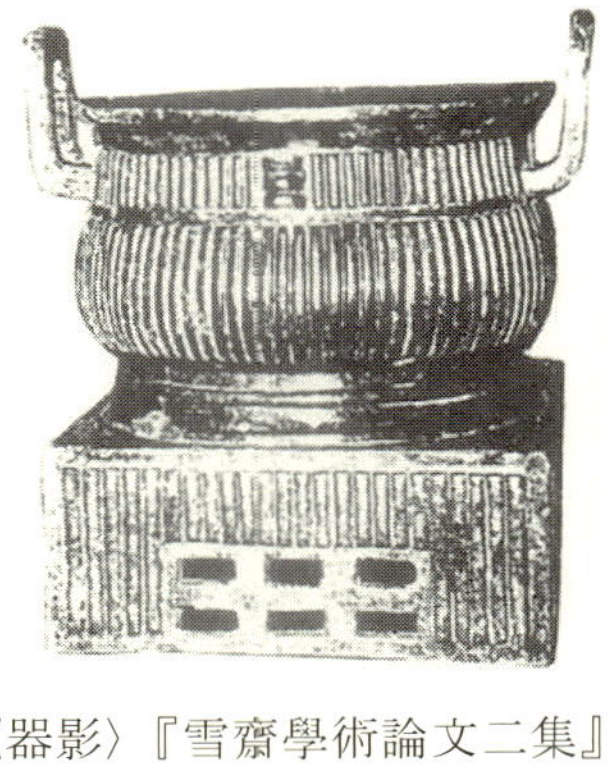

〈器影〉『雪齋學術論文二集』より
通高27×口径21×方座高10cm

㫚簋

〈時期〉西周中期（穆王～恭王時期）
〈出土〉未詳
〈現藏〉個人

〈隷定〉

1 唯四月初吉丙午王
2 令㫚昜截市同黄?A旂?
3 曰用事嗣奠□馬弔
4 BC加㫚曆用赤金
5 一勻用對䚄王休乍寶
6 毁子々孫々其永寶

〈銘文拓影〉『首陽吉金』より

〈通読〉

隹れ四月初吉丙午、王㫚に令(命)じて、截(緇)市(韍)、同黄、A旂?を昜(賜)はしめて曰く「用て事へよ。□馬を嗣(司)奠せよ」と。弔(叔)BC㫚の曆を加(嘉)(よみ)して赤金一勻(鈞)を用う。用て王の休に對䚄(揚)して、寶毁(簋)を乍(作)る。子々孫々まで其れ永く寶とせよ。

〈註釈〉

2 㫚　作器者。著録aに㫚の名が見える器十二件を整理して、それら㫚の官職・身分について論じている。著録bに、金文中に見える人名㫚の五件について時期や官職、身分の高下等を論じて、それぞれ別人と考えるべきだと言っている。

2　載市　　載は緇(黒色)。市は芾・韍と解されている。著録aは、載の義符韋が皮革の意であることから、載市を黒い革製の膝覆いであると言っている。

2　同黄?　　同について、著録aは、唐蘭の絅横(同麻織の帯)とする説と、郭沫若の佩玉の色の名で褐色を言うとする説を紹介するにとどめている。黄?字については、黄字に隷定しがたい字体であるが、金文中に「載市同黄」の用例が七件ほどあり、同字を含む熟語は他に適当な例がないところから、黄字の可能性が高い。著録aは黄字を簡写したものと見ている。黄字は、佩玉の場合は衡(珩)に読まれることが多い。ただ、前後にある賜物との並びから言えば、織物と見るほうが自然である。

2　A旂?　　載市以下は賜物を記していることから、本字も賜物の一である。旂?としたのは、「鑾旂」の用例が多く見られ、拓影に旂形の一部分が読み取れるからである。なお、著録aでは、Aを「A于」と二字に読み、旂を㫃に従う文字で地名と解している。著録eは、鋚族(旂)に読んでいるが、これらの読みを拓影から確認することは困難である。

3　用事　　著録aでは、張振林の説を引用し、金文の「用事」の内容は、①祭祀、②田猟・征伐、③任じられた官の職務の三つに分類できると言っている。ただし、ここでは①〜③を明瞭に区分することはできない。また、「事」は仕(主君に仕える)の意である。

3　𤔲奠□馬　　𤔲は司(つかさどる)。著録aは奠を鄭(地名)、馬を馬偏の字として右旁がはっきりしないと言っている。著録bは、駱に解する場合と馴に解する場合について検討している。著録cは、馭馬と読み、著録eは駒馬と読んで考察しているが、いずれも明確な読みを定めがたく、それぞれの説を述べている。ここは、「𤔲奠」を動詞に解すべきである。免簠(『殷周金文集成』四六二六)に「𤔲奠園林眔虞眔牧(園林と虞と牧とを司奠す)」とある。これと同様の文型である。

3　叔BC　　人名。著録aはB字を人名であるが字形は不明とし、C字を父字ではないが、語形から暫定的に「父」に読んでおくとしている。著録eは特に論じているわけではないが、「叔朕尹」と読んでいる。しかし、字は、朕にも尹にも確定しがたい。当面、不明字としておく。

4　加曶暦　　加は嘉(ほめたたえる)の義。暦は功績。

4　赤金　　通常、青銅器製作の原料となる青銅のことを指しており、赤はその色を言っていると解されている。色や原料については、著録fに詳論されている。

5　勻　　鈞。重量単位。参考資料1では、西周の一鈞が約十kgに相当するという仮説を出している。

〈器の時期について〉　著録ａに、冊命金文は多くが成王・康王時期から幽王時期までに見られ、春秋以降は極めて少なくなること、記述の形式が次第に発展すること、本器の器形や装飾は西周早期の特徴を持っていることなどの点から、この器は西周中期の比較的早い時期、即ち穆王、恭王時期の器であると言っている。

〈著録〉

ａ　張光裕「新見曶簋銘文對金文研究的意義」『文物』二〇〇〇年六期

ｂ　吉井涼子「曶簋」『近出殷周金文選読二』二松学舎大学大学院中国学研究科浦野研究室　二〇〇九年一月（未刊）

ｃ　韓巍「西周金文中的「異人同名」現象及其対断代研究的影響」『東南文化』二〇〇九年六期

ｄ　首陽斎等編『首陽吉金』三三　上海古籍出版社　二〇〇八年一〇月刊

ｅ　陳佩芬「再議曶簋」『中国古代青銅器国際研討会論文集』二〇一〇年一一月

ｆ　汪涛「曶簋銘文中的「赤金」及其相関問題」『中国古代青銅器国際研討会論文集』二〇一〇年一一月

〈参考資料〉

１　松丸道雄「西周時代の重量単位」東京大学東洋文化研究所編『アジアの文化と社会Ⅱ』一九九二年

〈器影〉『文物』2000-6 より
通高 11.8 ×口径 21.3cm×底口 17.8 cm

（担当者　本間、浦野）

夨簋

〈時期〉西周中期
〈出土〉未詳
〈現蔵〉不明

〈隷定〉

1 隹十又一月既生霸戊
2 申王才周康宮鄉醴夨
3 卻王穠氒老夨曆易玉
4 十又二瑴貝廿朋夨拜䭬
5 首曰天子其邁年夨其
6 永老妾夨𠭖對䫊王休
7 用乍寶𣪕其孫々子々用

〈通読〉

隹れ十又一月既生霸戊申、王 周の康宮に才(在)り。鄉(饗)醴す。夨 卻(御)す。王 氒(厥)の老夨の曆を穠(蔑)し、玉十又二瑴、貝廿朋を易(賜)ふ。夨 拜し䭬(稽)首して曰く、「天子は其れ邁(萬)年にして、夨は其れ永く老妾たらんことを」と。夨 𠭖(敢)て王の休に對䫊(揚)し、用て寶𣪕(簋)を乍(作)る。其れ孫々子々用ゐよ。

〈甲器・器銘拓影〉『雪齋學術論文二集』より

〈註釈〉

2　周康宮　周康宮については、第二集(二六頁)を参照のこと。参考資料1に、「康宮は周王の財産が集積・管理される拠点となっていた」と言っている。

2　夾　作器者。

2　郷醴　饗は、賓客を饗応する礼。醴は醴酒及び儀礼において醴酒を用いること。師遽方彝(『殷周金文集成』九八九七、西周中期)に「王在周康寢饗醴(王、周康寢に在りて饗醴す。)」とあり、長由盉(『殷周金文集成』九四五五、西周中期)に「穆王、饗醴す」とある。著録aでは「饗醴」の語は金文中に六例あり、いずれも西周中期の銘文であると言っている。

3　卸　御。著録aに、この銘では、御事、治事と言うのと同様で、輔助の意であると言い、虢叔旅鐘「秉元明徳、穆穆御于氒辟」(『殷周金文集成』二三八～二四〇、西周晩期)などの例を挙げている。

3　穠　蔑の別体。蔑字の用法について、参考資料2に、「蔑某暦」は目下の某の功績を表彰するの意である。「某蔑暦」は目下の「某に蔑暦せらる」と読むべきであると言っている。

3　玉十又二瑴　瑴は玉の数量詞。この字の隷定字形は、著者によって小異がある。

6　老妾　金文中では初出の語。妾字は金文中で「臣妾」と用いられている例が多くある。老妾は、老臣の意味に近いものと捉えるべきであろう。妾字には臣よりも私的で謙遜の気分を感じさせる。この文では、前段で「老夾」と言っており、夾は年齢が相当に高かった、あるいは長期にわたってその任にあったと思わせるものがある。

〈同銘二器について〉　著録aに、同銘器二件を記録している。二件とも器と蓋に同文の銘がある。二件とも蓋銘は状態がよくないようで、拓影は

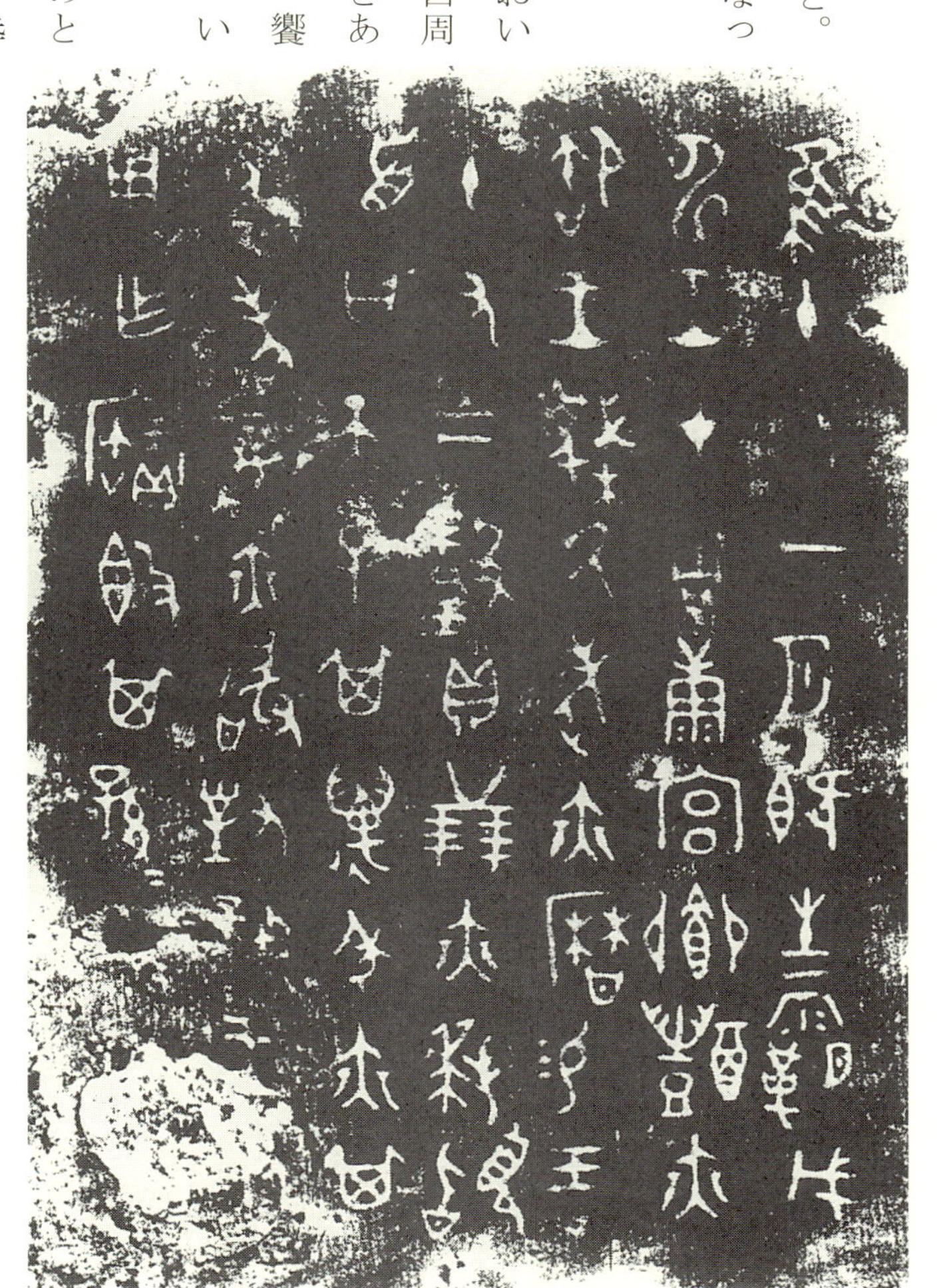

〈乙器・器銘拓影〉『雪齋學術論文二集』より

文字が見えにくいので、掲載は省略した。

〈著録〉

a　張光裕「新見西周夨簋銘文説釋」　鍾柏生『古文字與商周文明』　台北・中央研究院歴史語言研究所　二〇〇二年六月刊（再録：『雪齋學術論文二集』　台北・藝文印書館　二〇〇四年刊）

〈参考文献〉

1　佐藤信弥「祭祀儀礼の場の変化」　『西周期における祭祀儀礼の研究』　朋友書店　二〇一四年三月刊

2　白川静「蔑暦解」　『甲骨金文学論叢』下　平凡社　二〇一二年六月刊

（担当者　大橋）

〈器影〉『雪齋學術論文二集』より
上：甲器　　下：乙器
通高22×口縦23×横長30cm

親 簋

〈時期〉西周中期（穆王）
〈出土〉伝清末民国初、陝西宝鶏
〈収蔵〉二〇〇五年、中国国家博物館

〈隷定〉

1 隹廿又四年九月既望庚
2 寅王才周各大室卽立嗣
3 工□入右親立中廷北鄉
4 王乎乍冊尹冊黼令親曰
5 更乃且服乍冢嗣馬女迺諫
6 訊有粦取徵十寽易女赤
7 市幽黄金車金勒旂女迺
8 敬夙夕勿灋朕令女肇享
9 親拜𩒨首敢對䫉天子休
10 用乍朕文且幽白寶𣪘親
11 其萬年孫子其永寶用

〈通読〉

隹れ廿又四年九月既望庚寅、王 周に才(在)り。大(太)室に各(格)り、立(位)に卽く。嗣(司)工(空)□ 入りて親を右(佑)けて中廷に立ち、北鄉(嚮)

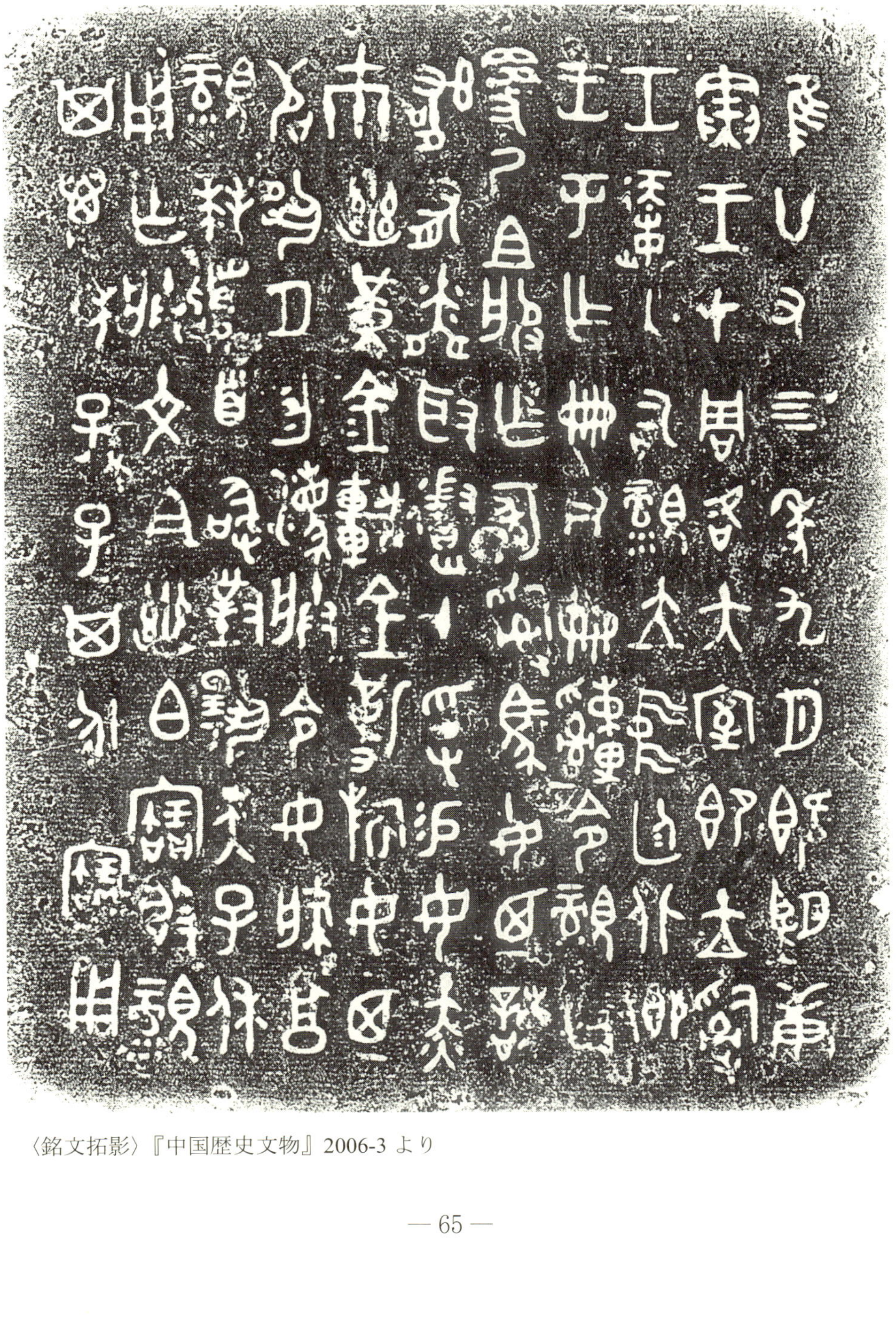

〈銘文拓影〉『中国歴史文物』2006-3 より

す。

王乍(作)冊尹を乎(呼)び、冊す。𩠆(緟)ねて親に令(命)じて曰く、「乃の且(祖)の服を更ぎ、冢嗣馬と乍(作)す。女(汝)廼ち訊、有𢍱を諫せ。女(汝)に赤市(韍)、幽黄、金車、金勒、旂を易(賜)ふ。女(汝)廼ち敬しみ夙夕して朕が令(命)を灋(廢)する勿れ。女(汝)肇に享せよ」と。親拜し𩒨(稽)首して、敢て天子の休に對䮾(揚)して、用て朕が文且(祖)幽白(伯)の寶𣪘(簋)を乍(作)る。親よ、其れ萬年孫子まで、其れ永く寶用せよ。

〈註釈〉

3 嗣工□　嗣工は司空。官名。百工を管掌する職。□は人名。著録abでは隷定しているが、ここでは隷定しない。文献上では、司空は周の六卿の一つで、土地と人民をつかさどるとされている。金文中では、人名に冠して用いている例があるが、職務を明確に記した例はない。

4 乍冊尹　作冊尹。作冊は官名。尹はその長を言う。

4 𩠆　𩠆は、重ねて、併せて言う場合に用いる。

5 服　ここでは職事、職務の意である。本銘と同形の銘文が趩觶（『殷周金文集成』一六七七、西周中期）に見られる。趩觶には、王が内史を呼び、冊命させて「更厥祖考服（厥の祖考の服を更ぐ）」とある。

5 更　受け継ぐ。更新する。

5 冢司馬　官職名。著録aでは、「冢司馬」と釈して、この冢は王家をさすと解している。著録bでは「冢司馬」と釈して、大司馬のことで、王の司馬であると言っている。これらを受けて著録hでは、字は「冢」ではなく「冢」であり、aは王家の私的な役職、bは王朝の公的な役職を言っていると解することができそうであると言っている。また、「冢」が宰相を意味しているとすれば、冢司馬は王朝の司馬の最高位にある人物と見るのがよいであろうとし、親の登場する他器の銘に刑伯と同列に記されている例から見て、王朝の重要人物であると言っている。

6 諫訊有𢍱　「諫」は正す。「訊」は尋ねる(訊問)の意。「有𢍱」について著録aは、唐蘭の「友隣」説、李学勤の「有嫌」説を紹介した上で、「𢍱」を咎と解している。すなわち、「諫訊有𢍱」を貪吝な罪行あるいは礼に悖る政策を行う人物を審問するという意味だと説明している。参考資料1は、訊・庶右・粦が司馬に属する官名と推論している。この白川説の方が、他の類例銘文の解釈との整合性がある。この考えに依れば、この文は「訊、有粦を諫す」と読むことになる。文意は、王が親に対して冢司馬の官にあっては配下の訊や有粦の仕事が正しい方向に進めることを求めていると解釈することになる、と述べている。ここではこれに従うこととする。

6　取徵十寽　取徴十鍰。著録aでは、冢司馬の主要な職責が「諫訊有粦」であり、その待遇が「取徵十寽」であると言い、「徵」は俸禄であろうとしている。「爰」は鍰の初文で重さの単位である。「取徵〇寽」の語について、参考資料1では、兼務する職務に対する俸給であるらしいという見解を述べている。（本冊「[illegible]簋」の註釈を参照）

〈器の時期について〉　著録aでは、刑伯親の名が見える瘨簋、刑伯の見える走簋ほか八器の年代が西周中期であること、西周中期において二三年を超えて在位した王は、穆王以外にないことを論じて、この器に言う二四年を穆王二四年と推定している。参考資料345等によると、西暦紀元前九五三年に当たり、九月庚寅は二三日で、月相は既望になると述べている。著録bでは、この簋が𢦏簋をはじめ、他の西周中期の器と形制や紋飾が似ていることから西周中期の器とし、銘文の内容と『断代工程』の金文暦譜から、銘文に言う二四年は穆王二四年であり、公元前九五三年九月戊辰朔、庚寅二十三日既望に当たると述べている。著録dは、親の活動年代を穆王二四年以降、共王を経て懿王初年にわたると言い、穆王二四年は前九五三年としている。これに対して、著録cは、刑伯の在職年数を考慮し、懿王元年「天再旦于鄭」の日食が前八九九年であり、西周中期の年暦推算の基準点とし、親簋・裘衛簋・虎簋蓋の年月・月相が一致することから、穆王元年を前九五六年とし、在位は四〇年に達しないという説を述べている。これらを受けて著録hでは、以上の説は、いずれも刑伯の登場する銘文を取り上げて論じているが、多くの銘文に見える刑伯について、全て同一人かどうかが問題であり、どれが別人で、どれが同一人であるかをさらに吟味する必要があると述べている。

〈著録〉

a　王冠英「親簋考釈」　『中国歴史文物』二〇〇六年三期
b　李学勤「論親簋的年代」　『中国歴史文物』二〇〇六年三期
c　アメリカ・夏含夷「従親簋看周穆王在位年数及年代問題」　『中国歴史文物』二〇〇六年三期

d　張永山「親簋作器者的年代」『中国歴史文物』二〇〇六年三期

e　浦野俊則「親簋」　二〇〇六年一〇月（未刊）

f　尹稚寧「由親簋銘文窺探西周冊命礼儀的変化」『古文字研究』二六　二〇〇六年一一月刊

g　張聞玉「親簋及穆王時代」『中国歴史文物』二〇〇七年四期

h　葉正渤「亦談親簋銘文的暦日和所属年代」『中国歴史文物』二〇〇七年四期

〈参考資料〉

1　白川静「趞鼎」『金文通釈』八三　白鶴美術館　一九六八年三月刊（原載：『白鶴美術館誌』第十六輯　一九六六年）

2　白川静「牧毀」『金文通釈』一〇四付　白鶴美術館　一九六八年三月刊（原載：『白鶴美術館誌』第十九輯　一九六七年）

3　張培瑜『中国先秦史暦表』　斉魯書社　一九八七年六月刊

4　『夏商周断代工程1996～2000年階段成果報告・簡本』　世界図書出版公司　二〇〇〇年一一月刊

5　李勇『月齢暦譜与夏商周年代』　世界図書出版公司　二〇〇四年五月刊

（担当者　津村）

〈器影〉『中国歴史文物』2006-3 より
通高 19.5 ×口径 22 ×下部圏足高 6.5 ㎝

䖒　尊（䎽尊・聞尊）

〈時期〉西周中期
〈出土〉未詳
〈現蔵〉台北・樂從堂

〈隷定〉

1　隹十月初吉辰才庚午師
2　多父令䖒于周曰余學
3　事女母不善屓朕采
4　□田外臣僕女母又一不
5　䖒蔑曆易馬乘盠
6　宧二䖒拜韻首揚
7　對朕皇尹休用乍朕
8　文考寶宗彝孫
9　子其萬年永寶

〈通読〉

隹れ十月初吉、辰は庚午に才(在)り。師多父 周に䖒に令(命)じて曰く、「余 事を學(をし)へん。女(汝) 不善なること母(毋)かれ。朕が采□の田、外臣僕を屓せよ。女(汝) 又た一不あること母(毋)かれ」と。䖒 蔑曆せられ、馬乘、盠宧二を易(賜)はる。䖒 拜し韻(稽)首し、朕が皇尹の休に揚對し、用て朕が文考の寶宗彝を作る。孫子まで、

〈拓影〉『中国歴史文物』2010-3より

其れ萬年永く寶とせよ。

〈註釈〉

1　師多父　　師は官職名。多父は、ここでは特定の個人を指しているが、金文中に、多友、多朋友、多諸友、多公、多士、多弟子などの語が見られるところから、多父は一定の身分・人間関係にある人を指す語と考えられる。多父の称謂が見られる器には、伯多父盨、芮伯多父簋、叔多父簋がある。これらはいずれも西周晩期の器であり、この尊が西周中期だとすると、これまでで最も早い時期の用例となる。なお、師多父の語は、初出である。著録ｅｇは、師多父を私田の卿あるいは大夫級の人物と捉えている。

2　䖑　　作器者名。著録ａは䰙に釈しているが、拓影では左偏が「虎」に見える。著録ｅは模本を示して「聞」に読んでいる。著録ｆは、「虎」に近いとし、䖑に隷定している。

この人名は、文中三箇所に見られるが、文字の構造は三箇所とも異なっているように見える。著録ｆでは模本を示し、この字の下辺に「虫」字があるように見え、「虫」を加えて隷定すべきであろうが判然としないので、今、「䖑」にしておくと言っている。著録ｈでは、第一字と第三字は𧈫に隷定して器主名、第二字は動詞「聞」であるとしている。正確な字の構造は、拓影が判然とせず、明らかにしがたい。ここでは䖑としておく。

2　學　　著録ａｄｆでは教の義としている。これに従う。

3　𠩺　　著録ａは、確釈ではないが文意から推して協助の意であろうとし、王の土地の采田と外臣僕を管理させる意としている。著録ｄは、「𠩺」に隷定し、胥に読んでいる。著録ｅはこれを受けて監視し管理するの意があるとし、著録ｆは管理の意としている。

3　采　　著録ｄは采、著録ａｅｆは采かどうかわからないとしている。ここでは采として読んでおく。

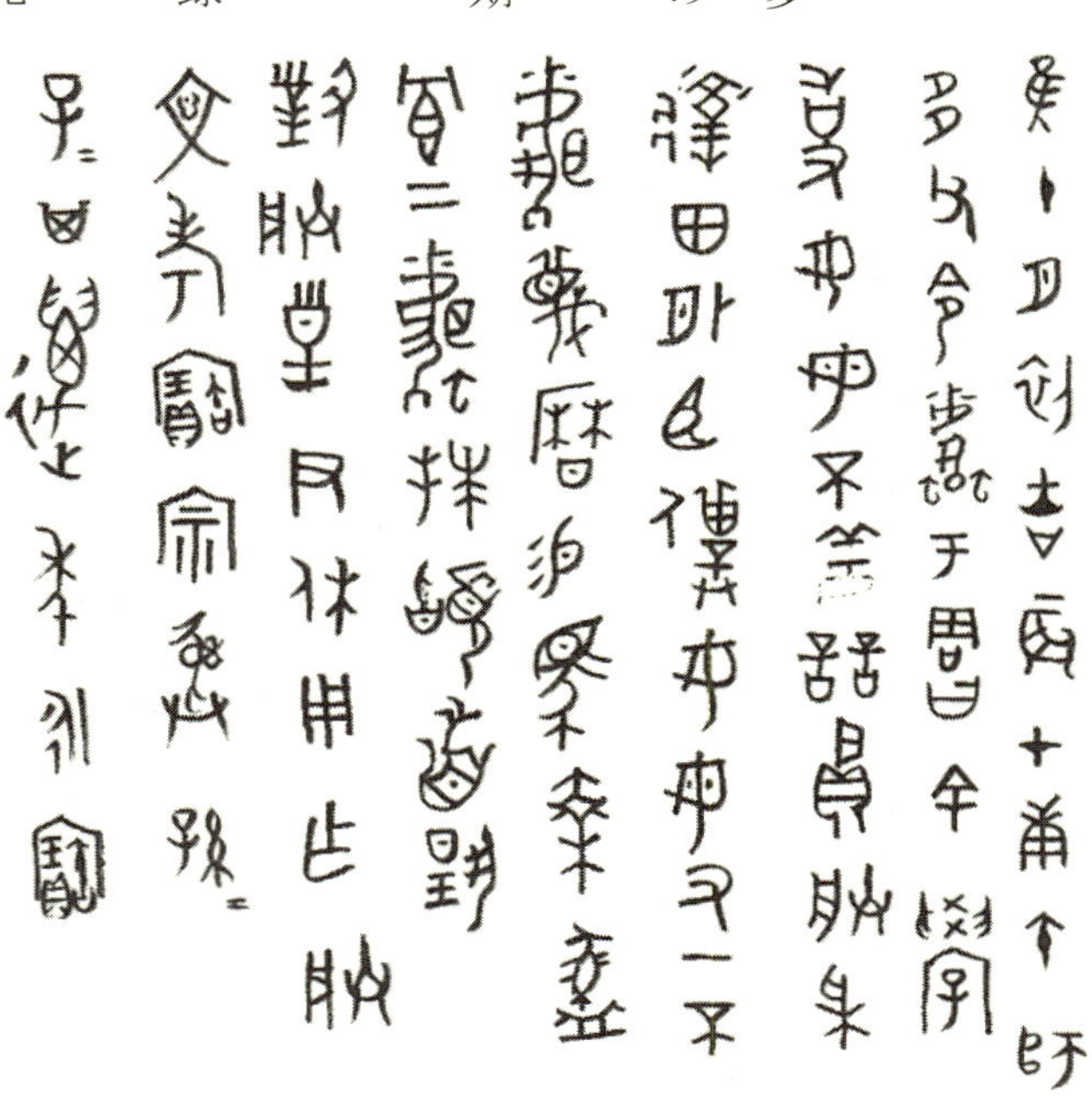

〈模本〉『中国歴史文物』2010-3より

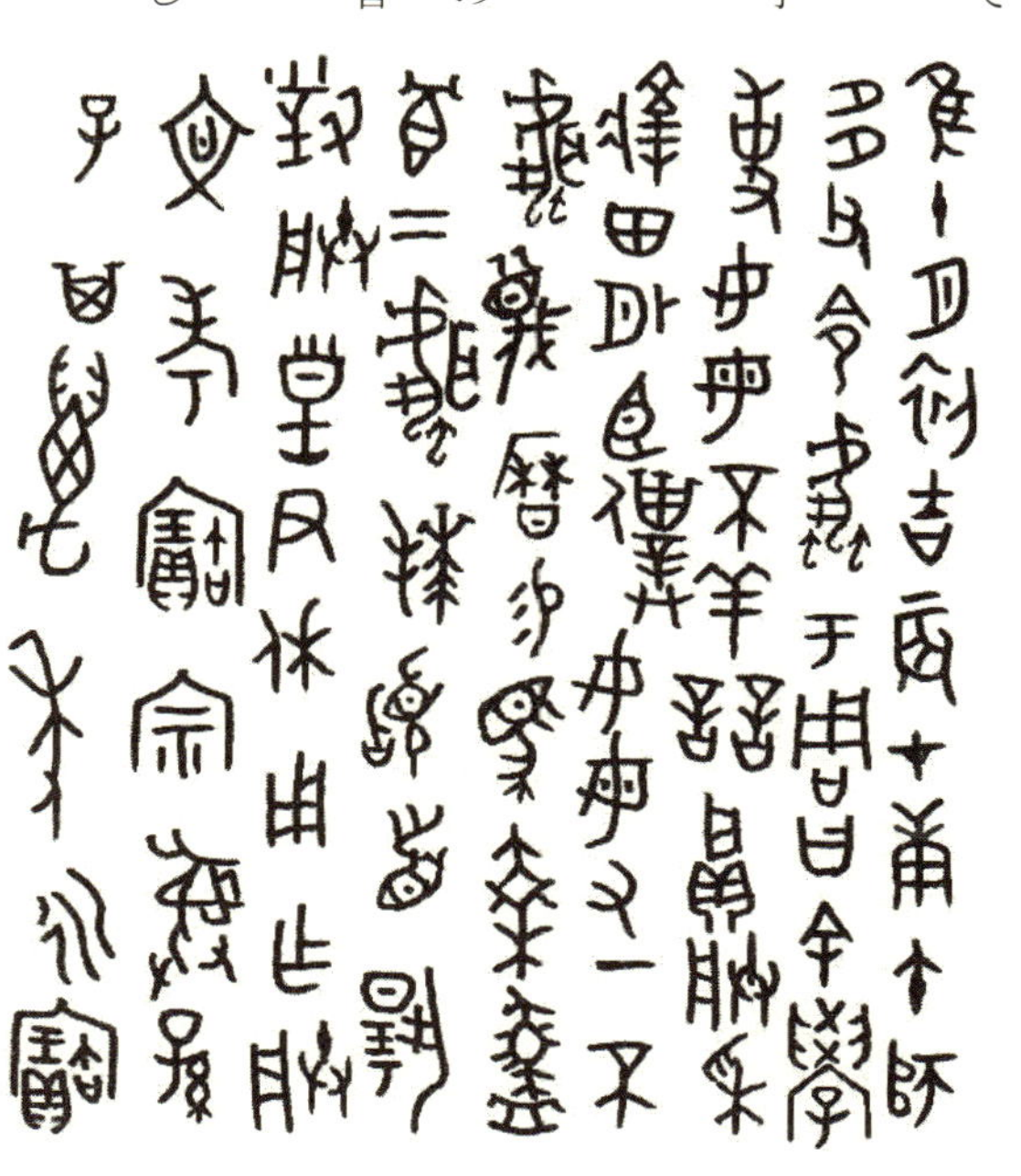

〈模本〉著録ｆより

4　□　　著録ａｅは原形のままとして田地の名称とし、著録ｄは「達」に読んでいる。著録ｆは、隷定しがたいとし、「采」字の読みが正しければ、采邑を示す地名であるとしている。地名と捉えるのが自然であるので、ここではあえて隷定しないでおく。

4　外臣僕　　著録ｄでは、外は治めるあるいは設けるの意味とし、䤴を従属の臣僕としている。著録ｅでは、臣僕は僕庸と同義で、城邑に付属し統治を受けながらも自分の土地・家屋などを持つ農民とし、外はその外側の意としている。著録ｆでは、「外臣僕」は主君から見て、自身の臣下に属さない者、臣下の支配下にある臣僕を指すと解釈できよう、としている。

4　一不　　著録ｂは、「一」は泐痕としている。著録ｃは、銘文のカラー写真から、確かに「一」であると言っている。著録ｆは、前文の「不善」と対応関係にあることから、「一つの不善もあることなかれ」の意と推測できると言っている。

5　乗　　量詞。著録ａは、馬四匹と御車を以て馬乗という と言っている。

5　盠冟　　盠字について、著録ａは、金文未見であるとしながら「盠」字に隷定し、著録ｃｄでは、これまで盠字は人名として使われていると言っている。

冟字について、著録ａでは、車幭(覆い)、著録ｄでは、幎(覆い隠す幕)としている。

著録ｄは、虎冟の語が金文に見られることから、盠は動物の名ではないかと言っている。

右のように解釈に異同があるが、文意と語の位置から考えて、盠冟は、盠の刺繍や紋様を施した馬車に覆い掛ける布と捉えるのがよいであろう。

6　揚對　　通常は、對揚である。揚對とした前例はない。何らかの事情によって、文字順が逆転したのではないかと疑われる。

〈器の時期について〉　　著録ｆは、銘文の字形から見ると西周中期の文字のようであると言っている。著録ｈは、行間や文字の配列が整っていないこと、風格、對揚を揚對と書くなど書き方が固定していないことなどを挙げて、西周早期のものであるとしている。このように時期について説が分かれているが、字体の進化の度合いから見て、西周中期の器と見るのがよいであろう。

〈著録〉

ａ　張光裕「新見樂從堂藏䤴尊銘文試釋」　『古文字学論稿』　安徽大学出版社　二〇〇八年四月刊

ｂ　一蟲「新見古文字資料介紹（一）」　復旦大学出土文献与古文字学研究中心　(http://www. gwz. fudan. edu. cn/SrcShow. asp?Src_ID=396)

c　張光裕「對䚄尊銘文的幾点補充」　復旦大学出土文献与古文字学研究中心（http://www.gwz.fudan.edu.cn/SrcShow.asp?Src_ID=407）
d　董珊「読䚄尊銘」　復旦大学出土文献与古文字学研究中心（http://www.gwz.fudan.edu.cn/SrcShow.asp?Src_ID=413）
e　蔣書紅「䚄尊銘文考釈」　『中国歴史文物』二〇一〇年三期
f　浦野俊則「䚄尊」二〇一〇年一一月（未刊）
g　趙成傑「䚄尊銘文集釋」　復旦大学出土文献与古文字学研究中心（http://www.gwz.fudan.edu.cn/SrcShow.asp?Src_ID=1572）
h　蔣書紅「䚄尊新解」　復旦大学出土文献与古文字学研究中心（http://www.gwz.fudan.edu.cn/SrcShow.asp?Src_ID=1652）
i　張崇禮「釋䚄尊銘文中的「肩」字」　復旦大学出土文献与古文字学研究中心（http://www.gwz.fudan.edu.cn/SrcShow.asp?Src_ID=1799）

（担当者　津村）

〈器影〉『古文字学論稿』より
通高23×口径18cm

⿰弁令簋

〈時期〉西周中期
〈出土〉未詳
〈現蔵〉中国国家博物館

〈隷定〉
1 隹正月初吉丁丑昧
2 䨲王才宗周各大室
3 溓弔右⿰弁令卽立中廷
4 乍册尹册令⿰弁令易䜌
5 令邑于奠⿰口⿱絲皿訟取徵
6 五寽⿰弁令對䫹王休用
7 乍朕文且豐中寶
8 𣪘世孫子其永寶用

〈通読〉

隹れ正月初吉丁丑昧䨲(爽)、王 宗周に才(在)り。

大(太)室に各(格)る。溓(溓)弔(叔) ⿰弁令を右(佑)け、立(位)に卽き、中廷(に立つ)。

乍(作)册尹 ⿰弁令に册令(命)して、鑾を易(賜)ふ。令(命)じて奠(鄭)に邑し、⿰口⿱絲皿(訊)訟するに徵五寽(鍰)を取らしむ。

⿰弁令 王の休に對䫹(揚)して、用て朕が文且(祖)豐中(仲)の寶𣪘(簋)を作る。世よ孫子まで其れ永く寶用せよ。

〈器銘拓影〉 『古文字與古代史』第１輯より

〈註釈〉

1　昧䁥　昧爽。夜明け頃の時間帯を指す。䁥字は、喪が声符、日が義符の形声字である。この語は、小盂鼎（『殷周金文集成』二八三九）と免簋（『殷周金文集成』四二四〇）に用例がある。

3　溓弔　溓叔（人名）。本銘では、佑者となっている。著録aは、溓を西周金文中の溓公、溓仲、溓季の溓と同族と捉え、銘文に見える地位から溓公のひとりと見ている。著録bもそれに賛同している。

3　[廾＋令]　作器者。金文中、初見の名である。

3　卽立中廷　通例では、王が主格で、「各大室」に続いて「即立(位)」となり、そのあとに、佑者が受命者を導いて「入門、立中廷、北嚮」の順で書かれる。本銘では、「即立中廷」と書かれており、通例と異なる。通読では、立字を補って読んだ。

4　乍册尹　作冊尹。官職名で、作冊官の長をいう。この語の用例は、これまでに八例あり、すべてが王の冊命のことに従事している。名称どおりに、王の冊命を伝達する役目を担っていたということができる。八例の器は西周中期から晩期のものである。

4　册令　冊命。策命。

4　䜌　鑾鈴。鑾鈴は、旂（旗）の頭頂部や馬車の衡部に取り付ける飾りである。儀仗用の装飾品である。この文では、単に䜌と書いており、旂用か車衡用か明確でない。金文中では「䜌旂」と書いた例が三〇餘件あるのに対して、単に「䜌」と書いた例は本器と二十七年衛簋（『殷周金文集成』四二五六）のみである。この状況から言えば、䜌旂の鑾である可能性が高い。

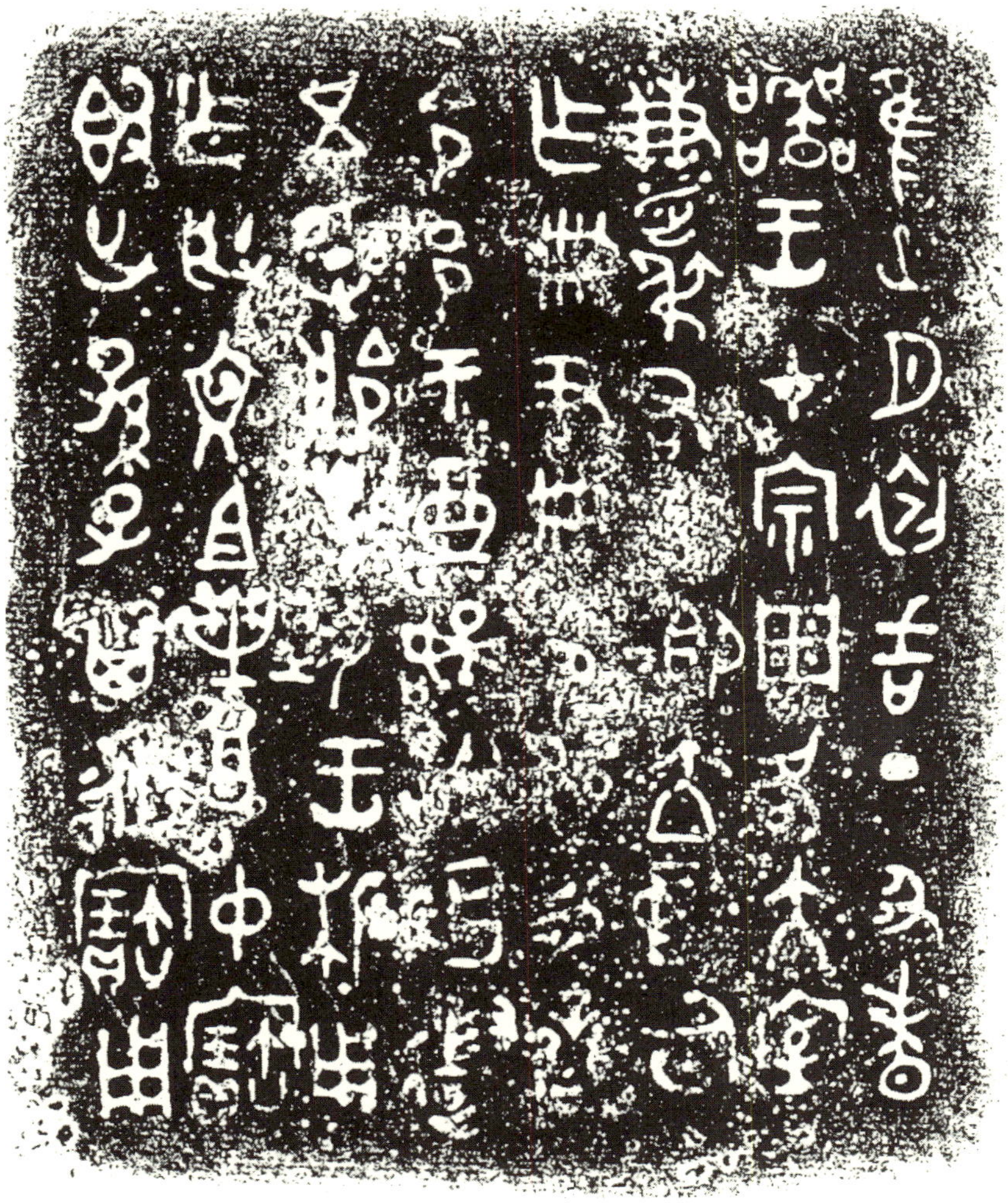

〈蓋銘拓影〉　『古文字與古代史』第１輯より

5　邑　ここでは、邑（采邑、封邑、領地）を作る意味の動詞である。

5　奠　鄭（地名）。著録aは、今の陝西省華県東北の鄭と推定して、金文中に「王在鄭」の記載が複数あるところから、西周時期には重要な地であったと言っている。

5　嗞訟　訊訟。訴訟審理のことを扱う職務の名。著録aは、訊訟関連の記述がある器として、本器のほか、親簋・牧簋・揚簋・虤簋・趞簋・四十三年逨鼎を挙げて、西周時代に訴訟のことを担当したのは、専門の官吏ではなく、行政と軍事を担当する官吏が兼務しており、官吏としての重要な職務であったと言っている。本銘では、鄭邑の行政の任に当たるとともに訊訟処理すなわち司法の任も担当したということになる。そもそも、行政と司法が明確に分離することになったのは、近代のことであり、判然と分離していない時代が永く続いたことは歴史に明らかである。

5　徵　この字の意味について、著録aは、過去の論点を考察した上で、多くは「徵」字に読んできたが、貝に従う会意字であり、「𡈼」の声（音は耑）の会意兼形声字であるとし、名詞としては資財、財産の意味であると言っている。

6　寽　鍰。量詞。重さの単位。字形は、銅餅と双手からなる。金（銅）の分量を示す量詞である。従来、寽に隷定し、「鋝」または「鍰」に読まれてきた。『説文』に「鍰は、鋝なり」とある。本銘と同じく、訊訟にかかわって五鍰を取らせるとした例が虤簋銘に見えている。職務に対する対価の意味を持っている。

白川静『金文通釈』は、本職以外の兼職に対する俸禄と解し、松丸道雄も兼職への給付と見ている。著録aは、策命を受けた貴族が職務に応じて固定的にうける俸禄という見方が比較的妥当だという意見を述べている。行政と司法が分離していなかった時代のことを考えると、どちらが本職でどちらが兼職かを区別しがたい。鄭の行政権と司法権とを合わせた俸禄として五鍰を当てたのか追加した職務に見合った俸禄として与えたのか、どちらにも解しうるようである。

〈文字・書法と筆者について〉　著録bに、器銘と蓋銘の文字の差異について細かく分析し、器銘と蓋銘では、筆者が異なると推論している。以下にその論を要約しておく。

器銘と蓋銘には、文字の書きぶりに差異がある。観点ごとに分析すると以下のようである。

1　全体感　器銘の方が引き締まっている。蓋銘の文字は、字間が不揃いの部分があったり、線の不安定さ、字形の大きさや不安定さが目に付き、それが散漫さの原因となっているようである。

2　文字の配置配列　　第三行「濂弔」、第七行「且豐中」の部分に明らかに相違がある。

第三行「濂」字については、器銘では点画の間隔が狭く、縦に長い字形になることを抑制して書いているようである。蓋銘は、点画の間隔を狭くしようという意図がないようで、成り行きのまま縦長の字形になっており、次の「弔」字との間に余白がなくなっている。器銘の「濂」字は、左右の文字と並ぶように書かれているが、蓋銘は、左右の文字から大きく突出している。

第七行「且豐中」の部分についても、器銘の「豐」字は、縦長ではあるが、直前の「文且」から「寶」までの間で、一字少なくして字間を按分して配置している。これに対して、蓋銘の「豐」字は器銘よりも大幅に縦長字形になって、二字分ほどの大きさになっており、「且豐」間が狭く、「豐中」間が広くなっている。

3　文字の大きさと粗密　　蓋銘の文字は、文字内の空間の広い字が目立ち、個々の字形に緊張感を感じない。例えば、「月・周・寶」の三字とも、蓋銘の文字が器銘よりも大きく、文字内部の空間が広い。「月」字は、湾曲線の内側が明らかに広く大きい。「周」字も同様で、特に左右の幅が広くなっている。「寶」字は、左右の幅は同じくらいであるが、縦に長くなっている。

このような相違は、器銘と蓋銘がほぼ同時に製作されたものとした場合、同一人が書いた場合の振れ幅を超えているように思われる。よく似ている文字について比較した場合には、同一人の筆跡と見えるところがあるが、右に指摘したところには、感性の違いがあるように思われる。

4　点画構成　　蓋銘の「取」字と「休」字は左右が反転した形になっている。「朕」字は下辺が隻手で月偏も異様である。この三字は、いずれも西周金文中にない字形であり、それらは書写過程における不注意あるいは勘違いから生じたもののようである。

5　筆法　　蓋銘の第一行「吉」字の縦画は、頭部を右に傾けて書いてある。「吉」字の縦画は、傾ける必要のない画(かく)である。それをこのように曲げたのは、器銘の「吉」字の縦画の上部がわずかに右に傾いているように見えるのを真似て、曲がりを強く表現したものであろう。文字の手習いにおいては、手本のわずかな変化を捉えてそれを強調して書いてしまうということは、よくあることである。

第七行「且」字も、通常はまっすぐに立てて書く文字である。器銘の「且」字は、右に傾いている。蓋銘の「且」字は、その傾きを意識した結果ではないだろうか。器銘のようなスムーズな線の引き方ではない。真似をしたことが、そのぎこちなさに表れたのであろう。

以上を総合して、器銘と蓋銘では、筆者が異なると考えられる。器銘は、文字の構造をしっかりと身につけている人が書いているのに対して、蓋銘は、器銘の文字を見ながら、それを真似て書いたということができるであろう。

かつて、金文銘の弁偽について、ノール・バーナード氏が提唱(*1)した「文字構造の斉一性の原則」('the principle of constancy of character structures') に始まる諸家の議論があったが、その後、金文銘の弁偽に関する議論は、松丸氏の論文以降、余り進展しているようには見えない。松丸氏は、弁偽の議論を整理し、「第一次銘器」と「第二次銘器」を分ける（一部を選び出す）基準と考えるべきだったと結論づけ、その方法として役立たせることができると述べている。(*2)

器銘と蓋銘の文字を比較して相違点を指摘した方法は、かつての弁偽の基準でいえば、不斉一性（inconstancy ， inconsistancy）に着目した検討であったと言ってよいであろう。

なお、筆跡を対比して同筆異筆を論ずることは、書跡研究や筆跡鑑定においては、精密な比較検討が行われている。その方法を金文に応用すれば、より精密な識別ができるであろう。私が、今回、前段で器銘と蓋銘の文字を比較検討したのは、部分的な抽出による検討に過ぎない。金文銘における異筆を弁別する際に、精密で有効な方法を検討してみる必要がある。

彝簋の蓋銘が器銘を模したものと言ってよいとしたら、松丸氏のいう諸侯倣製銘器に該当するが、師𩕢簋蓋銘の場合と違うのは、同一器の器銘と蓋銘であるという点である。写真で見る限り、紋様は器も蓋も同じようである。器と蓋の組合せにも不自然さが見えない。器も蓋も同一工房で同時に作られたと見てよいならば、銘文原本は一点しかなく、これを器銘に用い、蓋銘は、別人が器銘の文字を臨写したものだとすると、銘文の筆者（原稿の筆者及び文字范を製作した工人も含めて）は、器蓋両方とも王室工房に関係する人物ということが考えられる。蓋銘の作者だけが彝側の人間ということは考えにくい。すなわち、王室工房においても、常に文字にくわしい専門家が銘文制作に関わるとは限らないということになろう。

（＊1）　Noel Barnard, New Approaches and Research Methods in Chin-Shih-Hsüeh, 「東洋文化研究所紀要」第一九冊　一九五九年
その後の議論については、伊藤道治・大島利一・貝塚茂樹・小南一郎・近藤喬一・内藤戊申・永田英正・林巳奈夫・樋口隆康・司会者松丸道雄による座談記録「西周金文の辨偽をめぐって」（「甲骨學」第十一号　一九七六年）を参照。

（＊2）　松丸道雄氏は、器の改作や倣製について、次の二論文において詳細に検討し、論じている。
西周青銅器製作の背景―周金文研究・序章―　「東洋文化研究所紀要」第七十二冊　一九七七年
西周青銅器中の諸侯製作器について―周金文研究・序章その二―　「東洋文化」五九号　東京大学東洋文化研究所　一九七九年

以上が、本器の器銘と蓋銘における同銘異筆論の要約である。西周時代金文には、同銘器が相当多量にある。それらを観察すると、同銘でありながら、異筆というべきものが相当量あることが指摘できる。その中には、時代感として古典的・伝統的なものと、かなり時代感の降るものとが存在している場合がある。また、同銘がすべて同筆と見られるものも存在する。これらの問題を整理するには、改めて検討する必要がある。

（担当者　津村、浦野）

〈著録〉

a　朱鳳瀚「西周金文中的「取徵」與相關諸問題」　陳昭容主編『古文字與古代史』　台北・中央研究院歴史語言研究所　二〇〇七年九月刊

b　浦野俊則「西周金文における同銘異筆試論—㺇簋銘文を例として—」　『書学書道史論叢／二〇一一』　萱原書房　二〇一一年三月刊

〈器影〉『古文字與古代史』第１輯より

獄鼎

〈時期〉西周中期
〈出土〉未詳
〈現蔵〉上海・崇源芸術公司

〈隷定〉

1 獄肇乍朕文考甲
2 公寶隮彝其日朝
3 夕用雝祀于氒百
4 申孫々子々其永寶用

〈通読〉

獄肇に朕が文考甲公の寶隮彝を乍(作)る。其れ日び朝夕に用ゐ、氒(厥)の百申(神)に雝(享)祀せよ。孫々子々まで、其れ永く寶用せよ。

〈註釈〉

1 獄　作器者。獄簋(甲)の器銘に伯獄と書かれている。両器は、一連の器で、同一人である。また、この鼎と獄簋(甲)の蓋銘は、字形や用語等に若干の相異があるものの、銘文全体として、同様のことを述べたもので、鼎銘は、簋銘を部分的に利用して作られた文である。簋銘の要約文であることは、すでに著録fに指摘されている。

また、著録aに、伝世の魯侯獄鬲の獄が文献に見える魯の煬公熙とする見解があることについて、煬公熙は西周早期の人であり、この器の獄とは

〈器影・銘文拓影〉『考古与文物』2006-9より
通高33×口径39cm

同一人物ではないことなど三点を挙げて否定している。

1　甲公　甲字は、甲骨文字において上甲（祖先王の廟号の一）を書き表す場合の字体である。

2　朝夕　「夙夕」「夙夜」とほぼ同義。獄簋(甲・乙)では、夙夕と書いている。

2　隮彝　獄簋(甲)の器銘に「寶隮彝」、獄簋(甲)の蓋銘に「寶䵼彝」と書いている。用語に違いがある。

獄簋(甲)

〈隷定〉

1　獄肇乍朕文考甲公寶
2　䵼彝其日殅夕用氒𦉢
3　香𦎫示于氒百神亡不鼎
4　豳夆𦉢香則登于上下用
5　匄百福萬年俗茲百生亡
6　不𡨄臨䣼魯孫々子其萬年
7　永寶用茲彝其諆母塱　（以上、蓋銘）
8　白獄乍甲公寶隮
9　彝孫々子々其萬年用　（以上、器銘）

〈通読〉獄肇に朕が文考甲公の寶䵼彝を乍(作)る。其れ日び殅(夙)夕に氒(厥)の𦉢(邑)香を用ゐ、氒(厥)の百神に𦎫(享)示(祀)して、鼎(當)に豳(芬)夆(芳)せ

〈器影・蓋銘拓影〉『考古与文物』2006-9より

ざる亡し。𩰫(鬯)香 則ち上下に登りて、用て百福を匃(こ)ひ、萬年茲の百生(姓)を俗(ゆたか)(裕)にし、𨑍(逢)魯に臨むこと寽(鬱)がざる亡し。孫々子(々)、其れ萬年永く茲の彝を寶用し、其れ諜(世)よ朢(忘)るること母(毋)(なか)れ。

白(伯)獄 甲公の寶𨸏彝を乍(作)る。孫々子々まで、其れ萬年用ゐよ。

〈器銘拓影〉『考古与文物』2006-9より
通高19×口径19.5cm

〈註釈〉

2 𩰫香　著録aは、𩰫は鬯の異体字と言う。鬯は香酒。鬱鬯酒のこと。

3 鼎　著録aは、當に通ずるという。『漢書』匡衡伝「無説詩、匡鼎来」の服虔の注に「鼎猶言當也、若言匡且来也」とあることから呉鎮烽の説に従う。

4 豳夆　芬芳。著録aは、豳夆は芬芳であり、豳は芬に通じると言う。『周礼』春官・司几筵に「設莞筵紛純」とあり、鄭玄の注に引く鄭司農に「紛読為豳」とある。また夆字は、芳に通じる。『史記』項羽本紀にある「蜂后」は『漢書』霍光伝では「旁午」となっており、蜂と旁が通じている。蜂は夆に従い、旁は方に従う。従って、夆と芳が通じると言っている。著録eは、この語は器主が挙行した祭祀とその徳行との両方の意味を含んでいると言っている。

5 匃　乞う。祈り求める。

5 俗　裕に同じ。豊裕の意。

5 百生　百姓。著録eに、この語は族人を指す呼称であり、同時に統治階級の通称であると言っている。

6 寽　鬱の異体字。著録aは「鬱」に釈し、ふさぐの意とする。

6 臨𨑍魯　著録aで、臨は臨御。𨑍は逢に同じく、大の意。魯は美善の義にして、金文中に見える「純魯」に同じであると言っている。

獄簋(乙)

〈隷定〉

1 唯十又一月既望丁亥王各
2 于康大室獄曰朕光尹周
3 師右告獄于王々或賜獄佩戈
4 市朱亢曰用事獄拜頧首對
5 䫹王休用乍朕文考甲公寶
6 隮段其日夙夕用氒叀𦎫
7 祀于氒百神孫々子々其萬
8 年永寶用茲王休其日引勿夶

〈通読〉

唯れ十又(有)一月既望丁亥、王 康大(太)室に各(格)る。獄 曰く、「朕が光尹周師 右(佑)けて獄を王に告す」と。王或(又)獄に佩、戈(緇)、市、朱亢(衡)を賜(賜)ひて曰く「用て事へよ」と。獄 拜し頧(稽)首し、王の休に對䫹(揚)す。用て朕が文考甲公の寶隮段(簋)を乍(作)る。其れ日び夙(夙)夕に、氒(厥)の叀(茜)を用ゐ、氒(厥)の百神に𦎫(享)祀し、孫々子々、其れ萬年まで永く寶用せよ。茲れ王の休 其れ日びに引しく夶(替)へること勿れ。

〈註釈〉

2 光尹　著録aは、「光」字を当てているが、前例のない字形であり、後考を待つとしている。尹は職位の長を表す字である場合と、尹氏を表

〈器影・器銘拓影〉『考古与文物』2006-9より
通高24.5×口径24cm

す場合がある。後述の南姞甗に「光辟伯氏」とあるところからすると、光は形容詞と考えられる。

2　周師　この語は、周の軍隊の意味で用いるが、ここでは、周軍を統率している武官を指す代名詞である。

6　[東/口]　この字、金文中初見の字である。著録aでは、束茅に従う形で甲骨文に同様の字形があり、下辺は酒を盛る容器であると見て、𩰪酒を茅束で振りかけ、神を祭る義であると言う。この字は茜字の古体であると言う。

8　引　この字、毛公鼎、秦公簋に用例があり、ともに長久の意である。

8　炏　替。著録cにこの字を論じて、廃義であると言い、子孫が廃することなく永く続くことを願う語であるという。

〈蓋銘について〉　蓋銘は、器名と同文であるが、配字が異なる。拓影が不鮮明であるので、掲載を省いた。

獄盉

〈隷定〉

1　唯四月初吉丁
2　亥王各于師爯父
3　宮獄曰朕光尹周師
4　右告獄于王々賜獄佩戈
5　市絲亢金車金旜曰用
6　[歹+凡]夕事獄拜䭫首對䚄王
7　休用乍朕文旻戊公般
8　盉孫々子々其萬年
9　永寶用茲王休
10　其日引勿炏

〈器影・銘文拓影〉『考古与文物』2006-9より
通高22cm

〈通読〉

唯れ四月初吉丁亥、王 師爯父の宮に各(格)る。獄曰く、「朕が光尹周師 右(佑)けて獄を王に告す」と。王 獄に佩、戈、市、絲亢、金車、金旜を睗(賜)ゐて曰く、「用て夙(夙)夕に事へよ」と。獄 拜し頧(稽)首し、王の休に對䫻(揚)して、用て朕が文旻(祖)戊公の般(盤)盉を乍(作)る。孫々子々まで其れ萬年永く寶用せよ。茲れ王の休 其れ日びに引(ひさ)しく㚘(替)(か)へること勿れ。

〈註釈〉

2 師爯父宮　師は官名。爯は人名。父は男子の美称。宮は宮廟、宗廟。

獄盤

〈付記〉　盉の銘文と同文である。よって、隷定・通読・註釈を省略する。

〈器影・銘文拓影〉『考古与文物』2006-9より
通高15.5×口径38.7cm

〈字体について〉　獄の鼎、簋(甲・乙)、盉、盤の銘文中に、同一の語を表すのに異なる字体で表記している場合がある。表記する字体が固まっていなかったことを表している。字体の異なる表記は、次の二件である。

離祀　章示

百申　百神

〈器の所蔵と時期について〉　著録aは、獄器関係の出土品は、すべて八件あるとし、獄簋一点が台湾に流出しているものの、他の七点は上海崇源芸術公司が蔵すると記している。これらの器の出土地は不明であるが、器の形制は、西周中期の㦰鼎、五祀衛鼎に類似し、紋飾は長甶盉、衛盉等に類似することから西周中期にの器であると言う。

〈著録〉

a　呉鎮烽「獄器銘文考釈」『考古与文物』二〇〇六年六期

b　呉振武「試釈西周獄簋銘文中的「馨」字」『文物』二〇〇六年一一期

c　張光裕「新見金文詞匯両則」『古文字研究』第二六集　中華書局　二〇〇六年一一月刊

d　李学勤「伯獄青銅器与西周典祀」『古文字与古代史』第一輯　中央研究院歴史語言研究所　二〇〇七年九月刊

e　裘錫圭「獄簋銘補釈」『安徽大学学報（哲学社会科学版）』第三二巻第四期　二〇〇八年七月刊

f　長谷川良純「獄鼎銘」『近出殷周金文選読』二松学舎大学大学院中国学研究科浦野研究室　二〇〇八年一月(未刊)

g　三瓶奈津子「一式獄簋銘」(同右)

h　羽鳥智晴「二式獄簋銘」(同右)

i　遠藤寛朗「獄盤銘・獄盉銘」(同右)

(担当者　髙澤)

南姞甗

〈時期〉西周中期
〈出土〉未詳
〈現蔵〉上海・崇源芸術公司

〈隷定〉

1 南 姞 肇 乍 氒 皇
2 辟 白 氏 寶 䵼 彝
3 用 匃 百 福 其 萬
4 年 孫 子 々 永 寶 用

〈通読〉

南姞 肇《ここ》に氒(厥)の皇辟白(伯)氏の寶䵼彝を乍(作)る。用て百福を匃《もと》む。其れ萬年孫子々まで永く寶用せよ。

〈註釈〉

1 南姞　作器者。この甗は、前述の獄諸器と一緒に伝来したものであり、一連の器と考えられている。よって、著録aが「この甗は南姞が伯氏のために作ったもので、伯氏はすなわち獄で、獄簋(甲)簋銘に伯獄と称しており、この伯獄が南姞の夫君である」と言っている。

著録bには、「南」のつく人名は、殷末から春秋にかけて見られるが、特に西周中期から晩期に多いと言う。また、「南」字の字源については、異説が多い。例えば、郭沫若は楽器の鈴が原形であるとし、唐蘭はこれを否定している。白川静は甲骨文に見える貞人の例を挙げ、打楽器もしくは

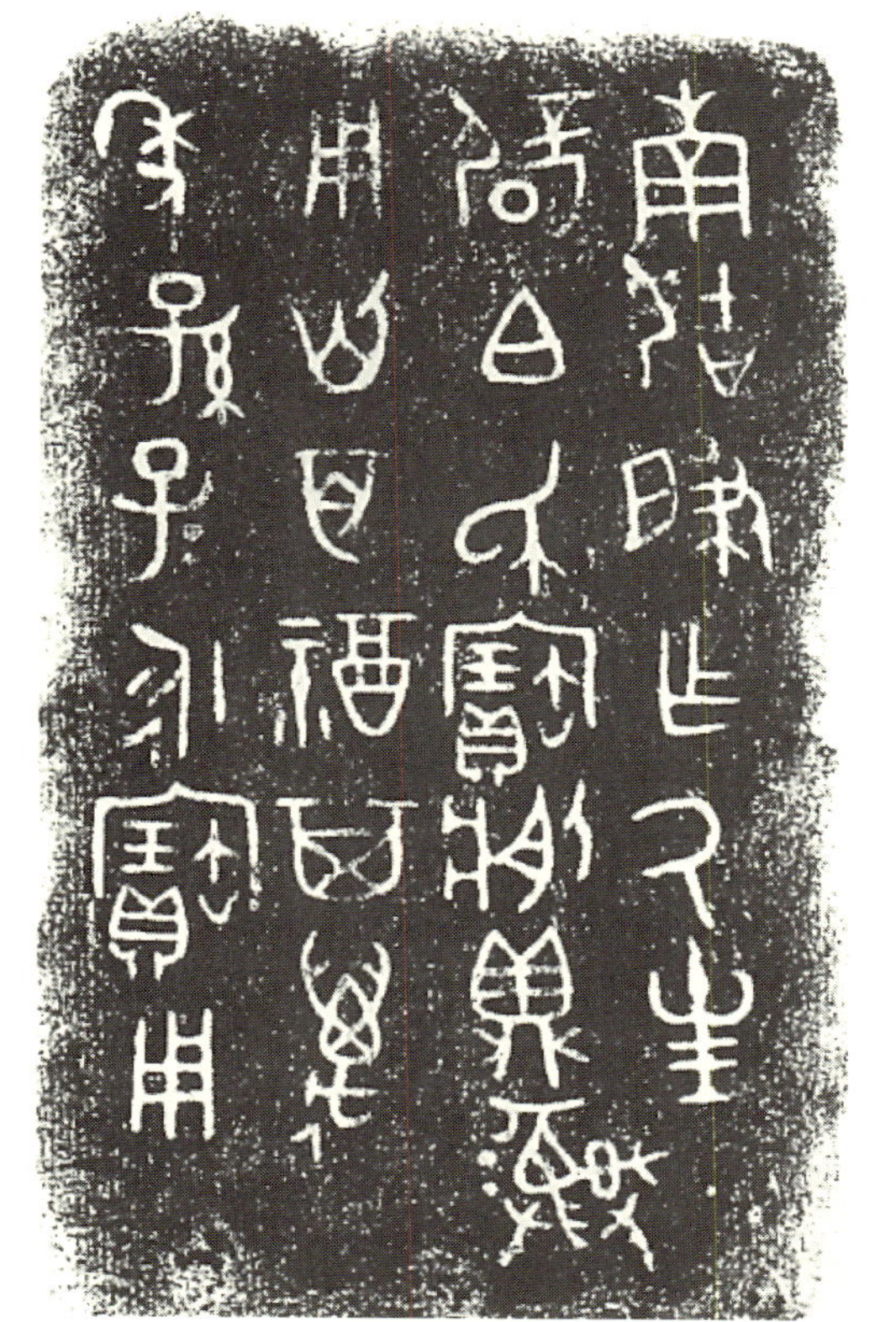

〈銘文拓影〉『考古与文物』2006-6 より

それを演奏する人との見解を示している。『論語』にも「南人」の語が見え、ただの南の人ではないことから、特殊な集団だったのかもしれない。
「姞」のつく人名は、遣尊、虢仲鬲、乎簋、伯庶壺、姞氏簋等に見える。いずれも姞姓の婦女、夫人として登場する。

1　肇　この字、「攴」部分がないが、肇字の略体と捉えておく。

1　皇辟　第一字は皇の異体字であるかもしれない。本器の皇字上部と、獄簋、獄盉、獄盤の銘文中のこの字とは構造上も書法上も類似性が認められる。著録bでは、「皇辟」は偉大なる君主の意であると言っている。皇は、『詩経』大雅・文王之什・皇矣篇の毛伝に「皇は大なり」とある。辟は、『爾雅』釈詁に「辟は君なり」とある。著録abとも、「皇辟伯氏」は、周代の方国を治めていた伯氏の国族と見ている。今、この見解に従って読む。

2　伯氏　著録aは、伯氏は南姞の夫であるという。

2　䵼彝　䵼は器種あるいは器の用法に関する字であろうが、明確にできない。

3　匃　祈求の意。著録bでは、『広雅』釈詁に「匃、求也」とあり、朱駿声が「匃、当為求也」（『説文通訓定声』）というなどを根拠として説明している。

〈著録〉

a　呉鎮烽「獄簋銘文考釈」『考古与文物』二〇〇六年六期

b　遠藤寛朗「南姞甗銘」『近出殷周金文選読』二松学舎大学大学院中国学研究科浦野研究室編　二〇〇八年一月（未刊）

c　劉雨、厳志斌『近出殷周金文集録二編』一二三　中華書局　二〇一〇年一〇月刊

〈器影〉『考古与文物』2006-6 より
通高 50.5 ×口径 33cm

（担当者　本間）

任鼎

〈時期〉西周中期～晩期
〈出土〉未詳
〈現藏〉中国国家博物館

〈隷定〉

1 隹王正月王才氏任
2 蔑曆事獻爲于王則
3 畵買王事孟聯父蔑
4 曆易脡牲大牢又𩰬
5 朿大𠦪鬱𦳊敢對䚄
6 天子休用乍𠂤皇文
7 考父辛寶𩰫彝其
8 萬亡彊用各大神［図象］

〈通読〉

隹れ王正月、王 氏に才(在)り。任 蔑曆せられ、事(使)して爲(貨)を王に獻ず。則ち 畵く 買ふ。王の事(使)孟聯父 蔑曆せられ、脡牲、大(太)牢、又𩰬朿、大𠦪、鬱𦳊を易(賜)ふ。

〈銘文拓影〉『中国歴史文物』2004-2より

敢て天子の休に對䫉(揚)して、用て氒(厥)の皇文考父辛の寶䵼彝を乍(作)る。
其れ萬(年)亡彊(疆)にして、用て大神に各(格)らんことを。［図象］

〈註釈〉

1 氏　地名。著録aに臣諫簋（『殷周金文集成』四二三七、西周中期、河北元氏県出土）に見える軝を引き合いに出して魯山近辺の泜水流域に氏があったとしている。著録bは、匍盉（『文物』一九九八年四期、西周中期）に見える地名と同じと見て、今の河南省平頂山付近としている。が、納得しえないものがある。

1 任　作器者。

2 蔑曆　この語については、多くの論考がある。著録eに、金文中の四七件の例について論じている。この鼎の銘については、儀礼中の儀節であったことを示す例としている。

2 事獻爲于王　この部分、解釈に異説がある。著録aは、人を使わして母猴あるいは象を王に献ずるという意味に解している。爲字を象字に書いた立盨（『殷周金文集成』四三六五）の例を引き、誤りやすい字であると言っている。また、下文の鼎書（鼎が損壊した）と関連するのだろうと言っている。この説で母猴というのは、『説文』に拠っている。この銘文が作られた時期から考えると、「象（ぞう）」の方が良さそうである。ただし、金文中に、図象としての象の姿は見られるが、本文中に動物として登場するものは前例がない。

著録bは、爲字を貨義に読み、貨を王に献上させたと読んでいる。事字を「使」（使役）に読み、主語「王」と目的語「任」を省略したものし、「爲」と「化」とが声系上通仮することから、貨の義に解している。貨の実体については、亢鼎銘（本冊一一頁所収）との対比から、貴重品である珠玉を想定している。この説によって通読した。

3 則書　著録aは、鼎書と隷定し、書字を盡字（傷む、破れる）と見て、鼎が損壊する意味に捉えている。この解釈では、文意が不自然である。

著録bは、鼎字の右に立刀形がわずかながら見えると指摘して、則字に読み、接続詞と解している。書は、皕の声で、この声韻から畢に読み、ことごとく(盡)、みな(皆)の義の副詞と解している。

3 買　著録aは売買の義としている。「買う」の意味で読んでよいであろう。

3 孟聯父　人名。

4　脡牲　『礼記』曲礼篇に「鮮魚曰脡祭」とある。祭祀に用いる犠牲の魚の意味である。

4　大牢　太牢。牛・羊・豕の三牲を用いる最高級の供物。

4　⿰克鬯　字は、克と鬯とからなる。金文として新出字である。鬯酒に関する字であろうが、詳細は不詳。著録aは⿰矩鬯の異体字と解している。

5　大⿱才廾　著録aは、⿱才廾字は廾に从い才の声。⿰麥才の仮借字で、大⿰麥才とは、醸造酒の原料の酵母または、醸造酒そのものを指すと言っている。その真偽は確かめがたいが、いずれにせよ、祭祀に用いる供物である。

5　鬱⿱才廾　第一字は鬱字である。著録aは、⿱才廾も鬯酒の香料であると言う。この二字については、亢鼎に同様の語形があり、鬱⿱才廾と読むのがよい。(亢鼎の項を参照)

6　皇文考　皇は、大きい、偉大の意。文は、文考、文母のように祖考に冠する尊称。

8　萬亡疆　萬年亡疆とすべきところである。年字が書かれていない。

8　各大神　各は、至る。来臨する義。大神は、大いなる祖神、祖考の霊。

〈著録〉

a　王冠英「任鼎銘文考釈」　『中国歴史文物』二〇〇四年二期

b　董珊「任鼎新探―兼説亢鼎」　『黄盛璋先生八秩華誕紀念文集』　中国教育文化出版社　二〇〇五年六月刊

c　佐藤信弥「任鼎に関する二、三の問題」　『東亜文史論叢』　二〇〇六年特集号

d　鍾柏生等編『新収殷周青銅器銘文曁器影彙編』一五五四　台北・藝文印書館　二〇〇六年四月刊

e　佐藤信弥『西周期における祭祀儀礼の研究』　朋友書店　二〇一四年三月刊

〈器影〉『中国歴史文物』2004-2より
通高32×口径30cm　耳高5.5cm
柱足高10.5cm　最大腹径30.5cm

(担当者　大橋、浦野)

師酉鼎

〈時期〉西周中期～晩期
〈出土〉未詳
〈現蔵〉保利藝術博物館

〈隷定〉

1 隹王四祀九月初吉丁
2 亥王各于大室事師俗
3 召師酉王窺袤宦師酉
4 易豹裘曰䌛夙夜辟事
5 我一人酉敢拜䭫首對
6 揚皇天子不顯休用乍
7 朕文考乙白寃姫寶𩰫
8 鼎酉其用追孝用旂眉
9 壽猶彔屯魯酉其萬年
10 子々孫々永寶用享孝于宗

〈通読〉

隹れ王の四祀九月初吉丁亥、王 大(太)室に各(格)(いた)る。師俗をして師酉を召さしめ、王 窺(親)ら師酉を袤宦し、豹裘を易(賜)ひて曰く、「夙夜を䌛(つつし)み、我一人に辟事せよ」と。酉 敢て拜し䭫(稽)首し、皇天子の不(丕)顯なる休に對揚して、用て朕が文考乙白(伯)、寃姫の寶𩰫鼎を乍(作)る。酉

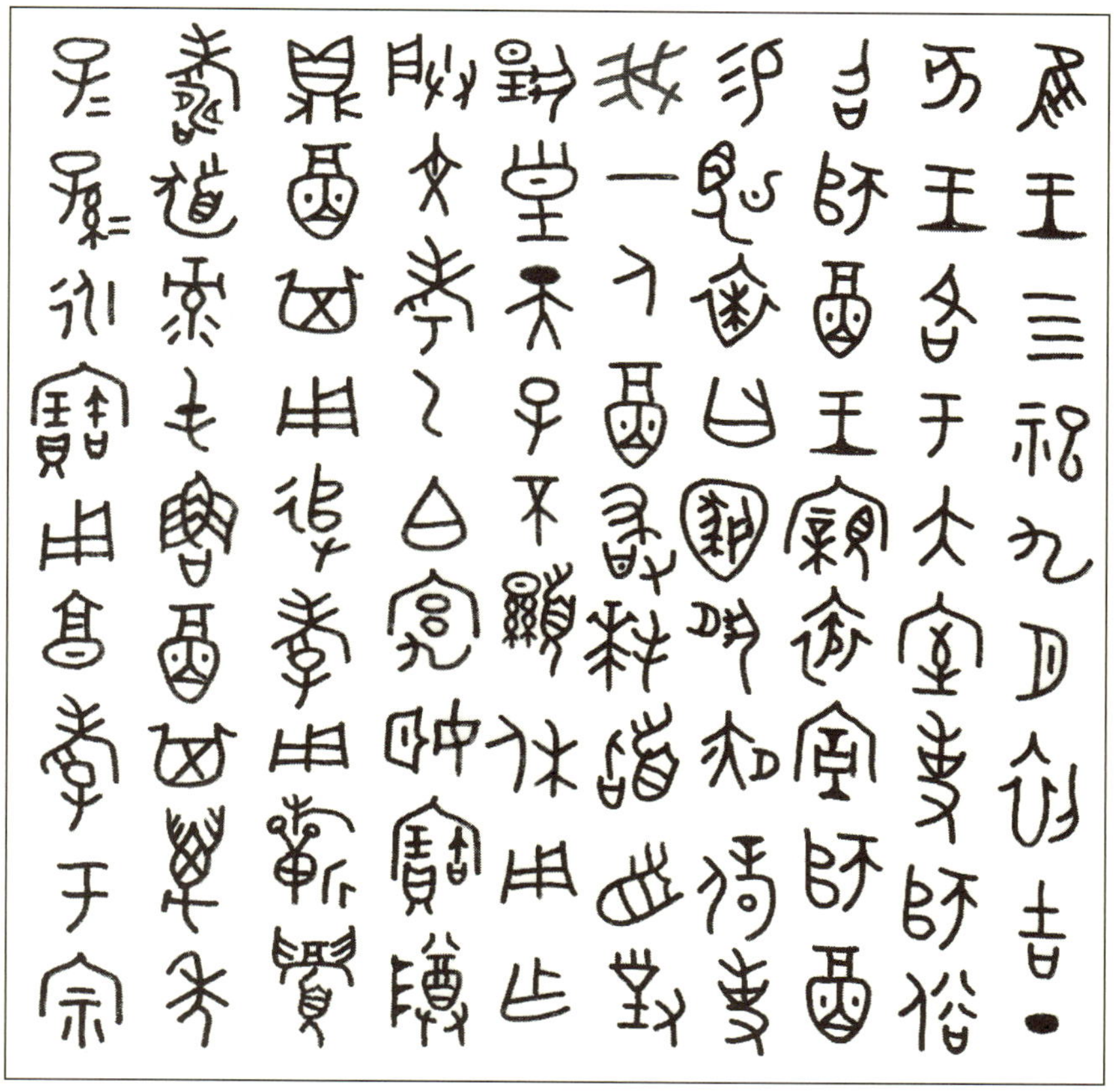

〈銘文復原図〉浦野作

其れ用て追孝し、用て眉壽猶(祓)彔(祿)屯(純)魯を旂(祈)る。酉 其れ萬年子々孫々まで永く寶用し、宗に享孝せよ。

〈註釈〉

2 師俗 師は官名。俗は個人名。著録aに指摘されるが、師俗の名は、史密簋（『新収殷周青銅器銘文暨器影彙編』六三六、西周中期）・師晨鼎（『殷周金文集成』二八一三、西周中期）にも見える。史密簋では、史密とともに王命を受けて東征し、戦果を挙げている。師晨鼎では、師晨を補佐として膳夫職等の管理に当たっている。本銘においては、師酉を召し出す役目として登場している。三銘それぞれ異なった職務を務めているが、時の王の信任を得ていた人物であることがわかる。また、永盂（『殷周金文集成』一〇三二二、西周中期）に見える「師俗父」も同一人の可能性がある。さらに、庚季鼎（『殷周金文集成』二七八一、西周中期）・五祀衛鼎（『殷周金文集成』二八三二、西周中期）に見える「白俗父（伯俗父）」も同一人かもしれない。

3 師酉 師は官名。酉は個人名。作器者。著録aにも指摘されるが、師酉の名は、師酉簋（『殷周金文集成』四二八八～四二九一、西周晩期）にも見える。師酉簋には、本器と同じく「文考乙伯」「寛姫」の器を作ったという内容が記されており、作器者は同一人であると見られる。また、著録bに指摘されるように、師酉盤（著録bによれば厲王四年）にも、作器者として師酉の名が見える。これら三器に見える師酉は、全て同一人の可能性がある。

3 袤宇 袤字は、金文中初見の字。この語の意味について断定することを避けるが、以下に、各著録における見解の相違を簡潔に示しておく。

・著録a…『広雅』釈詁二に「袤、長也」とあるのを引き、袤字は、賞賜の盛大なさまを形容しているものと言う。また、宇字は賜予の予に読むべきだと言う。

・著録c…袤宇とは、褒庥であり、精一杯褒め称えることであると言う。

・著録g…袤亏に隷定し、袤寵に釈す。著録cの見解を引いて、褒寵に解せば、この語が伝世文献（『漢書』張敞伝）に見えることを指摘している。

・著録h…袤宇を、袤休と読む。金文中で「懋賜」と言うのに同じく、「厚賜」の意であると言う。

・著録l…「袤宇の袤字の意味は不明であるが、これも賞賜とともに行われていることから、滅宇と同じく蔑曆（蔑歴）の類似句と見てよいだろう」と言う。

4 豹 金文中初見の字。字形から言えば、著録aのように豹字と見るのが妥当である。

4　夙夜　著録aでは、字を周と読み、周夙夜とは、「日夜周転」「日以継夜」「日々夜々」の意であると論じている。著録kでは、夙夜は恪夙夜、或いは夙夜と読み、意味は、金文中に習見される「敬夙夜」「虔夙夜」と同じであると論じている。「夙夜」の語は、毛公鼎（『殷周金文集成』二八四一、西周晩期）にも見られるが、毛公鼎にはこの語と同時に「虔夙夜」の語も見られる。著録kに「夙夜」が「虔夙夜」と同じ意味であると論じられているが、「」と「虔」との間にニュアンスの違いがありそうである。しかし、ここでは著録kの見解を参考に、字を「つつしむ」の意に捉えておくことにした。

4　辟事　君主に事える意。

7　文考乙伯、寛姫　ともに受祭者。著録aにも指摘されるが、この二人の名は、師酉簋（『殷周金文集成』四二八八～四二九一、西周晩期）にも見える。

〈器の時期について〉　著録aでは、器の形制及び紋飾から、本器が西周中期の特徴を備えていると論じ、また、銘文の紀年を検討して、恭王四年の作であると推定している（著録aの著者は、最近著録nで懿王四年の説に集成している）。著録deでは、孝王四年の作であると言う。著録bでは、かつて参考資料1で、師酉簋が類型学的観点から西周後期（ⅢB）の作であると論じられていることを示した上で、本器もその頃の作になると見ている。また、その際、本銘における「初吉丁亥」の語が虚構の月相・干支であると見なしている。著録iでは、銘文中、「祓祿」と読んだ語に着目して、この語が西周中期後段から厲王期にかけて流行したことを論じている。現時点では、これらの見解にみられる時期を包含する期間として、西周中期から後期としておく。

〈著録〉

a　朱鳳瀚「師酉鼎与師酉簋」　『中国歴史文物』二〇〇四年一期
b　吉本道雅「西周紀年考」　『立命館文学』第五八六号　二〇〇四年一〇月刊
c　陳絜・祖双喜「亢鼎銘文与西周土地所有制」　『中国歴史文物』二〇〇五年一期
d　李学勤「師酉鼎暦日説」　李学勤『中国古代文明研究』　華東師範大学出版社　二〇〇五年四月刊
e　張長寿「師酉鼎和師酉盤」　中国社会科学院考古研究所編著『新世紀的中国考古学 - 王仲殊先生八十華誕紀念文集』　科学出版社　二〇〇五年

一〇月刊

f　鍾柏生等編『新収殷周青銅器銘文暨器影彙編』一六〇〇　台北・藝文印書館　二〇〇六年四月刊

g　陳剣「釈「琮」及相関諸字」　陳剣『甲骨金文考釈論集』　綫装書局　二〇〇七年四月刊

h　王龍正「匍盉銘文補釈并再論覜聘礼」　『考古学報』二〇〇七年四期

i　韓巍「単述諸器銘文習語的時代特点和断代意義」　『南開学報』(哲学社会科学版)二〇〇八年六期

j　唐浩志・白于藍「金文校読四則」　『河南師範大学学報』(社会科学版)二〇一一年三期

k　何樹環「金文「𩰫𩰪」再探」　『東華漢学』二〇一二年一六期

l　佐藤信弥『西周期における祭祀儀礼の研究』　朋友書店　二〇一四年三月刊

m　劉書芬「西周金文中「休」的詞義和句法」　『中山大学学報』(社会科学版)二〇一四年六期

n　朱鳳瀚「関于西周金文暦日的新資料」　『故宮博物院院刊』二〇一四年六期

〈参考資料〉

1　林巳奈夫『殷周時代青銅器の研究』　吉川弘文館　一九八四年二月刊

(担当者　長谷川、浦野)

(器影)『中国歴史文物』2004-1より

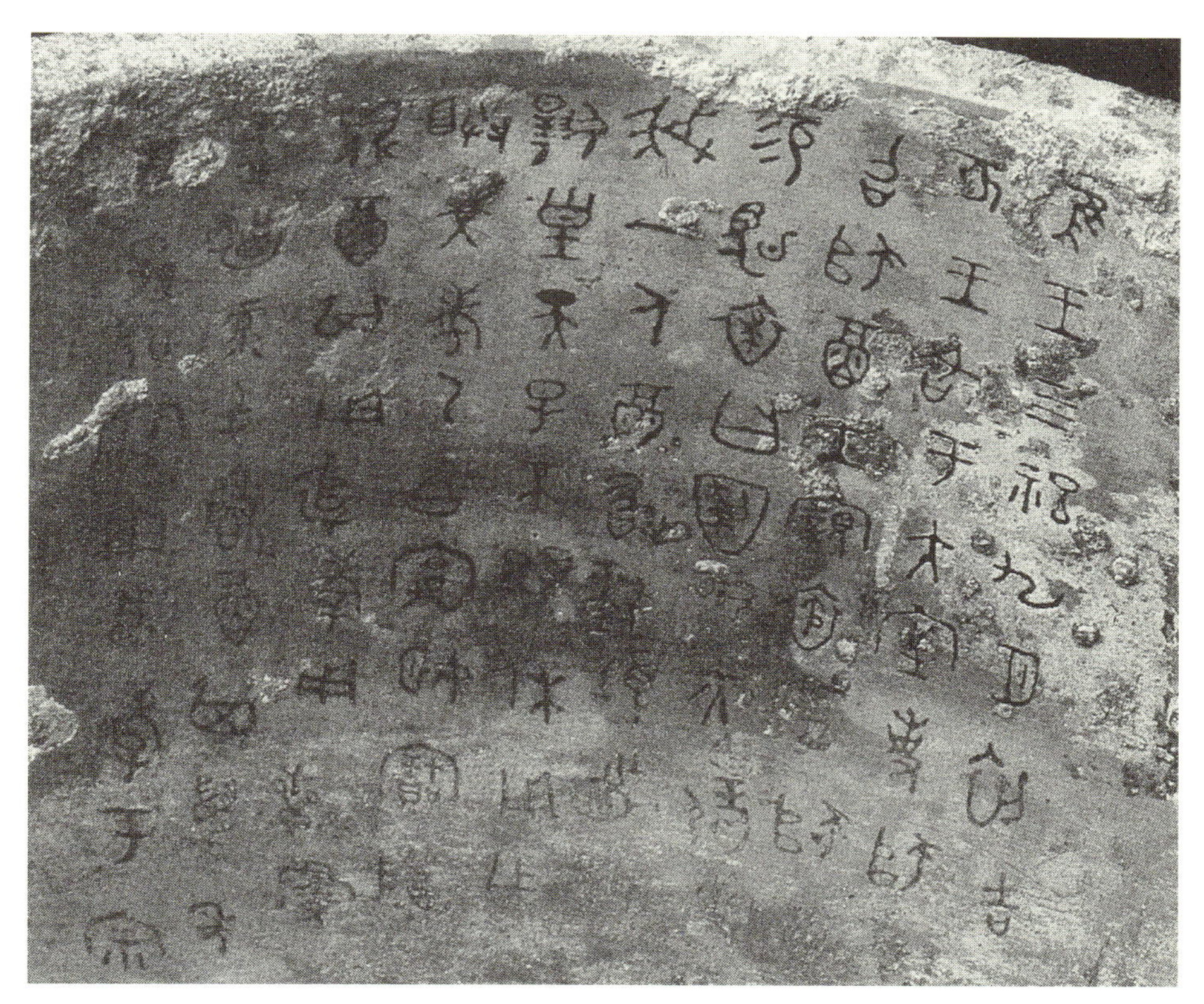

（器銘写真）『中国歴史文物』2004-1より

（器銘 X 線画像）『中国歴史文物』2004-1より

士山盤

〈時期〉西周中期
〈出土〉未詳
〈現蔵〉中国国家博物館

〈隷定〉

1 隹王十又六年九月既生霸甲
2 申王才周新宮王各大室卽立
3 士山入門立中廷北鄕王乎乍册尹
4 册令山曰于入茾侯徣遚蠚刑
5 方服眔大虘服履服六孶
6 服茾侯蠚方賓貝金山拜䭫首
7 敢對揚天子々不顯休用乍文
8 考釐中寶障般盉山其萬年永用

〈銘文拓影〉『中国歴史文物』2002-1より

〈通読〉

隹れ王の十又六年九月既生霸甲申、王 周の新宮に才(在)り。王 大(太)室に各(格)(いた)り、立(位)に卽く。士山 門に入り、中廷に立ちて、北鄕(嚮)す。王 乍(作)册尹を乎(呼)び、山に册令(命)して曰く、「于(ゆ)きて茾侯に入り、徣(出)でて蠚、刑、方の服、眔(およ)び大虘の服、履の服、六孶の服を遚(懲)せよ」と。茾侯、蠚、方 貝、金を賓(むく)ゆ。山 拜し䭫(稽)首し、敢て天子の不(丕)顯なる休に對揚して、用て文考釐中(仲)の寶障般(盤)盉を乍(作)る。山よ、其れ萬年まで永く用ゐよ。

〈註釈〉

3　士山　作器者。著録aで指摘されるように、士は身分、山は個人名を表す。

4　于入䒹侯　著録aでは、于字を「往」義に解しており、「于入䒹侯」とは、䒹侯の領地に進入することであると言う。著録iでは、于字を吁に釈し、文頭に置く語気詞と捉えている。また、著録kでは、于字を助詞と捉え、入字を「来」義に解して、入字が使動用法で用いられていると言う。于字については、著録aに既に指摘されているが、作冊夨令簋（『殷周金文集成』四三〇〇・四三〇一、西周早期）に「隹王于伐楚白（隹れ王于きて楚伯を伐つ）」とあるように、本器においても「往」義に解するのが妥当であろう。この箇所は、著録aの見解に従っておく。

4　𢓊　金文習見の字で、著録aで出に釈しているのに従う。著録jでは「延引」の意味に捉えているが、本銘における解釈として妥当とは言えない。

4　𨓈　著録aでは、「懲治」、すなわち武力を用いて治める意に解す。それに対し、著録hでは、「懲罰」「懲治」の意ではなく、「懲戒」「懲毖」の意であると言い、「巡守制度」に関する字であると論じる。ここでは、著録aの解釈に基づき、懲に釈しておく。

4　刑　著録aでは、𨓈字と同様に「懲治」の意に解し、著録dでは、荊国を指していると捉える。文脈から、地名であると考えられるが、荊国のことであるかどうかは断定しがたい。

4　[illegible]　地名。著録dで、この字を方に隷定し、彭国を指しているのではないかと論じるが、確証は得られない。

5　服　前後の句読の切り方にもよるが、この字を動詞として捉える著録と、名詞として捉える著録とがある。動詞として捉える著録では、「職事」「服事」（著録a）、「服罪」（著録f）などの意味に解し、名詞として捉える著録では、「職貢」（著録g）、「采服の服」（著録i）などの意味に解している。ここでは、文脈から考えて、名詞として捉える見解を参考に、いわゆる地域、領土といったような意味に捉えておくことにする。

7　天子々　子字に付いている重文符号は、通読においては不要のものである。著録aでは、誤写ではないかと言っている。

〈器の時期について〉　著録aでは、銘文の紀年を検討して、恭王一六年の作と推定しているが、著録cでは懿王一六年、著録eでは厲王一六年の作と推定している（著録aの著者は、最近著録zで懿王一六年の説に修正している）。現時点では、これらの見解に見られる時期を包括する期間として、西周中期から後期としておく。

〈著録〉

a　朱鳳瀚「士山盤銘文初釈」『中国歴史文物』二〇〇二年一期
b　李学勤「対「夏商周断代工程」西周暦譜的両次考験」『中国社会科学院研究生院学報』二〇〇二年五期
c　張聞玉「関于士山盤」『貴州社会科学』二〇〇三年二期
d　黄錫全「士山盤銘文別議」『中国歴史文物』二〇〇二年二期
e　周流渓「『西周年代考辨』訂補」『史学史研究』二〇〇三年二期
f　李学勤「論士山盤－西周王朝干預諸侯政事一例」李学勤『当代名家学術思想文庫　李学勤巻』万巻出版公司　二〇一〇年一一月刊（原載：『遯亭集－呂紹綱教授古稀紀念文集』吉林大学出版社　二〇〇三年）
g　董珊「談士山盤銘文的「服」字義」『故宮博物院院刊』二〇〇四年一期
h　晁福林「従士山盤看周代「服」制」『中国歴史文物』二〇〇四年六期
i　陳英傑「士山盤銘文再考」『中国歴史文物』二〇〇四年六期
j　楊坤「士山盤銘文正誼」『中国歴史文物』二〇〇四年六期
k　連劭名「中国歴史博物館新蔵青銅器銘文考釈」『東南文化』二〇〇五年四期
l　何駑「解読西周銘詩四首」『南方論叢』二〇〇六年一期
m　佐藤信弥「西周期における周新宮の役割」『中国古代史論叢』三集　二〇〇六年三月刊（及び佐藤信弥『西周期における祭祀儀礼の研究』朋友書店　二〇一四年三月刊）
n　鍾柏生等編『新収殷周青銅器銘文暨器影彙編』一五五五　台北・藝文印書館　二〇〇六年四月刊
o　黄愛梅「士山盤銘補義」『中国歴史文物』二〇〇六年六期
p　佐藤信弥「会同型儀礼から冊命儀礼へ－儀礼の参加者と賜与品を中心として見る－」『中国古代史論叢』四集　二〇〇七年三月刊（及び佐藤信弥『西周期における祭祀儀礼の研究』朋友書店　二〇一四年三月刊）
q　胡長春『新出殷周青銅器銘文整理与研究』一〇八三　綫装書局　二〇〇八年一〇月刊
r　李学勤「論士山盤－西周王朝干預諸侯政事一例」李学勤『文物中的古文化』商務印書館　二〇〇八年一〇月刊

s　劉啓益「西周懿王時期紀年銅器続記」『中原文物』二〇〇九年五期
t　周書燦「邢侯簋与西周服制‐兼論西周邢国始封地望及有無「遷封」問題」『四川文物』二〇一〇年三期
u　羅新慧「士与理‐先秦時期刑獄之官的起源与発展」『陝西師範大学学報』（哲学社会科学版）二〇一〇年五期
v　張利軍「釈西周金文中「服」字義‐兼説周代存在「服」制」『考古与文物』二〇一〇年六期
w　谷秀樹「西周陝東戦略考‐「𠂤」との関わりを中心にして‐（西周中期改革考（3））」『立命館文学』第六二六号　二〇一二年三月刊
x　陳朝霞「従近出簡文再析鄀国歴史地理」『江漢考古』二〇一二年四期
y　三輪健介「西周王朝の財政」『漢字学研究』第二号　立命館大学白川静記念東洋文字文化研究所　二〇一四年七月刊
z　朱鳳瀚「関于西周金文暦日的新資料」『故宮博物院院刊』二〇一四年六期

（担当者　長谷川）

〈器影〉『中国歴史文物』2002-1 より
口径 38 ×通高 11.5 ×圏足高 4cm

倏戒鼎

〈時期〉西周晩期
〈出土〉未詳
〈現蔵〉上海博物館
〈隷定〉
1　軨白 慶 易 倏 戒 賡
2　弢 巤 雁 虎 裘 豹
3　裘 用 政 于 六 𠂤 用
4　侉 比 用 獄 次

〈通読〉
軨白(伯)慶 倏戒に賡弢(弼)、巤雁、虎裘、豹裘を易(賜)ふ。
用て六𠂤(師)を政め、用て侉(夸)比し、用て獄次せよ。

〈註釈〉
1　軨白慶　人名。軨は氏族名または地名。軨伯は、金文中初出である。
1　倏戒　作器者。
1　賡弢　賡字、弢字ともに金文中初出の字である。賜物と考えられるが、不祥。賡字は、『説文解字』等の字書に見えない。弢字は『玉編』に「古文の弼字」とあり、『廣雅』釋詁に「撃なり」とある。
2　巤雁　賜物。毛公鼎（『殷周金文集成』二八四一、西周晩期）に「金巤金雁」の語がある。著録aでは、巤は毛巤の飾りのある馬冠、雁は膺

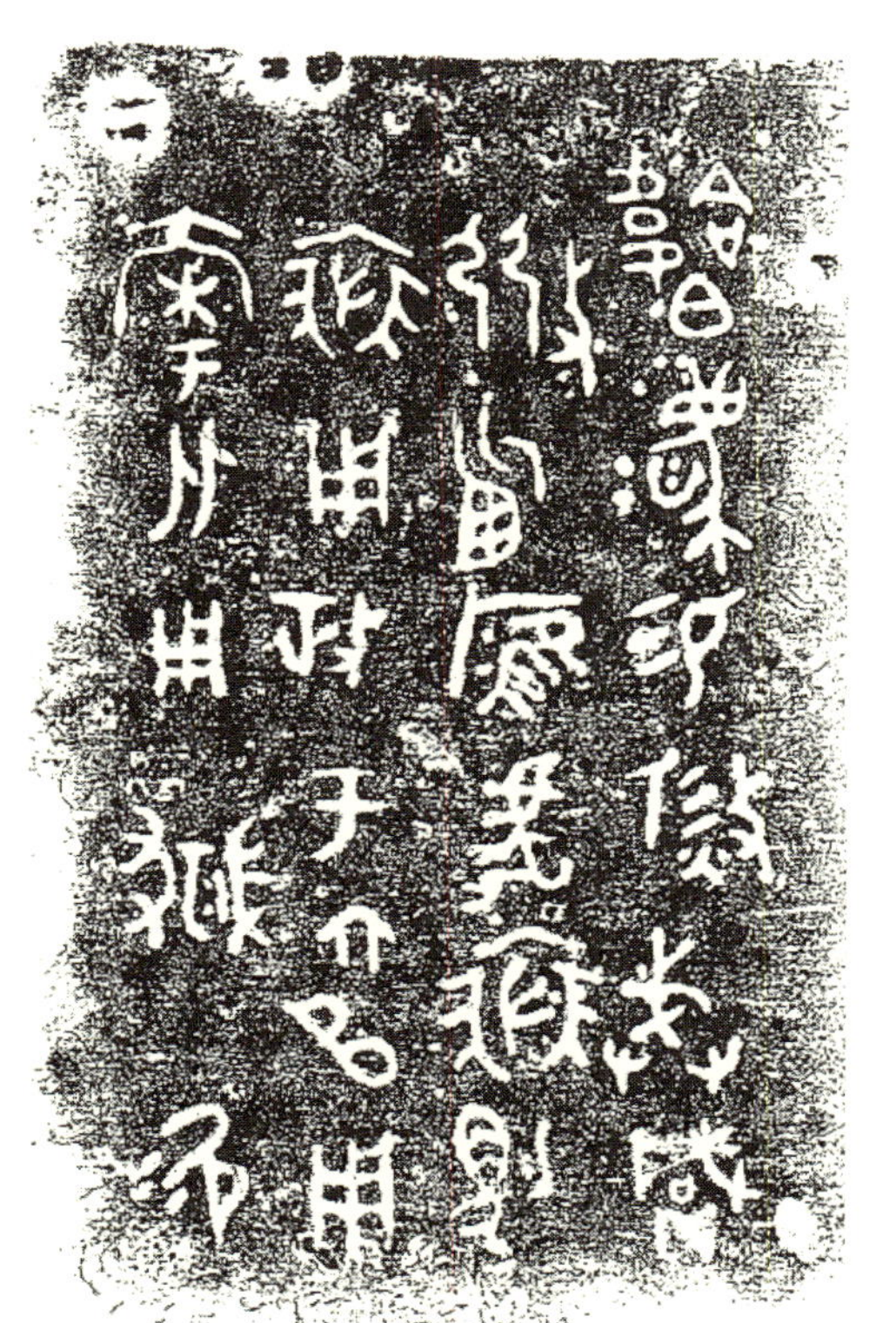
〈銘文拓影〉『上海博物館集刊』8より

に同じく馬帯の意であると言う。

2　虎裘豹裘　豹と読んだ字は、金文中初出であり、確かめがたいが、字形から見て豹字に読む著録aの見解に従う。

3　六𠂤　六師。六軍に同じ。『詩』大雅・棫樸に「六師」の語があり、鄭玄箋に「二千五百人を師となす」と言う。

4　㮝比　㮝字、銘文の字は木に従う。著録aでは夸字の繁体と捉えた上で、夸は大の意味、比は比較の意味に取り、六師の統率に優れていることを言うのであると言っている。

4　獄次　獄は『説文』には「司空なり」とあり、『玉篇』には「察なり。今、伺・覗に作る」とある。著録aは兵舎を視察する意に捉えている。

4　用夸比用獄次　この句は金文中に例がなく、文意を明白にしがたい。仮に通読のように読んでおく。

（担当者　高澤）

〈著録〉

a　陳佩芬「新獲両周青銅器」『上海博物館集刊』第八期　二〇〇〇年一二月

b　鍾柏生等編『新収殷周青銅器銘文暨器影彙編』一四〇四　台北・藝文印書館　二〇〇六年四月刊

〈器影〉『上海博物館集刊』8より
通高25.8×口径26.7cm　重5.85kg

白大祝追鼎

〈時期〉西周晩期
〈出土〉未詳
〈現蔵〉上海博物館

〈隷定〉
1　隹卅又二年八月初吉
2　辛巳白大祝追作豐
3　叔姫䵼彝用𣄨多
4　福白氏其眉壽
5　黄耇萬年子々孫々永寶享

〈通読〉
隹れ卅又二年八月初吉辛巳、白大祝追 豐叔姫の䵼彝を乍(作)る。用て多福を𣄨(祈)る。白氏 其れ眉壽黄耇萬年、子々孫々、永く寶として享せよ。

〈註釈〉
2　白大祝追　作器者。白は、第四行に白氏と書かれている。すなわち、白は氏、大祝は官名、追は名である。周においては、大祝は祝官の長で、『周礼』春官宗伯大祝に「大祝掌六祝之辞、以事鬼神示、祈福祥、求永貞。」とある。追の名は追簋（『殷周金文集成』四二一九―四二二四）に見える。著録ｂｄに追簋には大祝の官職名がないことから、追が大祝の職に就く前の器である。したがって、この鼎は大祝の職についてからの器であ

〈拓影〉『上海博物館集刊』8期より

ると言っている。しかし、官職名が書いてないことを理由として、その官に就いていなかったとは断定できない。

〈器名について〉　著録ｂｃｆは、器名を大祝追鼎とし、著録ｄは伯大祝追鼎としているが、白大祝は白氏であるので、器名を白氏大祝鼎とした。

〈紀年暦日について〉　著録ｃｄに、この銘には年序、月序、月相、干支の四つの要素をすべて完備し、断代研究、歴法研究の重要資料であると指摘している。三十二年については、「西周青銅器銘文年暦表」（『商周青銅器銘文選』三所収）を引いて、在位においては厲王と宣王の二人が該当するが、干支では厲王三十二年八月は甲申朔であり、宣王三十二年八月は戊午朔であり、両王とも合致しないと言っている。著録ａは宣王三十二年としている。

（担当者　大橋）

〈著録〉

ａ　張聞玉「夏商周断代三題」『金築大学学報』綜合版　二〇〇〇年四期（未見）
ｂ　陳佩芬「新獲両周青銅器」『上海博物館集刊』第八期　上海書画出版社　二〇〇〇年一二月刊
ｃ　夏含夷「上海新獲大祝追鼎対西周断代的意義」『文物』二〇〇三年五期
ｄ　陳佩芬著『夏商周青銅器研究』西周篇・下三六四　上海古籍出版　二〇〇四年刊
ｅ　鍾柏生等編『新収殷周青銅器銘文暨器影彙編』一四五五　台北・藝文印書館　二〇〇六年四月刊
ｆ　劉雨、厳志斌・編著『近出殷周金文集録二編』三三八　中華書局　二〇一〇年二月〜一〇月刊

〈器影〉『上海博物館集刊』8期より
通高20.21×口径21.7 cm
重3.05kg

作冊封鬲

〈時期〉西周晩期（厲王）
〈出土〉未詳
〈現蔵〉中国国家博物館

〈隸定〉（乙器）

1 乍冊封異井秉明徳虔
2 夙夕卹周邦保王身諫
3 辥四或王弗叚譔享氒孫
4 子多［易］休封對䚬天子不顯
5 魯休乍䵼鬲封其萬年
6 費壽永寶

〈通読〉

乍（作）冊封 井（刑）に異（翼）とり、明徳を秉り、虔しみて夙（夙）夕に周邦を卹へ、王の身を保ち、四或（域）を諫辥（辥）す。王 叚（遐）く譔（忘）るること弗く、享するに氒（厥）の孫子 休を［易（賜）］はること多し。封 天子の不（丕）顯なる魯休に對䚬（揚）して、䵼鬲を乍（作）る。封 其れ萬年費（眉）壽にして永く寶とせよ。

〈銘文拓影〉『中国歴史文物』2002-2　左：乙器　右：甲器

〈註釈〉

1　作冊封　作器者。作冊は官名。封は人名。封の字形は、通例と異なるが、封字を充てておく。この字形は、伊簋（『殷周金文集成』四二八七、西周晩期）に見える冊命伝達者（封）と同形である。著録aは、伊簋に見える命冊尹封と同一人ではないかと見て、命冊尹は作冊職の長であるから、作冊封が昇進して命冊尹となった可能性があると言っている。この見解については、誤謬がある。拓影によると、「命冊尹」の部分には冊字がなく、「王呼命尹封冊命伊」とあり、「王、呼びて尹封に命じて伊に冊命せしむ」と読むべきである。

1　異井　翼刑。井は刑（格式、手本。手本にのっとる）の意。異は翼（のっとる）の意。著録aでは、裘錫圭の論文（参考資料1）を用いて、「異」は多く「翼」に釈し補佐の意味とされているが、裘氏の挙げた用例の大部分は虚詞として使用されているのに対して、本銘の「異井」は実詞として使用されており、「式刑」は、法にならう、法にもとづくの意であると言っている。

1　虔　恭敬、恭謹、つつしむの意。

2　殅夕　夙夕。朝夕、日夜の意。及び、（日夜）勤めるの意。

2　卹　恤。憂（うれえる）の意。著録aは、『荘子・徳充符』に「寡人卹焉、若有亡也」とあり、成玄英の疏に「卹、憂也」とあるのを引いて、説明している。

3　諫辥　諫は、正す意。辥は、治める、保つ意。辥字について、王国維（参考資料2）は、文献中の「乂」字であるとしている。「乂」は治の意である。

3　四或　四方（邦、国）、四域の意。周邦以外の国族・地域を指す。

3　叚諲　叚は「暇、遐（はるか、とおい）」の意。諲は「忘（わすれる）」の意。周王が封の周室に対する貢献を忘れないという意味である。

4　[昜]休　昜字は、甲器の銘にあるが、乙器にはない。

〈器の時期について〉　著録aは、鬲の造形が質朴さや紋飾の簡素さ、銘文の字体や句形などの点から西周晩期であるとしている。また、伊簋が厲王期とされていることから、この器も厲王期の器であろうとしている。

〈字形・書法について〉　甲器の第三行と第四行との間隔が異常に狭い。また、行の流れが湾曲している。字形の大小や傾きも随所にある。罫線を引かずに書いたように見える。点画に肥瘦の差がなく、筆写体のような線も見える。界格線を引いて書いたものとの違いを考える必要がある。

〈著録〉

a　王冠英「作冊封鬲銘文考釈」　『中国歴史文物』二〇〇二年二期

b　連劭名「中国歴史博物館新蔵青銅器銘文考釈」　『東南文化』二〇〇五年四期

c　鍾柏生等編『新収殷周青銅器銘文暨器影彙編』一五五六、一五五七　台北・藝文印書館　二〇〇六年四月刊

d　下村泰三「作冊封鬲銘」　『近出殷周金文選読三』二松学舎大学大学院中国学研究科浦野研究室編　二〇一〇年一月(未刊)

〈参考資料〉

1　裘錫圭「卜辞「異」字和詩、書裡的「式」字」　『古文字論集』　中華書局　一九九二年刊

2　王国維「釈辟」　『観堂集林』巻六　中華書局　一九五九年刊（原刊：一九二一年）

〈担当者　染谷〉

〈器影〉『中国歴史文物』2002-2 より
高 13.5 × 口径 18.5 ㎝

呂　簋

〈時期〉西周晩期
〈出土〉未詳
〈現蔵〉未詳

〈隷定〉（蓋銘）

1　隹九月初吉丁亥王㝈
2　大室冊命呂王若曰呂
3　更乃考𩰫𤔲奠師氏易
4　女玄衣黹屯載市同黄
5　戈琱戜𠪚必彤沙旂䜌
6　用事呂對䚄天子休用
7　乍文考障毀萬年寶用

〈通読〉

隹れ九月初吉丁亥、王 大(太)室に㝈(格)る。呂に冊命す。王 若くのごとく曰く、「呂よ、乃の考を更ぎ、𩰫せて師氏を𤔲(司)奠せよ。女(汝)に玄衣・黹(黻)屯(純)・載市・同(絅)黄・戈琱戜・𠪚(緱)必(柲)・彤沙(緌)・旂䜌(鑾)を易(賜)ふ。用て事へよ」と。呂 天子の休に對䚄(揚)して、用て文考の障毀(簋)

〈銘文拓影〉『古文字学論稿』より　左：器銘　右：蓋銘

を乍(作)る。萬年まで寶用せよ。

〈註釈〉

1　丁亥　蓋銘は丁亥、器銘は乙亥と書いてある。なぜ、このような相違が生じたのか不明である。同月中に初吉丁亥と初吉乙亥の両日は、あり得ない。

1　庈　格(いたる)。通常は「各」字を書く。庈字を用いた例は、これまでにない。

2　呂　作器者。

3　覯　併(あわせて)の義。

3　嗣奠師氏　著録aに、この句を論じて、「奠」を「甸」に解すべきだといい、「奠師氏」を職名としている。『周礼』に甸師、甸師氏の職が見え、金文中に奠を甸に解すべきものがあることを根拠としている。しかしながら、免簠(『殷周金文集成』四六二六、西周中期)に「嗣奠園林眔虞眔牧」(園林と虞と牧とを嗣奠す)とある。この例では、嗣奠を一語と見なければ文として成り立たない。奠は嗣と同様に掌管するの義である。また、克鐘(『殷周金文集成』二〇九、西周晩期)には「賜克甸車、馬乘…。…奠大明」(克に甸車、馬乘を賜い、…。…大明を奠(さだ)む)とあり、甸字と奠字を使い分けている。これらの例から、本銘の奠師氏を甸師氏と解するのではなく、「嗣奠」の二字で、「つかさどり治める」意味の動詞と解すべきである。

5　戈琱㦰㪇必彤沙　戈の彫飾の状態を説明した語と考えられる。金文中に、戈琱㦰、戈琱㦰彤沙、戈彤沙琱㦰のように語順を変えた例がある。また、戈琱㦰㪇必彤沙と記した例が複数ある。本銘では、彤沙が彡沙となっている点、通例と異なっている。彡字の用例は、三件ある。伯晨鼎(『殷周金文集成』二八一六)に「賜…旅五旅彡矢旅弓旅矢…」とあり、應侯見工鐘(『殷周金文集成』一〇七)と宜侯夨簋(『殷周金文集成』四三二〇)に「賜彡一矢百」とある。その他は、彤字で書かれている。かつて、孫詒讓が彡矢を彤弓彤矢の合文と釈して以来、その説によって読まれているが、彤と彡とでは用い方に差異がある。戈に付随しては彤沙と書いた例ばかりで、彡沙と書いたのは、本銘が初出である。彡字の他の用例からすると、彤が彤沙、彤矢、彤干のように形容詞であるのに対して、彡は単独で賜物となっていることから、彤と彡字とは意味上に差異があると考えるべきである。

〈器の時期について〉　本銘と類似した内容で「戈琱㦸㪇必形沙」の語を含む銘文が七例ほどある。そのうち一器が西周中期である他は、いずれも西周晩期であり、本銘の書風も晩期の風気である。器形については、参考資料1の類別にぴたりと当てはまるものはないが、西周ⅢB型がもっとも近い。

〈字形・書法について〉　蓋銘と器銘の文字を比較すると、随所に書きぶりの差異を指摘できる。例えば、「若」字「昜」字の曲線の曲がり方が明らかに違うことなどである。ともしたら、蓋銘と器銘の書き手は別人であるかもしれない。日辰干支が「丁亥」「乙亥」と異なることもこのことと関連があるかもしれない。文字の書きぶりからすると、それほど長い年月差ではなさそうだが、同時の製作ではないように見える。なお、蓋と器の紋様やサイズが一致しているかどうかも確認したいところであるが、明瞭な写真を見ることができず、判然としない。

〈著録〉

a　鄧佩玲「従新見『呂簋』銘文試論「[广+各]」、「龔師氏」及「䜌旂」之解読」『古文字学論稿』安徽大学出版社　二〇〇八年四月刊

b　中溝かおる「呂簋銘」『近出殷周金文選読四』二松学舎大学大学院中国学研究科浦野研究室編　二〇一一年一月（未刊）

〈参考資料〉

1　林巳奈夫『殷周時代青銅器の研究』吉川弘文館　一九八四年二月刊

〈担当者　染谷・浦野〉

〈器影〉『古文字学論稿』より

𠭯盨（士百父盨）

〈時期〉西周晩期（宣王）
〈出土〉未詳
〈現蔵〉香港・個人

〈隷定〉

1 唯王廿又三年八月
2 王命士百父殷南邦
3 君者侯乃易馬王命
4 𠭯曰達道于小南唯
5 五月初吉還至于成
6 周乍旅盨用對王休

〈銘文拓影〉『古文字與古代史』より

〈通読〉

唯れ王の廿又(有)三年八月、王 士百父に命じて南邦君者(諸)侯を殷せしむ。乃ち馬を易(賜)ふ。王 𠭯に命じて曰く、「達(率)ひて小南に道(導)け」と。唯れ五月初吉 還りて成周に至る。旅盨を乍(作)る。用て王の休に對ふ。

〈註釈〉

1 王廿又三年　著録aでは、器形、花紋、字体などから西周晩期であると言い、王の在位から見ると、厲王は二十三年、宣王は四十年、幽王は三十年であり、厲・宣のいずれかと考えられると言う。ただし、銘文中の五月、すなわち二十四年五月に成周に還るという記事から考えると、厲王では二十四年がないので、宣王期であろう。

2　士百父　人名。士は身分。百父は個人名。第二字は不鮮明であり、著録cは士習父に読んでいる。どちらとも言いがたい。

2　殷　殷は殷見。周代においては王が四時に渉って四方の諸侯を悉く召集することをいう。また、六服が悉く朝することをいう。

2　南邦君諸侯　「君」字に隷定した字は、著録aの見解に従う。著録bでは「君」を「啓」と釈し、殷南邦と啓諸侯を句と解しているが、ここでは従わない。

4　⿱人𠃊　人名。著録abでは「文」としているが、字形は「文」ではない。原形のままとしておく。

4　達　率。率いるの意。

4　道　導。導くの意。導道(先行)の役となることをいう。ここでは、士百父が小南の君主、諸侯を王に朝侯させるための先導の役となったことをいう。

4　小南　地名。著録abでは小南と隷定しているが、小の字形にしては左右の点画が長すぎ、小字であるか否か、にわかには断定できない。

〈作器者名について〉　文中、士百父と⿱人𠃊とがともに王命を受け、賜物を賜っており、どちらが作器者か明白でない。そのため、器名も二通りが行われている。

〈器の時期について〉　註釈に述べるように、西周・宣王二十四年の器と推定する。

〈著録〉

a　張光裕「西周士百父盨銘所見史事試釋」『古文字與古代史』第一輯　中央研究院歴史語言研究所　二〇〇七年九月刊

b　黄錫全「西周“文盨”補釋」『古文字学論稿』　安徽省大学出版社　二〇〇八年四月刊

c　李学勤「文盨与周宣王中興」『文博』二〇〇八年二期

d　王進鋒「西周文盨与殷見楽」『西安音楽学院学報』二〇〇八年六月刊

e　亀井有安「士百父盨銘」　二松学舎大学大学院中国学研究科浦野研究室編『近出殷周金文選読四』　二〇一一年一月(未刊)

〈器影〉『古文字與古代史』より

(担当者　髙澤)

伯□父盨

〈時期〉西周晩期
〈出土〉未詳
〈現蔵〉未詳

〈隷定〉
1 隹王二月初吉丁
2 卯白□父乍寶□
3 其萬年壽考永寶
4 用郷賓于宗室

〈通読〉
隹れ王の二月初吉丁卯、白(伯)□父 寶□を乍(作)る。
其れ萬年壽考にして、永く寶用し、宗室に郷(饗)し賓せよ。

〈註釈〉
1 伯□父　作器者。□字は蝕泐して読めない。
2 寶□　□の位置には、盨のような器名を表す文字があると推測される。器種が盨の場合、盨字が書かれていることが多い。
4 郷賓　饗礼と賓礼を行う意。饗と賓とを連言した例は、既存の西周金文では甲盉（『殷周金文集成』九四三一）など三件あるのみである。これら三件はいずれも西周早期のものとされている。本器の出現によって、西周晩期の用例が出現したことになる。

〈左：銘文写真　右：銘文模写〉『古文字学論稿』より

〈器の時期について〉　著録ａでは、器形、花紋、蓋紐、字体から見て西周晩期と推定している。

〈隷定について〉　拓影がなく、写真では読みがたいので、模写によって隷定した。

〈簋蓋同銘について〉　著録ａに、器蓋同銘であると記しているが、掲出の銘文写真と模写に器銘、蓋銘を区別する記載がなく、いずれか不明である。

（担当者　本間）

〈著録〉

ａ　張錦少「讀新見西周伯□父盨銘“用郷賓于宗室”雑誌」『古文字学論稿』安徽大学出版社　二〇〇八年四月刊

〈器影〉『古文字学論稿』より

伯呂□盨

〈時期〉西周晩期
〈出土〉未詳
〈現蔵〉上海博物館

〈隷定〉
1　隹王元年六
2　月既省霸庚
3　戌白呂□乍
4　旅盨其子々孫々
5　萬年永寶用

〈通読〉隹れ王の元年六月既省(生)霸庚戌、白(伯)呂□　旅盨を乍(作)る。其れ子々孫々まで萬年永く寶用せよ。

〈註釈〉
3　白呂□　　作器者。著録ａは器名を「伯呂盨」、著録ｂは「伯呂父盨」としている。著録ｂは、□字は、父字の縦画が欠損したものと推論している。人名の一部分であり、字形としては「又」、字義としては「父」に読むことができそうであるが、いずれとも決めがたい。今、人名であることを考慮して隷定しないこととする。

〈銘文拓影〉『夏商周青銅器研究』西周篇下より

〈器の時期について〉　著録ｂｄともに、この器の年月、月相、日干支の記載と各王暦譜と対比して、著録ｂは孝王の暦譜に合うと言い、著録ｄは懿王の暦譜にのみ合致すると言っている。ただし、各王の暦譜自体が論者によって差異がある現状では、いずれとも定めがたい。

〈字形・書法について〉　この字は全体的に稚拙で、覇、戌、盨、萬字などの字画に怪しい部分が見られる。銘文の伯呂□は、伯呂父の可能性があるが、明確にしがたい。□字のみが字画の質感が異なり、下方が広く空いているなど、不自然な点がある。

〈著録〉

ａ　陳佩芬『夏商周青銅器研究』西周篇・下三九五　上海古籍出版　二〇〇四年一二月刊

ｂ　李学勤「談伯呂父盨的暦日」　『陝西師範大学学報』哲学社会科学版　二〇〇六年四期

ｃ　鍾柏生等編『新収殷周青銅器銘文暨器影彙編』一四五九　台北・藝文印書館　二〇〇六年四月刊

ｄ　劉啓益「西周懿王時期紀年銅器続記」　『中原文物』二〇〇九年五期

ｅ　劉雨・盧岩『近出殷周金文集録二編』四五二　中華書局　二〇一〇年二月刊

（担当者　染谷）

〈器影〉『夏商周青銅器研究』より
通高17.5×口横14,5cm　重2,95kg

趞伯簋（爯簋）

〈時期〉西周中期
〈出土〉未詳
〈現蔵〉未詳

〈隷定〉

1 趞白乍爯?宗彝其
2 用𣦼夜亯卲文神
3 用禱旂眉壽朕
4 文考其巠趞姬趞
5 白之德言其競余
6 一子朕文考其用乍
7 氒身念爯?戈亡匄

〈簋銘文拓影〉呉振武「新見西周爯簋銘文釈読」より

〈通読〉

趞(趞)白(伯) 爯?の宗彝を乍(作)る。其れ用て𣦼(夙)夜に文神を亯(享)卲(邵)し、用て眉壽を禱旂す。朕が文考 其れ趞(趞)姬趞(趞)白(伯)之徳言に巠(經)ひ、其れ余が一子を競(強)くせんことを。朕が文考 其れ用て氒(厥)の身の念を乍(作)る。爯?よ 匄むる亡きを戈て。

〈註釈〉

1 趞白　人名。作器者。著録aは趞伯、著録bは遣伯と釈している。これらをふまえて著録cは、これまで、「遣」字に読んできた文字を観察し、之繞に従う字、走繞に従う字、之繞と走繞を合わせた形に書いた字の三種があり、いずれも人名の用例があるところを考えると、三種の字形の差異に留意しておく必要があると言っている。本銘は、走繞に従う字形である。

1　爯　人名。著録ａｂとも、爯字としている。著録ｂは、爯字に近いが、新字であるかもしれないと言っている。著録ｃは、字形は爯字とは異なるが、近似の文字としてこの字を充てておくとしている。これらの意見を参考として、仮に爯字を充てておく。爯の宗彝を作ると言っているところからすると、爯が人名であるとすれば祖考名と見るのが自然である。だが、祖考名を称号無しにこのように記した例は、極めて珍しい。なお、後出の文考が爯の廟号と考えられる。

2　亯卲　享卲。卲享と同じ。金文中では、卲字、享字とも祖先を「まつる（祀）」の意味で用いる。

2　文神　神は祖神、祖霊の意。「文」字は金文中に、文考、文祖、文父、文母、前文人、文武、文王、文帝のように祖先や王に冠して用いる例が多量にある。文神の用例として、此簋（『殷周金文集成』四二四九、西周晩期）と此鼎（『殷周金文集成』二八二一～二八二三、西周晩期）に「享孝于文神」とある。

3　⿰礻萬旂　⿰礻萬字は金文中初出。著録ａは⿰礻萬旂に読んでいる。著録ｂは、⿰礻萬字は桒(祈)と同義としている。著録ｃは、⿰礻萬祈二字で祈る意味の語と見てよいであろうと言っている。

4　巠　經。著録ａは、「行」あるいは「遵循」の意、著録ｂは「循常」の意としている。これらに説によって「したが-ふ」に読む。

4　趞(遣)姫　著録ａでは、姫姓の女子、趞伯の妻としている。著録ｂでは、女性である遣姫が先に記されていることについて、遣姫の出身が顕貴であるか、遣姫が何か特別な貢献をしたのであろうと述べている。

5　徳言　金文中初見の語。著録ａは、徳言二字で一語と解すべきだと言っている。著録ｂは「徳音」と読んでいる。拓影では音と読むよりも言と読むべきであろう。著録ｃでは、字形は「言」と見るべきであり、徳言の義をもって解釈すべきであると言っている。

5　競　著録ａは、強の意とし、著録ｂは、強勁、子どもが強健であることを言っていると説明している。

6　余一子　著録ａでは器主の自称とし、著録ｂでは器主の謙称であろうとしている。

6　乍　著録ａでは、措に読み、置く義に解している。今、通例のように「作る」に読んでおく。

7　念　著録ａｂとも、この部分を「念爯戈、亡匄」として「思う」に読んでいる。著録ａは戈を哉とし、著録ｂは亡くなった父に災禍ないことを思うの意としている。爕簋（『殷周金文集成』四〇四六）に「用作宮中念器」とある。念器の器字を略したものであろう。

7　亡匃　著録ａｂとも郭沫若の説に基づいて「亡害」の義としている。著録ｃは、金文の用例は、ほぼ全てが「祈匃眉壽」「祈匃永命」の類で、「匃」は「求める」義であり、子孫が祖霊の降す永命多福を求めないことを「亡匃」と言ったのであろうとしている。

〈器の年代について〉　著録ａでは、銘文内容と字体の風格から西周中期としている。

趞伯盨

趞白簋と同文である。盨銘の文字について、著録ｂは、簋銘と同一人が書いたものであると言っている。著録ｃは、文字を子細に観察し相違点を挙げた上で、盨銘の文字は原銘（例えば、簋銘）に基づいて複製したものと見ることができそうであると言っている。

趞伯盨の年代について、著録ｂは、その形制が伯寬父盨に類似していることから、西周晩期の厲王宣王時期としている。盨銘が簋銘に基づいて複製したもので、しかも盨銘が簋銘の文字に欠落が生じた状態に基づいて複製されたものであるとすると、趞白簋（西周中期）から相当に年月を経てから盨が作られたと見ることができ、製作時期の違いを無理なく説明できる。

〈著録〉

ａ　呉振武「新見西周爯簋銘文釈読」『史学集刊』二〇〇六年二期

ｂ　張懋鎔、王勇「遣伯盨銘考釈」『出土文献』創刊号　二〇一〇年八月（再録：『古文字与青銅器論集』第三輯　二〇一〇年七月）

ｃ　浦野俊則「趞白簋銘・趞伯盨銘」二〇一一年八月（未刊）

（担当者　津村）

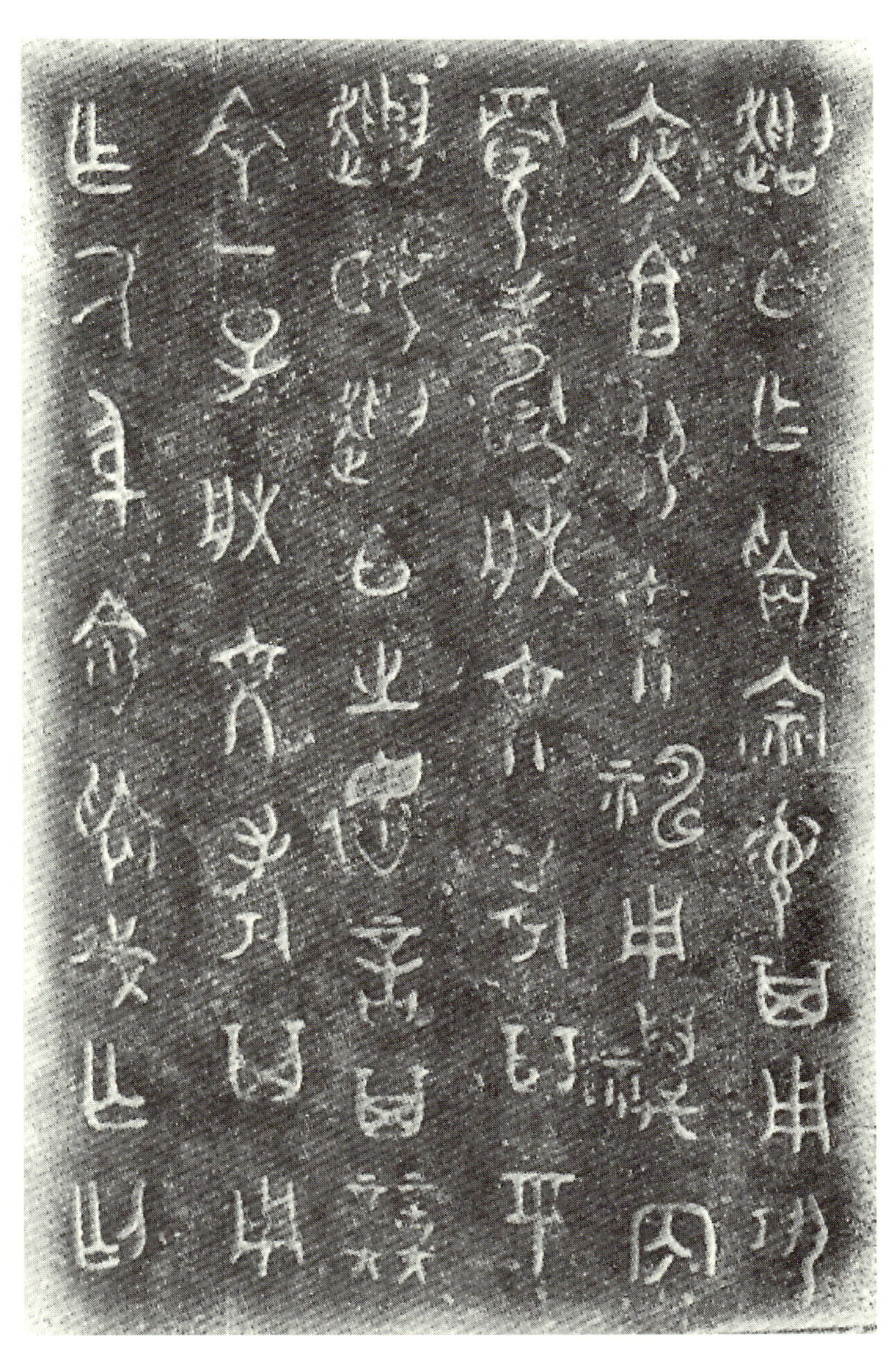

〈盨器影・銘文拓影〉『古文字与青銅器論集』（第三輯）より
通高10.9×口径（長辺24.7×短辺16.1）cm

伯𢦚父簋

〈時期〉西周晩期（厲王）

〈出土〉未詳

〈現蔵〉中国文物咨詢中心、個人

〈隷定〉（拓影1による）

1 隹王九月初吉庚午王

2 出自成周南征伐𠬪㒼

3 □桐遹白𢦚父從王伐

4 親執訊十夫馘廿得孚

5 金五十匀用乍寶𣪘對揚

6 用享于文且考用萬年𥳑壽其子孫永寶用享

〈通読〉

隹れ王の九月初吉庚午、王 出づるに成周よりし、南征して、𠬪㒼(子)の□・桐・遹を伐つ。伯𢦚父 王の伐に從ひ、親ら執訊十夫、馘廿、孚(俘)金五十匀(鈞)を得たり。用て寶𣪘を作る。對揚して、用て文且(祖)考に享す。用て萬年眉壽、其れ子(々)孫(々)まで、永く寶用し享せよ。

〈註釈〉

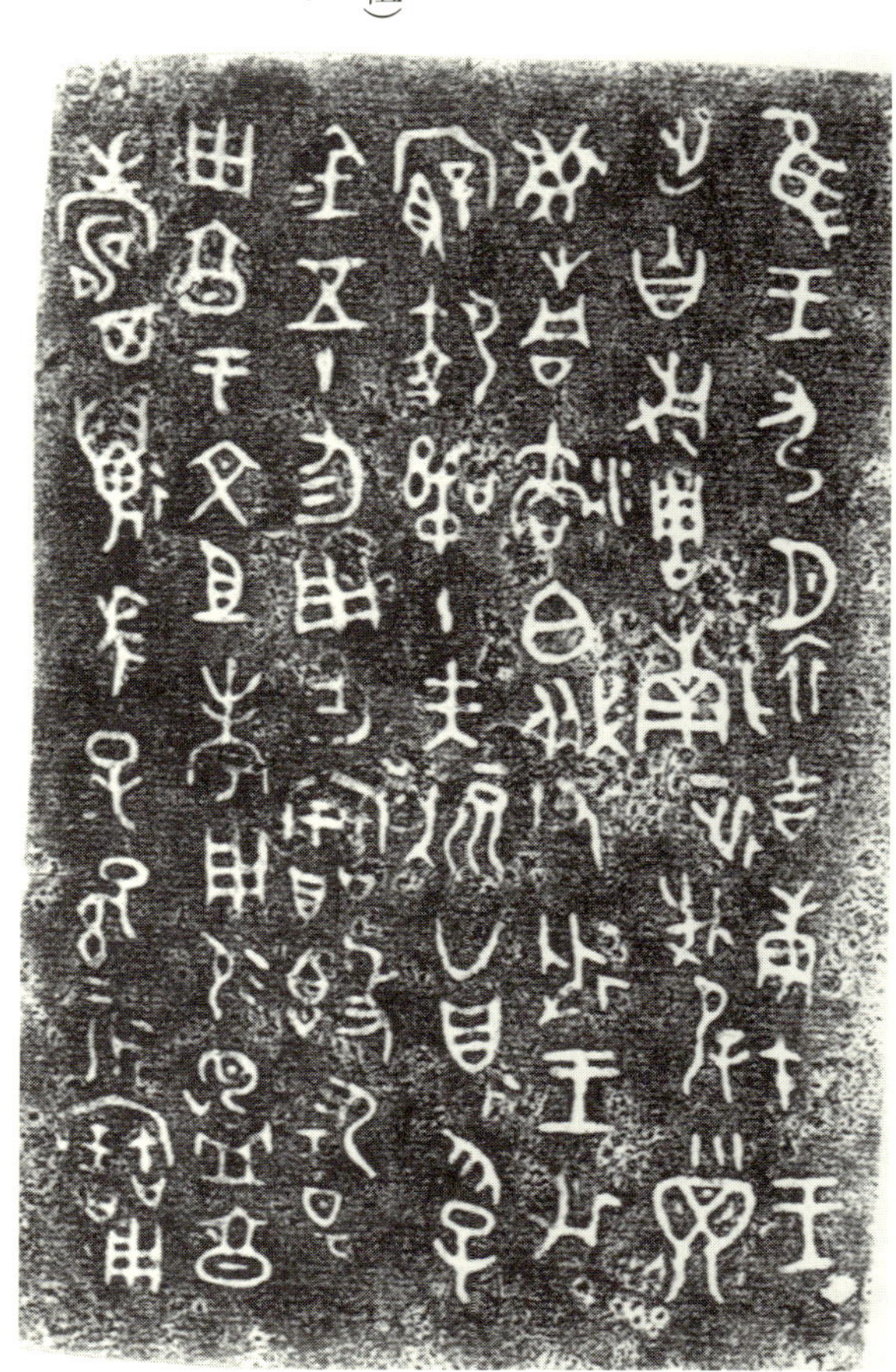
〈乙器銘文拓影〉『首陽吉金』より

〈甲器銘文拓影〉『古文字研究』27より

2　𠬝〓□桐遹　𠬝子。著録ａｃとも、この語が㝬鐘（宗周鐘）に「南国𠬝子」と見えていること、□・桐・遹は𠬝子中の三国であり、㝬鐘の記事と同一事を記したものであると言っている。著録ｃには、𠬝が国族名で、子がその首長をいう語であること、翏生盨銘に「王征南淮夷、伐角津、伐桐遹」とあって、本銘と同じく桐・遹が征伐されていることを指摘している。なお、著録ａに□字を〓字に隷定し、史籍に見える「英」国に解しているが、そもそも〓字に隷定することに疑問がある。拓影からは、字の構造が明確でなく、隷定を避け、不明字としておく。

3　白𢦏父　作器者。金文中、初出の人名である。

4　執訊　戦時において俘虜を捕らえること。

4　馘　敵を殺した証拠に左耳を切り取る（馘耳）ことから、戦時において殺した敵のこと。

5　對揚　乙器拓影には、對字がない。金文の通例では、用作寶簋の前に置かれる語である。このことは著録ｅにすでに指摘されている。

6　萬年眉壽　甲器拓影では、萬年二字を第五行との間に置いてある。乙器拓影では眉壽其萬年の語順に書いている。

6　子孫　甲器拓影は、この二字を横に並べて書いてある。乙器拓影は子々孫々と書いている。

6　寶用享　甲器乙器とも、享字を前行に戻るようにして書いてある。

〈器の時期について〉　著録ａは、形制と紋飾から西周晩期と定めている。著録ｃは、器形の類似、銘文の内容から厲王時期と推定している。

〈同銘器について〉　著録ａに同銘器が二器あること、甲器は器蓋同銘であること、乙器は器銘が甲器と同じであるが、蓋銘は別のものであることを記録している。著録ｂに一件の伯𢦏父簋が掲載されているが、甲器か乙器か不明である。

〈字形・書法について〉　著録ｄは、この銘文の文字について、右向きの字が比較的多くあり、字体が通常と異なるものや簡略なものが散見すると言っている。また、文末で行間に書いたり横並びに書いたりしていることを指摘し、末行で字数に多寡が生じている例は、散見するが、このような例は珍しいと言っている。

〈文字の配置と語順について〉　今、見ることのできる拓影二件を比較すると、文字の配置にも、語順にも通例に合わないところがある。文字の書きぶりは丁寧さが足りず、緊張感に乏しい。その理由は不明であるが、このような作例が存在することに留意しておくこととする。

〈著録〉

a　李学勤「談西周厲王時器伯𢦚父簋」『安作璋先生史学研究六十周年紀念文集』二〇〇七年十一月　齊魯書社
b　首陽斎等編『首陽吉金』三三　上海古籍出版社　二〇〇八年一〇月刊
c　朱鳳瀚「由伯𢦚父簋銘再論周厲王征淮夷」『古文字研究』第二十七輯　二〇〇八年九月　中華書局刊
d　浦野俊則「伯𢦚父簋」　二〇〇九年四月（未刊）
e　長谷川良純「伯𢦚父簋銘」『近出殷周金文選読三』　二松学舎大学大学院中国学研究科浦野研究室　二〇一〇年一月（未刊）

（担当者　津村）

〈参考：甲器拓影の模本〉著録dより

〈甲器器影〉『古文字研究』27より
通高17.5×口径19.9cm

柞伯鼎

〈時代〉 西周晩期（厲王宣王時期）
〈出土〉 未詳
〈現蔵〉 中国国家博物館

〈隷定〉

1 隹四月既死覇虢中令
2 柞白曰才乃聖且周公
3 繇又共于周邦用昏無
4 殳廣伐南或今女其率
5 蔡侯左至于昏邑既圍
6 城令蔡侯告徵虢中遣
7 氏曰既圍昏虢中至辛酉
8 搏戎柞白執訊二夫隻馘
9 十人其弗敢忝朕皇且
10 用乍朕剌且幽叔寶障
11 鼎其用追享孝用旂眉
12 壽萬人子々孫々其永寶用

〈通読〉

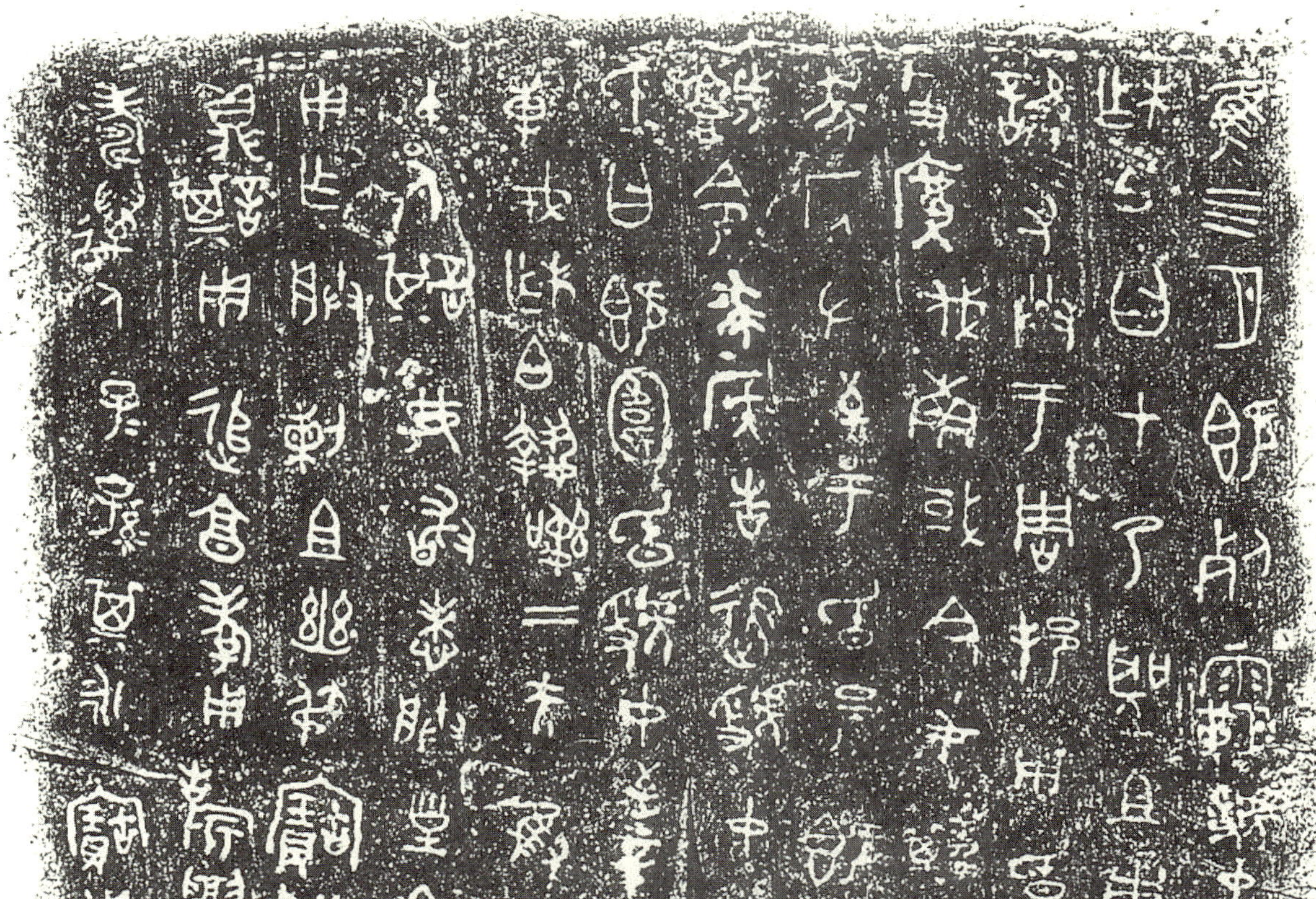

〈銘文拓影〉『文物』2006-5より

隹れ四月既死覇、虢中(仲)乍(胙)伯に令(命)じて曰く、「乃の聖且(祖)周公に才(在)りては、繇周邦に共(功)あり。用て昏無殳あり。南或(國)を廣伐せよ。今、女(汝)それ蔡侯を率い、左して昏邑に至れ」と。既に城を囲めり。蔡侯に令(命)じて虢中(仲)の遣氏に告徴せしめて曰く、「既に昏を囲めり」と。虢中(仲)至る。辛酉、戎を摶つ。乍(胙)伯 執訊二夫、隻(獲)馘十人なり。其れ敢て朕が皇且(祖)を忝(かく)さず。用て朕が烈且(祖)幽叔の寶隮鼎を作る。其れ用て追うて享孝し、用て眉壽萬人(年)ならんことを旂(祈)る。子々孫々まで、其れ永く寶用せよ。

〈註釈〉

1 虢　方国名。虢国は、姫姓。国の呼び名に西虢、東虢、北虢、南虢、小虢があり、文献や金文中に虢仲、虢叔、虢季が見える。それらの関係は、文献記録に矛盾があり、出土器と国名との関係も確定しがたい。

2 乍　方国名。文献中の胙国。朱鳳瀚は、著録aにおいて、乍伯は、『左伝』僖公二十四年に「凡、蔣、邢、茅、胙、祭は周公の胤なり。」という胙であり、銘文中に虢仲が乍伯の祖先を聖祖周公と言っていることと符合すると指摘している。文意に適う解釈である。

3 繇　著録aは、この字の用例を検討して、「舊」字と互用している例を指摘し、「当初」「曾経」(はじめから、かつてより)の意味を持つ語であると論じている。適切な見解である。

3 共　著録aは、両手奉持の字形の意味するところと音韻上から「功」(功績)の義に読むべきことを論じている。今、この説に従って読む。

3 昏無殳　著録aは、昏無及と隷定し、昏を「暋」(努力、尽力)の義に解している。この部分については、この解釈で文意が通じるが、下文に「昏邑」「囲昏」とあって、征伐を受ける方国名として登場する。第三行の「昏」字も同じ方国名と読むことによって全文を一貫して解すべきである。aが「及」に隷定した字を、著録cは「殳」に隷定して、殳は(貢納物を)輸送する義と解している。すなわち、昏が貢納を行わないと解するのである。この解釈に対して、著録eは、無殳を昏邑の首長の名ということも考えられ、更に研究する必要があると言っている。著録fは、銘文の字形は「殳」のほうが適切だが、「及」に読むことも完全に排除できないという意見である。著録gでは、「無」の初文は舞であり、「殳」は兵器であることから、「無殳」は挙兵の義であると解している。このように各家さまざまな角度から検討を加えているが、説は区々である。今、〈通読〉は、仮の訓読とし、一説に定めないでおく。

6 告徴　著録aは、「徵」字を論じて、「成」義と解釈している。この説によって読んでおく。

6 遣氏　著録aは、「氏を遣わし」と読み、「氏(蔡侯)が虢仲に派遣されて」という意味に解釈している。このように解すると、直前に「蔡侯をして虢仲に告徴させた」という句に続いて、蔡侯を遣わして曰くということになり、同じ内容が重複した文になる。しかし、著録aも述べているように「氏」一字でこのように用いた例はほとんどない。「遣氏」は虢仲の配下の人物名であろう。蔡侯がその人物に「すでに昏を包囲した」と報告させたので、虢仲がそこへ出向いたという展開を述べた文と解すべきだと考える。なお、この銘文とは直接関連するものではないが、西周中期の城虢遣生簋（『殷周金文集成』三八六六、西周中期）に城虢に遣生なる人物がいたことが見えており、虢に関連する国に遣を名乗る人物がいたことがわかる。

8　柞伯　虢仲が戦陣に出向いた後、辛酉の日に戦闘があった。柞伯が「執訊二夫、獲馘十人」の戦果を挙げたのは、この時の戦いであろう。

9　忢　著録aは、「忢」を「昧」（隠蔽）に解している。

12　萬人　萬年。「人」は、「年」字の下部に含まれている声符であり、ここでは「年」義である。「年」字の略体と見てもよい。

〈西周諸侯関係及び周公南征について〉　著録aの論文は、この銘文を元に、西周時期の諸侯の軍事的関係、虢仲、虢叔、蔡侯など諸侯間の上下関係、周公の南征、南国の地理関係などについて述べている。

〈器の時期について〉　著録aは、文字、紋飾、器形を総合して西周晩期と推定し、字体から言えば、厲王、宣王時期が妥当であろうと言っている。

〈著録〉

a　朱鳳瀚「柞伯鼎与周公南征」　『文物』二〇〇六年五期

b　黄天樹「柞伯鼎銘文補釈」『中国文字』新三二期　二〇〇六年一二月（収録：『黄天樹甲骨金文論集』二〇一四年八月刊）

c　李学勤「従柞伯鼎銘談〈世俘〉文例」　『江海学刊』二〇〇七年第五期

d　劉源「李学勤教授撰文討論柞伯鼎銘文」　中国社会科学院歴史研究所先秦史研究室 http://www. xianqin. org/blog/archives/308. html　二〇〇七年一一月一七日

e　鄢国盛「関于柞伯鼎銘“無殳”一詞的一点意見」　中国社会科学院歴史研究所先秦史研究室 http://www. xianqin. org/xr_html/articles/jwyj/635. html 二〇〇七年一二月二七日（収録：『新出金文与西周歴史』　二〇一一年五月刊）

f　季旭昇「柞伯鼎銘“無殳”小考」『古文字学論稿』安徽大学出版社　二〇〇八年

g　張再興「也説柞伯鼎銘“無殳”一詞」（収録：『中国文字研究』第一七輯　二〇一三年三月刊）

〈担当者　浦野〉

〈器影〉『文物』2006-5より
通高32cm　重10.02kg

員侯簋蓋

〈時期〉西周晩期～春秋早期
〈出土〉未詳
〈現蔵〉上海博物館
〈隷定〉
1　員 侯 乍 員 井
2　姜 妢 母 賸
3　𣪘 其 萬 年 子々
4　孫々 永 寶 用
〈通読〉
員侯 員の井(邢)姜妢母の賸(媵)𣪘(簋)を乍(作)る。
其れ萬年子々孫々まで永く寶用せよ。

〈註釈〉
1　員　　従来、員国は、文献上の杞国(河南省杞県)と解釈されることがあった。しかし、近年、員侯鼎、己華父鼎等が山東省寿光南紀臺村から出土するに当たり、員をその国名とする傾向にある。
1　井姜妢母　　著録aでは、井(邢)姜は員侯の妻で邢国出身の姜姓の女性だとする。邢国は元来姫姓であるが、当時にあって娶妻は多く、斉、衛、燕、魯の国等でも通婚が認められていることから、ここでは邢国出身で姜姓であることに、不自然性はな

〈銘文拓影〉左：『夏商周青銅器研究』より　　右：『第三届國際中國古文字学研討会論文集』より

いとする。また、妢母は、邢姜の女児の名であるという。

2 媵　媵。媵字の女部が子になっているが、媵字の異体である。金文中で媵字は女や土に従う字形がよく使われているが、子に従う字形は珍しい。

〈器の時期について〉　著録aは、山東省から出土する㠱国関係器は、西周晩期から春秋早期のものであることから、この器の時期もそれらと同様と見ている。著録cは、西周晩期の器とみて、銘文の内容について論じている。

〈器の所在・拓影・器形について〉　一九九七年の著録aでは、香港の個人蔵と記録されているが、二〇〇〇年の著録cでは、上海博物館蔵となっている。この間に所蔵者が変わったものと考えられる。また、銘文拓影が著録によって、相当に印象の違うものとなっているので、二件掲載した。器形について著録cに、簋蓋の把手部分に二段追加して長くしたものだと言っている。

〈著録〉

a　張光裕「新見㠱侯媵器簡釋」　『第三届國際中國古文字学研討会論文集』一九九七年

b　孫敬明「新見㠱侯簋与同類器之名称考」　『中国文物報』一九九八年六月

c　陳佩芬「新獲両周青銅器」　『上海博物館集刊』第八期　二〇〇〇年一二月刊

d　陳佩芬著『夏商周青銅器研究』西周篇・下三九二　上海古籍出版社　二〇〇四年一二月刊

〈器影〉『夏商周青銅器研究』より

（担当者　髙澤）

成鐘

〈時期〉西周晩期
〈出土〉伝陝西省宝鶏市陳倉区虢鎮西秦村
〈現蔵〉上海博物館
〈隷定〉
1 隹十又六年九月丁亥
2 王才周康𡩁宮王寴易成
3 此鐘成
4 其萬年
5 子々孫々永
6 寶用享

〈通読〉
隹れ十又六年九月丁亥、王周の康𡩁宮に才(在)り。王寴(親)ら成に此の鐘を易(賜)ふ。成其れ萬年子々孫々、永く寶用し享せよ。

〈註釈〉
2 康𡩁宮　著録aは、康宮中の𡩁宮と解している。康宮に関しては、従来、さまざまな論考がある。今、詳細を省く。

〈銘文拓影〉『夏商周青銅器研究』より

2　寴　親。「みずから」の意。
2　成　作器者。

〈器の時期について〉　著録aは、鐘の形式と紋飾から西周晩期のものとし、「西周青銅器年暦表」に適合するのは、孝王一六年（前九〇九年）九月四日と厲王一六年（前八六三年）九月二日であると言っている。

〈字形・書法について〉　文頭から此鐘成までの文字は、鉦部とその上下に細い線で刻されている。其萬年から文末までは、鼓部に鋳造されている。刻銘部分は、鉦部の鋳銘を削除して刻したものと指摘されている。すなわち、伝来の鐘銘の一部分を削除して刻したものである。

著録aは、西周晩期の刻銘の実例であると言っている。著録dは、鑄銘を削除して別銘を刻するという行為は、器の製作時期からかなり後のことと考えるべきである。そう考えるならば、一六年は西周時代の王年で考える必要はなく、むしろ、春秋時期以降に考えるのが自然であろう。刻銘の文字は、篆体を強く残しており、戦国時代とは言い難い。よって、刻銘の文字は、春秋時代とすべきであろうと言っている。さらに、この見方が正しいとすると、康𡨦宮が春秋時代にも周王によって用いられていたということになるという見解を述べている。

また著録dは、この刻銘が春秋時代だとしても、現時点では、青銅器銘の刻銘として、もっとも古い時期のものであること、並びに、後世の筆写体の書き方に連なる例として、字体研究上、意味があるものであると述べている。

〈著録〉

a　陳佩芬「新獲両周青銅器」『上海博物館集刊』第八期　二〇〇〇年一二月刊
b　陳佩芬『夏商周青銅器研究』西周篇・下四二九　上海古籍出版社　二〇〇四年一二月刊
c　鍾柏生等編『新収殷周青銅器銘文曁器影彙編』一四六一　台北・藝文印書館　二〇〇六年四月刊
d　浦野俊則「成鍾」　二〇〇八年一月（未刊）
e　劉雨・嚴志斌編著『近出殷周金文集録二編』五　中華書局　二〇一〇年二月

〈器影〉『夏商周青銅器研究』より
通高31.8×銑間16.8cm　重6.85kg

（担当者　津村）

子仲姜盤

〈時期〉春秋早期
〈出土〉未詳
〈現蔵〉上海博物館
〈隷定〉
1 隹六月初吉
2 辛亥大師乍
3 爲子中姜盥
4 盤孔碩虘好
5 用旂眉壽子々
6 孫々永用爲寶

〈通読〉
隹れ六月初吉辛亥、大師 子中(仲)姜の盥盤を乍(作)爲る。
孔だ碩にして虘つ好、用て眉壽を旂(祈)る。子々孫々まで永く用ゐて寶と爲せ。

〈註釈〉
2 大師　作器者。大師は官職名で、射礼や葬礼などの儀礼に参与した。『周礼』春官に「大師、掌六律六同、以合陰陽之声」とある。著録aに、書風に秦晋の風気が見えるが、秦に大師の職がないので、晋器の可能性があると言っている。著録bも、大師は晋侯の属官であると言っている。
3 子中姜　大師の夫人であろう。著録bは、齊が姜姓であり、字体も鳥形飾りも晋器と類似していることから、この器を晋器と推定している。

〈器銘拓影〉『子仲姜盤』より

3　盨盤　沬盤。盥盤。著録ａに、盨字は沬字の古体であると言っている。

〈器形と紋様について〉　本器には、魚、亀、蛙、家鴨などが立体的にレリーフされている。把手に対して上下に二匹の珍獣が配され、銅器として極めて珍しい作りである。参考資料1によると、文様は、句蓮ワ字形羽紋で春秋ⅡＡ型に近いが、この紋様は西周時期からあるもので、本器が春秋早期であるとしても理解できるものである。

〈関連器について〉　盤と匜は、器の用法上、通常一セットになる。著録ｂに、この盤と一セットとなる子仲姜匜がニューヨークの個人の所蔵となっていることを記している。

〈著録〉

ａ　馬承源「跋子仲姜盤」　『子仲姜盤』　上海博物館　一九九七年六月刊

ｂ　陳佩芬『夏商周青銅器研究』東周編・上四六七　上海博物館　二〇〇四年一二月刊

ｃ　鍾柏生等編『新収殷周青銅器銘文曁器影彙編』　台北・藝文印書館　二〇〇六年四月刊

〈参考資料〉

1　林巳奈夫『春秋戰國時代青銅器の研究』殷周青銅器綜覧三　吉川弘文館　一九八九年一月刊

（担当者　大橋）

〈器影〉『子仲姜盤』より
通高18×口径45cm

魚公匜（穌公匜）

〈時期〉春秋早期
〈出土〉未詳
〈現蔵〉上海博物館

〈隷定〉
4 孫々永保用
3 眉壽無疆子々
2 朕它其萬年
1 魚公乍中妃

〈通読〉
魚公、中(仲)妃の朕(媵)它(匜)を乍(作)る。
其れ萬年眉(眉)壽無疆(疆)、子々孫々まで、永く保用せよ。

〈註釈〉
1 魚公　作器者。第一字は魚か穌か、拓影では判断できない。著録aは「魚公匜」とし、著録bは「穌公匜」としている。
4 保用　保字の下部に「玉」が書かれている。古くは上部に玉を書いた例があるが、下部に書いた例は珍しい。保用の意味は寶用とほぼ同じである。

〈銘文拓影〉『夏商周青銅器研究』より

〈字形・書法について〉　銘文は、反文で、かつ右行している。

〈著録〉

a　陳佩芬『夏商周青銅器研究』東周篇・上四七四　上海古籍出版社　二〇〇四年一二月刊

b　鍾柏生等編『新収殷周青銅器銘文曁器影彙編』一四六五　台北・藝文印書館　二〇〇六年四月刊

〈担当者　染谷〉

〈器影〉『夏商周青銅器研究』より
高19.6×全長37.2cm　重3.35kg

□余敦（益余敦）

〈時期〉春秋中期
〈出土〉未詳
〈現蔵〉保利藝術博物館

〈隷定〉
1 卲翏公之孫□
2 余及陳弔嫣
3 爲其膳章眉
4 壽無彊子々孫々
5 永琛用之

〈通読〉
卲(召)翏公之孫□余及び陳弔(叔)嫣 其の膳章(敦)を爲(つく)る。
眉壽無彊(疆)にして、子々孫々まで永く之を琛(保)用せよ。

〈註釈〉
1 卲翏公　著録aは、卲(召)穆公と推定している。召穆公は『左伝』僖公二十四年に、周の厲王時期に兄弟の道を親しんだ周公、召穆公の喩え話として登場する人物である。翏は穆に通ずると言っているが、音通を主たる理由として史伝中の人物に当てるのは、一つの推論にはなるが、確定することはできない。翏字は、金文中でこれまで人名に用いた例と鏐の義に用いた例があるが、穆字に用いた例は見出しがたい。

〈銘文拓影〉『保利蔵金続』より

1　□余　人名。□字について、著録aは釈文中で左偏を益、右旁を卩に隷定しているが、器名としては「益」字で代用している。本書においては隷定を控えることとする。召穆公の孫とあるが、史伝にその人物は見出しがたい。なお、孫字の意味について、著録aは、子の子である孫を指す場合と遠孫をいう場合とがあることを言い、この銘文では召穆公の時代から遠いことから遠孫の意味であると言っている。これも、召翏公を召穆公と解した上での説である。並称されている陳叔嬀のことを考えると、遠孫という解釈は不自然である。

2　及　著録cに、本銘を引用し、この「及」字に往嫁の意味を含んでいると言っている。

2　陳弔嬀　陳叔嬀。人名。□余の妻であろう。陳国は嬀姓である。

5　琛　保字の異体。著録aは寶字の異体と見ているが、字中に「子」を含んでいる点から、保字の異体と見るべきである。金文中には、「永寶用之」も「永保用之」も、いくつもの用例がある。特に寶字とすべき事情はない。

〈器の時期について〉　著録aによると、敦の形態は齊侯作孟姜敦や魯歸父敦に近似していることなどから、春秋中期としている。

〈著録〉

a　李家浩「益余敦」『保利蔵金續』二〇〇一年一二月刊

b　鍾柏生等編『新収殷周青銅器銘文暨器影彙編』一六二七　台北・藝文印書館　二〇〇六年四月刊

c　涂白奎「鮑子鼎銘文別解―兼談邿公典盤的「及」字」『中国国家博物館館刊』二〇一三年九期

〈器影〉『保利蔵金続』より
通高9.5×口径22.1cm　重2kg

（担当者　髙澤）

嘉子孟嬴指不缶

〈時期〉春秋中期
〈出土〉未詳
〈現蔵〉スミソニアン博物館、ワシントン、サックラーギャラリー

〈隷定〉
1　隹正月初吉庚午
2　嘉子孟嬴指不自乍行缶
3　子孫其萬年無彊永用之

〈通読〉
隹れ正月初吉庚午、嘉子孟嬴指不 自ら行缶を乍(作)る。子孫、其れ萬年無彊(疆)にして、永く之を用ゐよ。

〈註釈〉
2　嘉子孟嬴指不　作器者。嘉は国族名。子は尊称。孟は長子(長男・長女を指す語)。嬴は姓。指不は名。

〈伝来について〉　著録aによると、サックラーコレクションになったのは、一九六六年であり、始めて公開展示されたのは、一九八三年である。

〈文字について〉　著録aに銘文の写真を載せてある。文字は、口沿部にあり、いわゆる針刻である。春秋時期の筆写体と共通する書きぶりが見ら

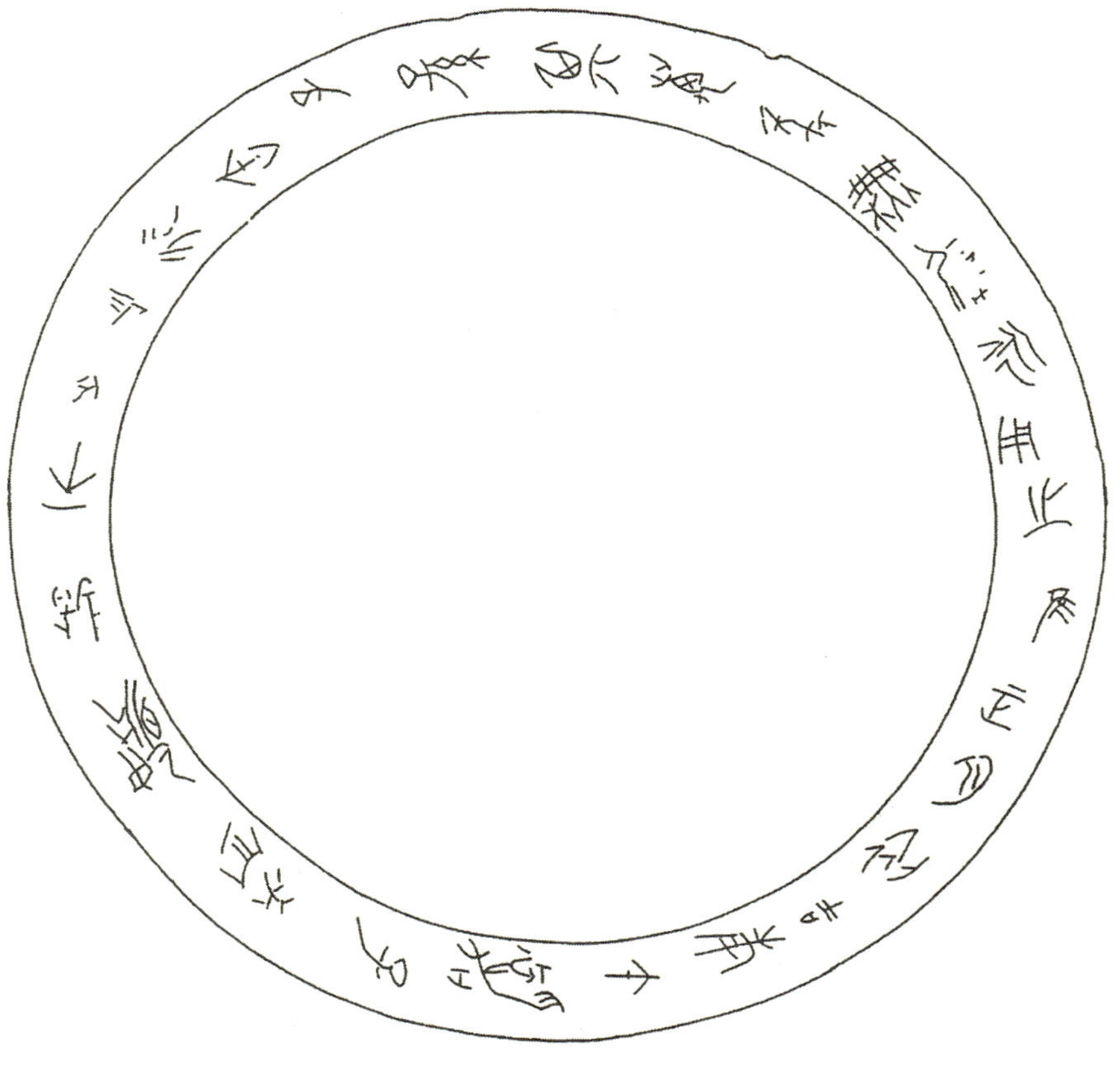

〈銘文模写図〉『ARTIBUS ASIAE』Vol.65より（李零氏模本）

れる。針刻銘は、器の完成後に刀刻したもので、戦国時期には広く行われているが、春秋時期には稀なものである。針刻銘の歴史を考える上で、注意すべき銘文である。このことについては、著録bにも言及がある。

〈器の所属系統について〉　著録bに、西周から春秋時期に嬴姓の侯国が多くあるが、この缶の器形と文様は江淮地区の青銅器系統に属するものであると言っている。また更に、本器が劉家店子出土の鼎と関係が深いこと、春秋中期の諸侯国の所在地の移動状況から、本器が春秋中期の徐国の器である可能性が高いと言っている。

〈著録〉

a　『ARTIBUS ASIAE』Vol.LIV　3/4　Museum Rietberg Zurich, SWITZERLAND　一九九四年

b　蘇芳淑「介紹美国華盛頓沙可樂美術館所蔵的嬴湝不鋯」　『第二届国際中国古文字研究会論文集続編』　香港中文大学中国語言及文学系　一九九五年九月刊

c　鍾柏生等編『新収殷周青銅器銘文暨器影彙編』一八〇六　台北・藝文印書館　二〇〇六年四月刊

（担当者　本間）

〈器影〉『ARTIBUS ASIAE』Vol.65 より
高 20.6cm

文公之母弟鐘

〈時期〉春秋晩期
〈出土〉未詳
〈現蔵〉上海博物館
〈隷定〉

1 不義又匿余文公之
2 母
3 弟
4 余鼏静
5 朕
6 配遠坴□用匽樂　（以上、正面）
7 者父兄弟余不
8 敢
9 困𣅀余
10 韔
11 好朋友乎尸僕　（以上、背面）

〈通読〉

…不義又匿。余は文公之母弟なり。
余鼏静、朕が配遠坴□、用て匽（宴）して者（諸）父兄弟を樂します。

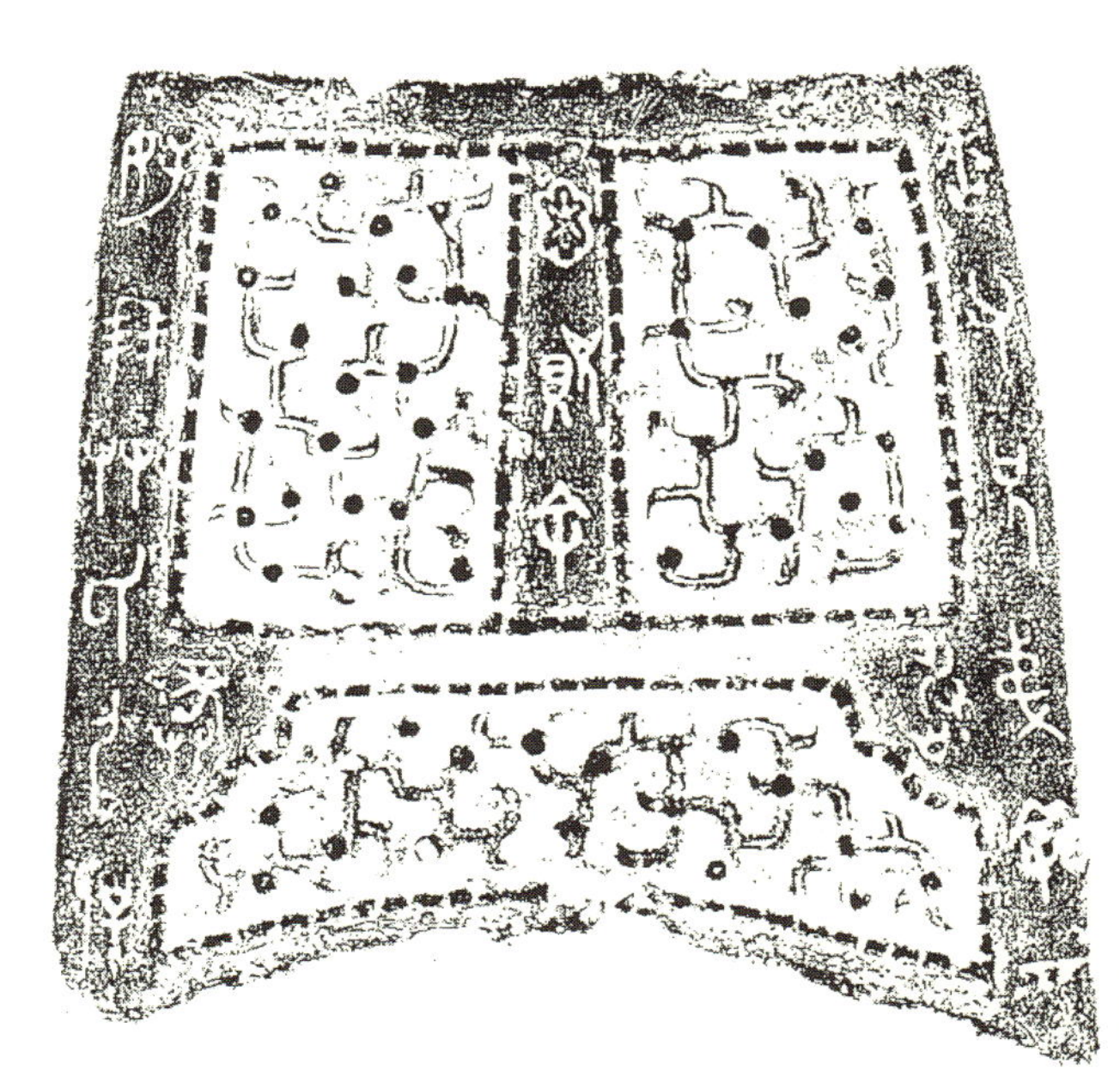

〈銘文拓影〉『夏商周青銅器研究』より　　左：裏面　　右：正面

余 敢て困貺(窮)させず。余 龏(恭)しむ。好朋友、氒(厥)の尸僕…

〈註釈〉

9 困貺　著録aでは、貺字は、貝に従い兄の声。音が窮に近いことから、不敢困窮と解し、民を困窮させない義であると言っている。

〈銘文と編鐘について〉 この鐘は編鐘中の一件であり、文の首尾が欠けているため通読が困難である。銘文は、鐘の表裏の両側と鉦部に鋳されている。鐘のサイズとしては、かなり小さい。編鐘中では末端に近いものであろう。

〈著録〉

a 陳佩芬『夏商周青銅器研究』東周編・上五四〇 上海博物館 二〇〇四年一二月刊

b 鍾柏生等編『新収殷周青銅器銘文曁器影彙編』一四七九 台北・藝文印書館 二〇〇六年四月刊

（担当者 津村）

〈器影〉『夏商周青銅器研究』より
通高13×舞縦4.9×舞横6.8×
鼓間5.8×銑間8.2cm 重0.84kg

三年大將吏敊弩機

〈時期〉戦国晩期
〈出土〉未詳
〈現蔵〉陝西歴史博物館

〈隷定〉

1　三年大䣈吏敊邦大夫王　（望山部）
2　平掾長丞所爲𢽳事伐　（望山部）
3　灋丘　（背面）
4　灋丘　（懸刀部）

〈通読〉三年、大䣈（将）吏敊、邦大夫王平、掾長（張）丞所為る。𢽳（授）事は伐。灋（廃）丘。

〈註釈〉

1　大将吏敊　大将は大将軍。吏敊は人名。著録aは、吏敊を、趙王遷の二年から七年まで大将軍であった李牧の属吏であろうと推定している。

2　掾　掾属・部下の意。ここでは邦大夫王平の属吏であろう。

2　𢽳事　綬事。受事。戦国時代趙国の兵器の銘に見える語である。李学勤が『保利蔵金』において受事は冶尹の命令を受けて実際の工作にあたった（受事）

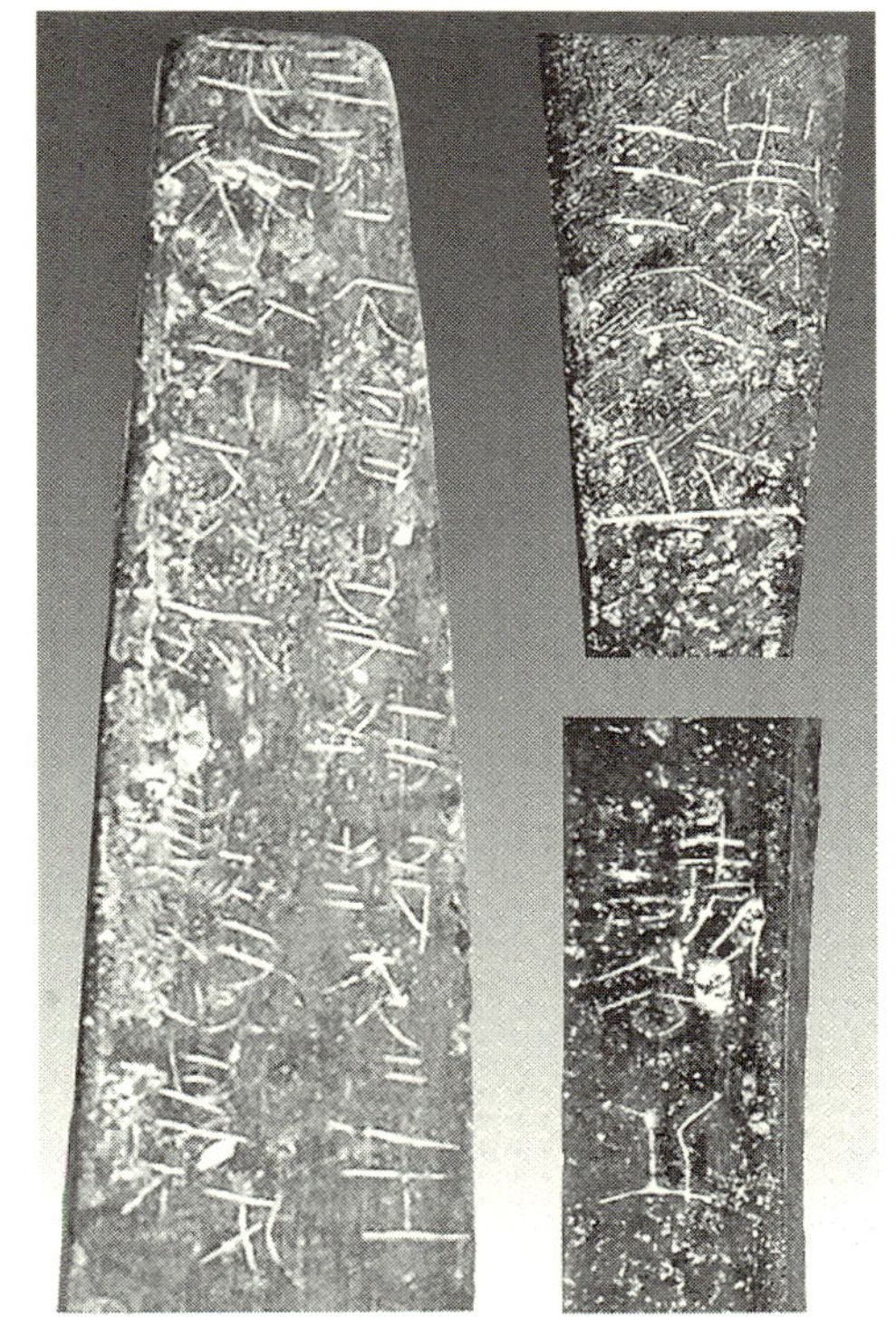

〈銘文写真・模本〉『文物』2006-4より

ことを言う語であると考証している。（この考証の対象となった保利芸術博物館所蔵の趙国銅鈹二件は、本書第三集一六、一七頁参照）

2　伐　受事者の名。

3　瀍丘　著録aでは、瀍丘は廃丘で、文献上では西周時期に犬戎の居住地であった犬丘のこととするが、著録bでは、瀍と廃は音韻上、通仮しがたいこと、同時期に瀍丘と廃丘とが存在することなどを根拠として、これを『左伝』中にある斉の襄王（法章）の子孫と捉えて、姓が瀍（法）、名が丘とする考えを述べている。しかし、著録cでは、瀍が廃に通仮する例を挙げ、人名と解することの可能性が低いこと、廃丘が地名として存在したことを示す陶文の例などを示している。ここでは、著録ａｃの説に従う。

（担当者　髙澤）

〈著録〉

a　呉鎮烽、師小群「三年大将吏弩機考」　『文物』二〇〇六年四期

b　王琳「有関《三年大将吏弩機考》的瀍丘問題」　『中原文物』二〇〇七年五期

c　陳家寧「也談「三年大将吏弩機考」的瀍丘問題」　『中原文物』二〇〇八年三期

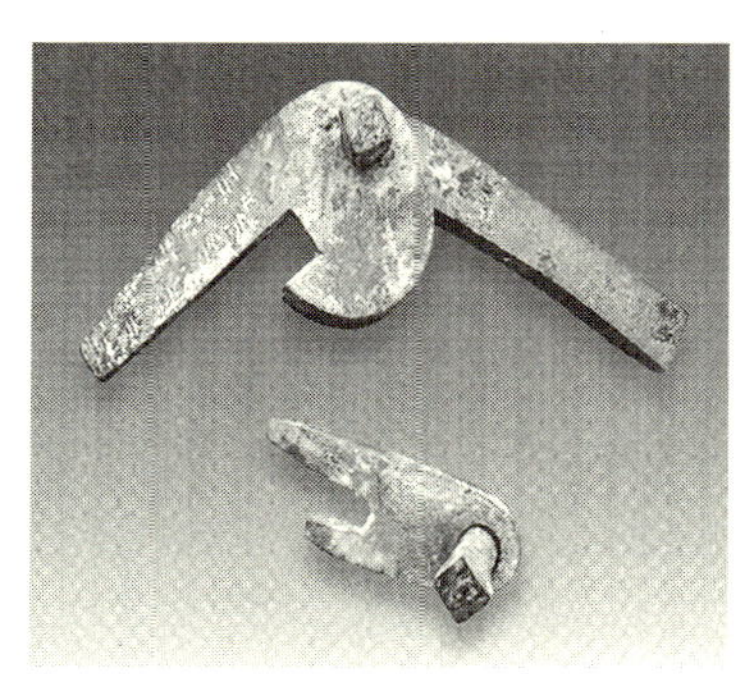

〈器影〉『文物』2006-4より
長8.4×寛4.5cm　重420g

近出殷周金文目録

＊この目録には、『殷周金文集成』未収録で、2011年までに公刊された殷周時代金文を収録した。
＊収録した銘文は、漢字銘に限定してある。巴蜀文字銘の金文は収録していない。
＊器名の表記において、フォントがない文字及び図象は、□で表示した。フォントがない文字の一部については、その文字を構成している要素を組み合わせて[ ]内に表記した場合とフォントを作成した場合とがある。
＊収録の順番は、第1基準として省市別に配列し、第2基準として出土地点、第3基準として器の時期順とした。
＊冒頭行の「集-頁」は、掲載した集とそのページを表している。
各集において、関連器を扱ったこと及び出土地点の順序を細分化したことによって、本文の掲載順とこの表の順序とは同じではない。

集-頁	器名	字数	時期	国族	出土地あるいは所蔵者	著録
1-1	亜漁鼎、寝魚簋等	12・21	商代晩期	殷	河南省安陽殷墟西区M1713	考古1986・8 p.703-712,725
	□己鼎	2	商代晩期		河南省安陽市文物工作隊	中国青銅器全集2・21
	□觚	1	商代晩期		河南省安陽市文物工作隊	中国青銅器全集2・109
	爰方彝	1	商代晩期		河南省安陽市文物工作隊	中国青銅器全集3・66
	己父息觚	3	商代晩期		河南省安陽市文物工作隊	中国青銅器全集2・121
	[宀帚]□爵	2	商代晩期		河南省安陽市文物工作站	考古1989・7
	亞[羊羊]斝	2	商代晩期		河南省安陽市文物工作站	考古1992・6
	□鐃	1	商代晩期		河南省安陽市文物工作站	考古1988・10 p.865-874
	見簋	1	商代晩期		河南省安陽市文物工作站	考古1988・10 p.865-874
	□觥蓋	1	商代晩期		河南省安陽市文物工作站	考古1993.10 p.880-901
	彝爵1・2	1・2	商代晩期		河南省安陽市文物工作站	考古1993.10 p.880-901
	□爵	1	商代晩期		河南省安陽市文物工作站	考古1993.10 p.880-901
	□爵	1	商代晩期		河南省安陽市文物工作站	考古1993.10 p.880-901
	□田觚	2	商代晩期		河南省安陽市文物工作站	考古1993.10 p.880-901
	□田辛觚	3	商代晩期		河南省安陽市文物工作站	考古1993.10 p.880-901
	□[金奔]	1	商代晩期		河南省安陽市文物工作站	考古学報1987・1
	飲示鼎	2	商代晩期		河南省安陽市文物工作站	考古1989・2
	鳳□□觶	3	商代晩期		河南省安陽市文物工作站	考古1994・5 p.392-396、391
	□鼎	1	商代晩期		河南省安陽市文物工作站	考古1992・2 p.187-189
	◆単觚	2	商代晩期		河南省安陽市文物工作站	考古1991・2 p.125-142
	周□父己爵	4	商代晩期		河南省安陽市文物工作站	考古1991・2 p.125-142
	□爵	1	商代晩期		河南省安陽市文物工作站	考古1991・2 p.125-142
	圉冊觚	2	商代晩期		河南省安陽市文物工作站	考古1991・2 p.125-142
	□父□爵	3	商代晩期		河南省安陽市文物工作站	考古1991・2 p.125-142
	光祖乙卣	3	商代晩期		河南省安陽市文物工作站	考古1991・2 p.125-142
	鳥□簋	4	商代晩期		河南省安陽市文物工作站	考古1998・10 p.875-881
	亞鼎	1	商代晩期		河南省安陽市文物工作站	考古1998・10 p.875-881
	鳥□母鼎	4	商代晩期		河南省安陽市文物工作站	考古1998・10 p.875-881
	戈觶	1	商代晩期		河南省安陽市文物工作站	考古1998・10 p.875-881
	□觚	1	商代晩期		河南省安陽市文物工作站	考古1998・10 p.36-47
	□爵	1	商代晩期		河南省安陽市文物工作站	考古1998・10 p.36-47
	□箕	1	商代晩期		河南省安陽市文物工作站	考古1998・10 p.36-47
	□宁器	2	商代晩期		河南省安陽市文物工作站	考古1998・10 p.36-47
	□鼎	1	商代晩期		河南省安陽市文物工作站	考古1998・10 p.36-47
	□方彝	1	商代晩期		河南省安陽市文物工作站	考古1998・10 p.36-47
	羊觚	1	商代晩期		河南省安陽市文物工作站	考古1991・10
	子□爵	2	商代晩期		河南省安陽市文物工作站	華夏考古1997・2 p.8-27
	子□乙爵	3	商代晩期		河南省安陽市文物工作站	華夏考古1997・2 p.8-27
	宁觚	1	商代晩期		河南省安陽市文物工作站	華夏考古1997・2 p.8-27
	宁父乙爵	3	商代晩期		河南省安陽市文物工作站	華夏考古1997・2 p.8-27
	□□□簋	3	商代晩期		河南省安陽市文物工作站	華夏考古1997・2 p.8-27
	□□卣	2	商代晩期		河南省安陽市文物工作站	華夏考古1997・2 p.8-27
	□尊	1	商代晩期		河南省安陽市文物工作站	華夏考古1997・2 p.8-27
	□父癸觶	3	商代晩期		河南省安陽市文物工作站	華夏考古1997・2 p.8-27
	□父癸爵	3	商代晩期		河南省安陽市文物工作站	華夏考古1997・2 p.8-27
	□父癸鼎	3	商代晩期		河南省安陽市文物工作站	華夏考古1997・2 p.8-27
	皿尊	1	商代晩期		河南省安陽市文物工作站	華夏考古1997・2 p.8-27
	□□鼎	1	商代晩期		河南省安陽市文物工作站	考古1986・12 p.1067-1072
	象爵	2	商代晩期		河南省安陽市文物工作站	考古1986・12 p.1067-1072
	羊箙鼎	2	商代晩期		河南省安陽市博物館	華夏考古1992・1 p.28-43
	□乙爵	2	商代晩期		河南省安陽市博物館	華夏考古1995・1
	□馬父丁卣	4	商代晩期		河南省安陽市博物館	文物1986・8 p.73-75
	爰戈	1	商代晩期		河南省安陽市博物館	考古学報1991・3 p.325-352
	毌得觚	2	商代晩期		河南省安陽市博物館	文物1986・8 p.76-80
	爰爵	1	商代晩期		河南省安陽市博物館	考古学報1991・3 p.325-352
	□卣	1	商代晩期		河南省安陽市博物館	文物1986・8 p.76-80
	爰觚1・2	1	商代晩期		河南省安陽市博物館	考古学報1991・3 p.325-352
	□器蓋	1	商代晩期		河南省安陽市博物館	考古学報1991・3 p.325-352
	爰罍	1	商代晩期		河南省安陽市博物館	考古学報1991・3 p.325-352
	爰鼎	1	商代晩期		河南省安陽市博物館	考古学報1991・3 p.325-352
	疋□鼎	2	商代晩期		河南省安陽市博物館	考古学報1991・3 p.325-352
	爰鼎	1	商代晩期		河南省安陽市博物館	考古学報1991・3 p.325-352
	爰簋	1	商代晩期		河南省安陽市博物館	考古学報1991・3 p.325-352
	爰鼎	1	商代晩期		河南省安陽市博物館	考古学報1991・3 p.325-352
	爰斝	1	商代晩期		河南省安陽市博物館	考古学報1991・3 p.325-352
	爰鐃1・2・3	1	商代晩期		河南省安陽市博物館	考古学報1991・3 p.325-352
	子觶	1	商代晩期		河南省安陽市博物館	考古学報1991・3 p.325-352
	馬危方鼎(2件)	2	商		河南省安陽殷虚大司空M303	考古学報2008・3 P.362-
	□鼎	1	商		河南省安陽市郭家荘東南M	考古2008・8 P.25-
	□鼎	1	商		河南省安陽市殷墟孝民屯村M	考古2007・1 P.29-
	□□觚	2	商		河南省安陽市殷墟孝民屯村東南地M	考古2009・9 P.28-
	狗宁鼎	2	商		河南省安陽市殷虚范家荘東北地M	考古2009・9 P.44-
	馬危円鼎	2	商		河南省安陽殷虚大司空M303	考古学報2008・3 P.362-
	□爵	1	商		河南省安陽市郭家荘東南M	考古2008・8 P.25-
	□觚	1	商		河南省安陽市殷墟孝民屯村M	考古2007・1 P.29-

近出殷周金文目録

集-頁	器名	字数	時期	国族	出土地あるいは所蔵者	著録
	父丙觚	2	商		河南省安陽市殷墟孝民屯村東南地M	考古2009・9 P.28-
	狗宁卣	2	商		河南省安陽市殷虚范家荘東北地M	考古2009・9 P.44-
	馬危分襠鼎(2件)	2	商		河南省安陽殷虚大司空M303	考古学報2008・3 P.362-
	□箕形器	1	商		河南省安陽市郭家荘東南M	考古2008・8 P.25-
	□爵	1	商		河南省安陽市殷墟孝民屯村M	考古2007・1 P.29-
	父丁爵	2	商		河南省安陽市殷墟孝民屯村東南地M	考古2009・9 P.28-
	狗宁簋	2	商		河南省安陽市殷虚范家荘東北地M	考古2009・9 P.44-
	馬危偏足鼎(2件)	2	商		河南省安陽殷虚大司空M303	考古学報2008・3 P.362-
	辛□爵	1	商		河南省安陽市殷墟孝民屯村M	考古2007・1 P.29-
	□爵	1	商		河南省安陽市殷墟孝民屯村東南地M	考古2009・9 P.28-
	狗宁爵(2件)	2	商		河南省安陽市殷虚范家荘東北地M	考古2009・9 P.44-
	馬危簋(2件)	2	商		河南省安陽殷虚大司空M303	考古学報2008・3 P.362-
	馬甗	1	商		河南省安陽殷虚大司空M303	考古学報2008・3 P.362-
	馬危觚(6件)	2	商		河南省安陽殷虚大司空M303	考古学報2008・3 P.362-
	馬危爵(9件)	2	商		河南省安陽殷虚大司空M303	考古学報2008・3 P.362-
	馬危斝(2件)	2	商		河南省安陽殷虚大司空M303	考古学報2008・3 P.362-
	馬危尊	2	商		河南省安陽殷虚大司空M303	考古学報2008・3 P.362-
	馬危卣(2件)	2	商		河南省安陽殷虚大司空M303	考古学報2008・3 P.362-
	馬危壺	2	商		河南省安陽殷虚大司空M303	考古学報2008・3 P.362-
	馬危罍	2	商		河南省安陽殷虚大司空M303	考古学報2008・3 P.362-
	馬危鐃(3件)	2	商		河南省安陽殷虚大司空M303	考古学報2008・3 P.362-
	武父乙盉	3	商		河南省安陽殷墟	考古2001・5 p.25
	亞長盉	2	商		河南省安陽殷虚花園荘M54	考古2004・1 P.12
	□戈	1	商代晩期		河南省安陽市殷墟郭家荘M	安陽殷墟郭家荘商代墓葬1998 p.46
	作冊祝鼎	3	商代晩期		河南省安陽市殷墟郭家荘M	安陽殷墟郭家荘商代墓葬1998 p.37-38
	作冊爵	2	商代晩期		河南省安陽市殷墟郭家荘M	安陽殷墟郭家荘商代墓葬1998 p.39
	晛觥	7	商代晩期		河南省安陽市殷墟郭家荘M	安陽殷墟郭家荘商代墓葬1998 p.44
	鄉宁戈	2	商代晩期		河南省安陽市殷墟郭家荘M	安陽殷墟郭家荘商代墓葬1998 p.47
	亞□止鐃	3	商代晩期		河南省安陽市殷墟郭家荘M	安陽殷墟郭家荘商代墓葬1998 p.104-105
	亞□止鐃	3	商代晩期		河南省安陽市殷墟郭家荘M	安陽殷墟郭家荘商代墓葬1998 p.104-105
	亞□止鐃	3	商代晩期		河南省安陽市殷墟郭家荘M	安陽殷墟郭家荘商代墓葬1998 p.104-105
	亞□址鼎	3	商代晩期		河南省安陽市殷墟郭家荘M	安陽殷墟郭家荘商代墓葬1998 p.81
	亞□址鼎	3	商代晩期		河南省安陽市殷墟郭家荘M	安陽殷墟郭家荘商代墓葬1998 p.79
	亞□址鼎	3	商代晩期		河南省安陽市殷墟郭家荘M	安陽殷墟郭家荘商代墓葬1998 p.79-81
	亞址鼎	2	商代晩期		河南省安陽市殷墟郭家荘M	安陽殷墟郭家荘商代墓葬1998 p81
	亞址鼎	2	商代晩期		河南省安陽市殷墟郭家荘M	安陽殷墟郭家荘商代墓葬1998 p.78
	亞址鼎	2	商代晩期		河南省安陽市殷墟郭家荘M	安陽殷墟郭家荘商代墓葬1998 p.81
	亞□址簋	3	商代晩期		河南省安陽市殷墟郭家荘M	安陽殷墟郭家荘商代墓葬1998 p.84
	亞址尊	2	商代晩期		河南省安陽市殷墟郭家荘M	安陽殷墟郭家荘商代墓葬1998 p.89
	亞址尊	2	商代晩期		河南省安陽市殷墟郭家荘M	安陽殷墟郭家荘商代墓葬1998 p.84-85
	亞址觚	2	商代晩期		河南省安陽市殷墟郭家荘M	安陽殷墟郭家荘商代墓葬1998 p.98
	亞址觚	2	商代晩期		河南省安陽市殷墟郭家荘M	安陽殷墟郭家荘商代墓葬1998 p.98
	亞址觚	2	商代晩期		河南省安陽市殷墟郭家荘M	安陽殷墟郭家荘商代墓葬1998 p.98
	亞址觚	2	商代晩期		河南省安陽市殷墟郭家荘M	安陽殷墟郭家荘商代墓葬1998 p.98
	亞址觚	2	商代晩期		河南省安陽市殷墟郭家荘M	安陽殷墟郭家荘商代墓葬1998 p.98
	亞址觚	2	商代晩期		河南省安陽市殷墟郭家荘M	安陽殷墟郭家荘商代墓葬1998 p.98
	亞址觚	2	商代晩期		河南省安陽市殷墟郭家荘M	安陽殷墟郭家荘商代墓葬1998 p.98
	亞址觚	2	商代晩期		河南省安陽市殷墟郭家荘M	安陽殷墟郭家荘商代墓葬1998 p.94
	亞址觚	2	商代晩期		河南省安陽市殷墟郭家荘M	安陽殷墟郭家荘商代墓葬1998 p.94,98
	亞址觚	2	商代晩期		河南省安陽市殷墟郭家荘M	安陽殷墟郭家荘商代墓葬1998 p.94
	亞址角	2	商代晩期		河南省安陽市殷墟郭家荘M	安陽殷墟郭家荘商代墓葬1998 p.98-102
	亞址角	2	商代晩期		河南省安陽市殷墟郭家荘M	安陽殷墟郭家荘商代墓葬1998 p.98-102
	亞址角	2	商代晩期		河南省安陽市殷墟郭家荘M	安陽殷墟郭家荘商代墓葬1998 p.98-102
	亞址角	2	商代晩期		河南省安陽市殷墟郭家荘M	安陽殷墟郭家荘商代墓葬1998 p.98-102
	亞址角	2	商代晩期		河南省安陽市殷墟郭家荘M	安陽殷墟郭家荘商代墓葬1998 p.98-102
	亞址角	2	商代晩期		河南省安陽市殷墟郭家荘M	安陽殷墟郭家荘商代墓葬1998 p.98-102
	亞址角	2	商代晩期		河南省安陽市殷墟郭家荘M	安陽殷墟郭家荘商代墓葬1998 p.98-102
	亞址角	2	商代晩期		河南省安陽市殷墟郭家荘M	安陽殷墟郭家荘商代墓葬1998 p.98-102
	亞址角	2	商代晩期		河南省安陽市殷墟郭家荘M	安陽殷墟郭家荘商代墓葬1998 p.98-102
	亞址角	2	商代晩期		河南省安陽市殷墟郭家荘M	安陽殷墟郭家荘商代墓葬1998 p.98-102
	亞址觶	2	商代晩期		河南省安陽市殷墟郭家荘M	安陽殷墟郭家荘商代墓葬1998 p.94
	亞址斝	2	商代晩期		河南省安陽市殷墟郭家荘M	安陽殷墟郭家荘商代墓葬1998 p.93-94
	亞址斝	2	商代晩期		河南省安陽市殷墟郭家荘M	安陽殷墟郭家荘商代墓葬1998 p.94
	亞□址斝	3	商代晩期		河南省安陽市殷墟郭家荘M	安陽殷墟郭家荘商代墓葬1998 p.94
	亞址盉	2	商代晩期		河南省安陽市殷墟郭家荘M	安陽殷墟郭家荘商代墓葬1998 p.90,93
	亞址罍	2	商代晩期		河南省安陽市殷墟郭家荘M	安陽殷墟郭家荘商代墓葬1998 p.89
	亞址卣	2	商代晩期		河南省安陽市殷墟郭家荘M	安陽殷墟郭家荘商代墓葬1998 p.89-90
	亞址盤	2	商代晩期		河南省安陽市殷墟郭家荘M	安陽殷墟郭家荘商代墓葬1998 p.103-104
	[戈大]觚	1	商代晩期		河南省安陽市殷墟郭家荘M	安陽殷墟郭家荘商代墓葬1998 p.39
	□父乙鼎	3	商代晩期		河南省安陽市殷墟	中国青銅器全集2・55
	京鼎	1	商代晩期		河南省安陽市殷墟	中国青銅器全集2・60
	亞長鐃1・2・3	2	商代晩期		河南省安陽市殷墟	考古2004・1 p.7-19
	亞長鼎	2	商代晩期		河南省安陽市殷墟	考古2004・1 p.7-19
	亞長甗	2	商代晩期		河南省安陽市殷墟	考古2004・1 p.7-19
	亞長尊	2	商代晩期		河南省安陽市殷墟	考古2004・1 p.7-19
	亞長觚	2	商代晩期		河南省安陽市殷墟	考古2004・1 p.7-19
	亞長爵1・2	1	商代晩期		河南省安陽市殷墟	考古2004・1 p.7-19
	亞長斝	2	商代晩期		河南省安陽市殷墟	考古2004・1 p.7-19
	亞長矛	2	商代晩期		河南省安陽市殷墟	考古2004・1 p.7-19
	亞長鉞	2	商代晩期		河南省安陽市殷墟	考古2004・1 p.7-19
	亞長刀	2	商代晩期		河南省安陽市殷墟	考古2004・1 p.7-19
	武父乙盉	3	商代晩期		河南省安陽市殷墟	考古2001・5 p.18-26
	婦好方彝	2	商代晩期		河南省安陽市殷墟	殷虚青銅器p.460
	亞盥鼎	2	商代晩期		河南省安陽市殷墟	殷虚青銅器p.471

近出殷周金文目録

集-頁	器名	字数	時期	国族	出土地あるいは所蔵者	著録
	祖辛邑父辛云鼎	6	商代晩期		河南省安陽市殷墟	殷虚青銅器p.452
	□卣	2	商代晩期		河南省安陽市殷墟	殷虚青銅器p.472
	□父乙鼎	3	商代晩期		河南省安陽市殷墟	殷虚青銅器p.454
	子圉鼎	2	商代晩期		河南省安陽市殷墟	殷虚青銅器p.449
	諫盨	8	西周晩期		河南省禹縣文管会	中原文物1988･3 p.5-7
	諫簋	8	西周晩期		河南省禹縣文管会	中原文物1988･3 p.5-7
	郢爰銅戳	2	戦国	楚	河南省禹縣文管会	文物2004･3 p.93
	郏戈	1	戦国		河南省郟城縣文物保管所	中原文物1984･2 p.16
	鄭伯匜	15	西周		河南省永城市陳集郷	中国歴史文物2007･5 p.13
	鄭伯匜	17	西周晩期	鄭	河南省永城縣文管会	中原文物1990･1
	□爵	1	商		河南省開封市博物館収蔵	中原文物2011･5 p.59-62
	乙戈爵	1	商		河南省開封市博物館収蔵	中原文物2011･5 p.59-62
	由力觚	1	商		河南省開封市博物館収蔵	中原文物2011･5 p.59-62
	仲姞鬲	6	西周		河南省開封市博物館収蔵	中原文物2011･5 p.59-62
	長□□鬲	6	西周晩期		河南省確山県文物管理所	考古1993･1 p.85
1-47	囂伯匜	21	西周晩期 ～春秋早		河南省确山県竹溝鎮･窖蔵	考古1993･1 p.73-80
	□□鎛	46	春秋晩期		河南省固始県侯古堆M1	文物1981･1 p.1-8 固始侯古堆一号墓 2004
1-115	鄱子成周鐘	2～35	春秋晩期	鄱	河南省固始県侯古堆M1	文物1981･1 p.1-8 固始侯古堆一号墓 2004
	黄季佗父戈	6	春秋早期	黄	河南省光山縣文管会	考古1989･1
1-49	虢季編鐘1～8	4～51	西周晩期	虢	河南省三門峡市上村嶺虢国墓地M 2001	三門峡虢国墓 1999 p.72-77 三門峡文物考古与研究 2003 虢国墓地的発現与研究 2000
	虢季鼎1～7	18	西周晩期	虢	河南省三門峡市博物館	三門峡虢国墓 1999 p.31-34
1-56	嘼叔奐父盨	33	西周晩期	虢･獣	河南省三門峡市上村嶺虢国墓地M 2006	文物1995･1 p.4-31 文物2004･4 p.90 上村嶺虢国墓 M2006
	虢季鬲1～8	16	西周晩期	虢	河南省三門峡市博物館	三門峡虢国墓 1999 p.36-38
1-52	国子碩父鬲1･2	24	西周晩期	虢	河南省三門峡市上村嶺虢国墓地被盗 遺物	三門峡虢国墓 1999 p.467
	小子吉父甗	18	西周晩期	虢	河南省三門峡市博物館	三門峡虢国墓 1999 p.38-41
	虢季盨1～4	8	西周晩期	虢	河南省三門峡市博物館	三門峡虢国墓 1999 p.51
	虢季簠	8	西周晩期	虢	河南省三門峡市博物館	三門峡虢国墓 1999 p.56
	虢季鋪1･2	10	西周晩期	虢	河南省三門峡市博物館	三門峡虢国墓 1999 p.58
	虢季壺1･2	8	西周晩期	虢	河南省三門峡市博物館	三門峡虢国墓 1999 p.63
	虢季盤	8	西周晩期	虢	河南省三門峡市博物館	三門峡虢国墓 1999 p.63-65
	□伯匜	15	西周晩期		河南省三門峡市博物館	三門峡虢国墓 1999 p.338-340
	大子車斧	4	西周晩期	虢	河南省三門峡市博物館	三門峡虢国墓 1999 p.342-343
	梁姫罐	5	西周晩期	梁	河南省三門峡市博物館	三門峡虢国墓 1999 p.251
	虢宮父鬲	9	西周晩期	虢	河南省三門峡市博物館	三門峡虢国墓 1999 p.467-468
	虢宮父盤	9	西周晩期	虢	河南省三門峡市博物館	三門峡虢国墓 1999 p.484
	虢宮父簠	17	西周晩期	虢	河南省三門峡市博物館	三門峡虢国墓 1999 p.475
	虢季簋1～6	7～8	西周晩期	虢	河南省三門峡市博物館	三門峡虢国墓 1999 p.41-46
1-58	追尸簋(追夷簋)	52	西周晩期	虢	河南省三門峡市李家窰M44	華夏考古2000･3 p.17-20,40 近出二428
	豐伯簠	14	西周晩期	豐	河南省文物考古研究所	文物1995･1 p.4-31 上村嶺虢国墓 M2006
	虢宮父鬲	10	西周	虢	河南省三門峡市上村嶺虢国墓地M	文物2009･2 p.20-
	虢宮父匜	9	西周	虢	河南省三門峡市上村嶺虢国墓地M	文物2009･2 p.20-
	虢宮父鬲	10	西周	虢	河南省三門峡市上村嶺虢国墓地M	文物2009･2 p.20-
	虢宮父盤	9	西周	虢	河南省三門峡市上村嶺虢国墓地M	文物2009･2 p.20-
	元□□戈	3	西周	虢	河南省三門峡市上村嶺虢国墓地M	文物2009･1 p.48
	虢仲之嗣或子碩父鬲	24	西周	虢	河南省三門峡市上村嶺虢国墓地M	文博2010･4 p.52
	虢姜鼎(6件)	8	春秋	虢	河南省三門峡市博物館徴集	文博2009･1 p.14-
	虢姜鬲(4件)	8	春秋	虢	河南省三門峡市博物館徴集	文博2009･1 p.14-
	虢姜方甗	8	春秋	虢	河南省三門峡市博物館徴集	文博2009･1 p.14-
	虢姜円壺	8	春秋	虢	河南省三門峡市博物館徴集	文博2009･1 p.14-
	虢姜盤	8	春秋	虢	河南省三門峡市博物館徴集	文博2009･1 p.14-
	虢□□父匜	13	春秋	虢	河南省三門峡市博物館徴集	文博2009･1 p.14-
	平夜君成戈	6～7	戦国中期	楚	河南省新蔡縣文物保管所	新蔡葛陵楚墓2003 p.56-59 文物2002･8 p.12
	長子□鼎	3	西周早期		河南省周口地区文化局	鹿邑太清宮長子口墓2000 p.60-61
	長子鼎	2	西周早期		河南省周口地区文化局	鹿邑太清宮長子口墓2000 p.59
	子□鼎	8	西周早期		河南省周口地区文化局	鹿邑太清宮長子口墓2000 p.57-58
	□父□鼎	3	西周早期		河南省周口地区文化局	鹿邑太清宮長子口墓2000 p.63-65
	長子□鼎	3	西周早期		河南省周口地区文化局	鹿邑太清宮長子口墓2000 p.69 考古2000･9 p.15 中原文物2000･5 p.63
	子鼎	1	西周早期		河南省周口地区文化局	鹿邑太清宮長子口墓2000 p.65-68
	長子□鼎	3	西周早期		河南省周口地区文化局	鹿邑太清宮長子口墓2000 p.57-58
	子簋	1	西周早期		河南省周口地区文化局	鹿邑太清宮長子口墓2000 p.72、74
	長子□甗	3	西周早期		河南省周口地区文化局	鹿邑太清宮長子口墓2000 p.76、78
	長子口卣	3･7	西周早期		河南省周口地区文化局	鹿邑太清宮長子口墓2000 p.111、107、109
	長子□尊	3･7	西周早期		河南省周口地区文化局	鹿邑太清宮長子口墓2000 p.97、95
	子□尊	2	西周早期		河南省周口地区文化局	鹿邑太清宮長子口墓2000 p.95-96
	尹舟觶	2	西周早期		河南省周口地区文化局	鹿邑太清宮長子口墓2000 p.116
	□父辛觚	3	西周早期		河南省周口地区文化局	鹿邑太清宮長子口墓2000 p.82-83
	長子□爵	3	西周早期		河南省周口地区文化局	鹿邑太清宮長子口墓2000 p.85
	戈丁斝	2	西周早期		河南省周口地区文化局	鹿邑太清宮長子口墓2000 p.92
	長子□觥	3	西周早期		河南省周口地区文化局	鹿邑太清宮長子口墓2000 p.98-106
	子□盉	2	西周早期		河南省周口地区文化局	鹿邑太清宮長子口墓2000 p.121
	長子□疊	3	西周早期		河南省周口地区文化局	鹿邑太清宮長子口墓2000 p.117、119
	鄂仲㺸簋	18	西周	鄂	河南省周口市博物館	考古1988･8 p.766-768
1-61	原氏仲簠(3件)	29･30	春秋早期	陳	河南省商水県M	考古1989･4 p.310-313 考古1988･8 p.766-758

近出殷周金文目録

集-頁	器名	字数	時期	国族	出土地あるいは所蔵者	著録
1-104	郙夫人[女嚚]鼎	49	春秋晩期	楚？	河南省徐家嶺楚墓	中原文物2009・3 p.10～11 考古2008・5 文物2004・3 p.21
	□鼎	1	商代晩期		河南省新郷市博物館	文博1988・3 p.3-4
	車簋	1	商代晩期		河南省新郷市博物館	文博1990・3 p.15-18、90
	自鼎	1	商代晩期		河南省新郷市博物館	中原文物1985・1
	圉父己尊	3	商代晩期		河南省新郷市博物館	中国青銅器全集3・105
	保京鼎	2	商代晩期		河南省新郷市博物館	中原文物1985・1 p.26-31
	□戈	1	商代晩期		河南省新郷市博物館	中原文物1985・1 p.26-31
	◇戈	1	商代晩期		河南省新郷市博物館	中原文物1985・1 p.26-31
	克戈	1	商代晩期		河南省新郷市博物館	中原文物1985・1 p.26-31
	□家戈	2	商代晩期		河南省新郷市博物館	中原文物1985・1 p.26-31
	子龔戈	2	商代晩期		河南省新郷市博物館	中原文物1991・1 p.100-101、86
	□戈	1	商代晩期		河南省新郷市博物館	中原文物1985・1 p.26-31
	保京觚	2	商代晩期		河南省新郷市博物館	中原文物1985・1 p.26-31
	齓爵	1	商代晩期		河南省新郷市博物館	中原文物1985・1 p.26-31
	冊韋爵	2	商代晩期		河南省新郷市博物館	中原文物1985・1 p.26-31
	鳥簋	1	西周		河南省新郷市博物館	中原文物1985・1 p.26-31
	□□爵	3	西周		河南省新郷市博物館	中原文物1985・1 p.26-31
1-123	八年陽□(翟)令矛	23	戦国晩期	韓	河南省新鄭市白廟范	群雄逐鹿－両周中原列国文物瑰宝 2003
	王后鼎	2	戦国		河南省新鄭市城関郷胡荘村M	華夏考古2009・3 p.18-
	□是官鼎	3	戦国		河南省新鄭市博物館	中原文物1999・3 p.101-110
	少府樽	2	戦国		河南省新鄭市城関郷胡荘村M	華夏考古2009・3 p.18-
	釐戈	1	戦国		河南省新鄭市博物館	中原文物1999・3 p.101-110
	左庫戈	2	戦国		河南省新鄭市城関郷胡荘村M	華夏考古2009・3 p.18-
	折邑戈	2	戦国		河南省新鄭市博物館	中原文物1999・3 p.101-110
	□冊□簋	12	西周早期		河南省信陽縣文管会	考古1989・1 p.10-19
	□父乙卣	3	西周早期		河南省信陽縣文管会	考古1989・1 p.10-19
	□冊□觚	12	西周早期		河南省信陽縣文管会	考古1989・1 p.10-19
	□冊□尊	存5	西周早期		河南省信陽縣文管会	考古1989・1 p.10-19
	□冊□角1・2	12	西周早期		河南省信陽縣文管会	考古1989・1 p.10-19
	□冊□方彝蓋	12	西周早期		河南省信陽縣文管会	考古1989・1 p.10-19
	□父丁簋1・2	7	西周早期		河南省信陽縣文管会	考古1989・1 p.10-19
	□父丁卣	3	西周早期		河南省信陽縣文管会	考古1989・1 p.10-19
	樊夫人龍嬴鼎	8	春秋早期		河南省信陽地区文管会	中原文物1991・2
	黄君孟壺	15	春秋早期	黄	河南省信陽地区文管会	中原文物1991・2 p.94-104
	黄君孟罍	15	春秋早期	黄	河南省信陽地区文管会	中原文物1991・2 p.94-104
	黄子豆	16	春秋早期	黄	河南省信陽地区文管会	中原文物1991・2 p.94-104
	黄子罍	15	春秋早期	黄	河南省信陽地区文管会	中原文物1991・2 p.94-104
	黄夫人匜	存1	春秋早期	黄	河南省信陽地区文物管理委員会	中国青銅器全集7・92
	黄君孟鼎	15	春秋早期	黄	河南省信陽地区文物管理委員会	中原文物1991・2 p.94-104
1-68	曾季□臣盤	24	春秋前期	曾	河南省信陽市羅山墓葬	曾国青銅器 p.396-397
	番叔□龠壺	12	春秋早期	番	河南省信陽市文管会	考古1989・1 p.20-25、9
1-71	仲改衛簠　甲M7:9	24	春秋中期	楚	河南省淅川県　淅川下寺M7	淅川下寺春秋楚墓 1991 p.28、30
1-75	上鄀公簠　甲M8:1	36	春秋中期	楚	河南省淅川県　淅川下寺M8	淅川下寺春秋楚墓 1991 p.9
1-71	仲改衛簠　甲M7:10	22	春秋中期	楚	河南省淅川県　淅川下寺M7	淅川下寺春秋楚墓 1991 p.30、32
1-75	何次[食貢]簠　甲M8:2	34	春秋中期	楚	河南省淅川県　淅川下寺M8	淅川下寺春秋楚墓 1991 p.9
1-75	何次簠　甲M8:3	30	春秋中期	楚	河南省淅川県　淅川下寺M8	淅川下寺春秋楚墓 1991 p.9、13
1-75	何次簠　甲M8:4	30	春秋中期	楚	河南省淅川県　淅川下寺M8	淅川下寺春秋楚墓 1991 p.13
1-75	以鄧匜　甲M8:5	29	春秋中期	楚	河南省淅川県　淅川下寺M8	淅川下寺春秋楚墓 1991 p.13
1-75	以鄧鼎　甲M8:8	25	春秋中期	楚	河南省淅川県　淅川下寺M8	淅川下寺春秋楚墓 1991 p.6
1-71	東姫匜　甲M7:1	37	春秋中期・晩期	楚	河南省淅川県　淅川下寺M7	淅川下寺春秋楚墓 1991 p.35
1-93	[墨＋敢]鐘	14～49	春秋晩期	楚	河南省淅川県　淅川下寺・丙M10	淅川下寺春秋楚墓 1991 p.265～282 新出33～40
1-102	郙子受編鐘1～9	40	春秋晩期	楚	河南省淅川県和尚嶺M	淅川和尚嶺与徐家嶺楚墓 2005 p. 46-47、61、70
1-93	[墨＋敢]鎛	30～79	春秋晩期	楚	河南省淅川県　淅川下寺・丙M10	淅川下寺春秋楚墓 1991 p.258 ～265 新出41～49 古文字研究24 p.258
1-102	郙子受編鎛1～8	11～28	春秋晩期	楚	河南省淅川県和尚嶺M	淅川和尚嶺与徐家嶺楚墓 2005 p.70、87、101
1-84	孟縢姫缶1・2	22	春秋晩期	楚	河南省淅川県　淅川下寺乙M1	淅川下寺春秋楚墓 1991 p.65、68
1-85	王孫誥鐘	14～113	春秋晩期	楚	河南省淅川県　淅川下寺乙M2	淅川下寺春秋楚墓 1991 p.140～174 新出50～75
1-85	倗戈　乙M2:82	22	春秋晩期	楚	河南省淅川県　淅川下寺乙M2	淅川下寺春秋楚墓 1991 p.189
1-89	蔡侯盤　乙M3:1	32	春秋晩期	蔡	河南省淅川県　淅川下寺乙M3	淅川下寺春秋楚墓 1991 p.226 新出1080
1-89	蔡侯匜　乙M3:2	32	春秋晩期	蔡	河南省淅川県　淅川下寺乙M3	淅川下寺春秋楚墓 1991 p.226、230
1-89	倗鼎1・2　乙M3:4, 12	21・4	春秋晩期	楚	河南省淅川県　淅川下寺乙M3	淅川下寺春秋楚墓 1991 p.216、218、220
	高望戈	2	戦国		河南省正定県文物保管所	文物1999・4 p.87-88
	陭氏戈	4	戦国		河南省正定県文物保管所	文物1999・4 p.87-88
	郙子孟□青簠	8	戦国		河南省淅川県徐家嶺M	文物2004・3 p.24-26
	□□缶	7	戦国		河南省淅川県倉房鎮沿江村徐家嶺M	考古2008・5 p.44
	□□□□簠1～4	16～3	春秋晩期	楚	河南省淅川県淅川下寺M	淅川下寺春秋楚墓 1991 p.220～225
	克黄鼎1・2	4	春秋晩期	楚	河南省淅川縣博物館	淅川和尚嶺与徐家嶺楚墓 2005 p.7、9
	曾太師奠鼎	7	春秋晩期	曾	河南省淅川縣博物館	淅川和尚嶺与徐家嶺楚墓 2005 p.9
	仲姫敦	5	春秋晩期	曾	河南省淅川縣博物館	淅川和尚嶺与徐家嶺楚墓 2005 p.30
	鬫尹轍？鼎	6	春秋晩期	楚	河南省淅川縣博物館	淅川和尚嶺与徐家嶺楚墓 2005 p.27
	曾仲薳□□鎮墓獸座	8	春秋晩期	楚	河南省淅川縣博物館	淅川和尚嶺与徐家嶺楚墓 2005 p.109
	薳子孟青[女＋爾] 簠	7	春秋晩期	楚	河南省淅川縣博物館	淅川和尚嶺与徐家嶺楚墓 2005 p.225、227
	薳子孟升嬭鼎	8	春秋晩期	楚	河南省淅川縣博物館	淅川和尚嶺与徐家嶺楚墓 2005 p.126
	薳子受戟1・2	6	春秋晩期	楚	河南省淅川縣博物館	淅川和尚嶺与徐家嶺楚墓 2005 p.162
	薳子辛戈	13	春秋晩期	楚	河南省淅川縣博物館	淅川和尚嶺与徐家嶺楚墓 2005 p.162

集-頁	器名	字数	時期	国族	出土地あるいは所蔵者	著録
	薳子受鼎1・2	6	春秋晩期	楚	河南省淅川縣博物館	淅川和尚嶺与徐家嶺楚墓 2005 p.174
	薳子受鬲	6	春秋晩期	楚	河南省淅川縣博物館	淅川和尚嶺与徐家嶺楚墓 2005 p.181
	曾[女孟]□朱姫簠	9	春秋晩期	曾	河南省淅川縣博物館	淅川和尚嶺与徐家嶺楚墓 2005 p.181、183
	許公戈	4	春秋晩期	許	河南省淅川縣博物館	淅川和尚嶺与徐家嶺楚墓 2005 p.200-202
	薳子昃鼎1・2	6	春秋晩期	楚	河南省淅川縣博物館	淅川和尚嶺与徐家嶺楚墓 2005 p.251
	□[示攵]想簠	6	春秋晩期	楚	河南省淅川縣博物館	淅川和尚嶺与徐家嶺楚墓 2005 p.257
	玄鏐戟1～6	1～6	春秋晩期	楚	河南省淅川縣博物館	淅川和尚嶺与徐家嶺楚墓 2005 p.309
1-136	三十年冢子韓担鈹	22	戦国晩期	韓	河南省長葛県官亭郷孟寨村	文物1992・4
	□辛鼎	2	商代晩期		河南省鄭州大学文博学院文物陳列室	中原文物1998・2 p.111-113
	□簋	1	商代晩期		河南省鄭州大学文博学院文物陳列室	中原文物1998・2 p.111-113
	滕觚	1	商代晩期		河南省鄭州大学文博学院文物陳列室	中原文物1998・2 p.111-113
	□父丁鼎	3	西周早期		河南省鄭州市洼劉M	文物2001・6 p.28-44 中原文物2001・2 p.5-9
	亞其父乙鼎	4	西周早期		河南省鄭州市洼劉M	文物2001・6 p.28-44 中原文物2001・2 p.5-9
	史父辛鼎	3	西周早期		河南省鄭州市洼劉M	文物2001・6 p.28-44 中原文物2001・2 p.5-9
	耳□耒簋	3	西周早期		河南省鄭州市洼劉M	文物2001・6 p.28-44 中原文物2001・2 p.5-9
	[阝舌]卣	7	西周早期		河南省鄭州市洼劉M	文物2001・6 p.28-44 中原文物2001・2 p.5-9
	[阝舌]卣	7・4	西周早期		河南省鄭州市洼劉M	文物2001・6 p.28-44 中原文物2001・2 p.5-9
	□父卣	6	西周早期		河南省鄭州市洼劉M	文物2001・6 p.28-44 中原文物2001・2 p.5-9
	[阝舌]	7	西周早期		河南省鄭州市洼劉M	文物2001・6 p.28-44 中原文物2001・2 p.5-9
	其父辛盉	3	西周早期		河南省鄭州市洼劉M	文物2001・6 p.28-44 中原文物2001・2 p.5-9
1-64	鄭子耳鼎 (鄭伯公子子耳鼎)	20	春秋	鄭	河南省鄭関連　河南省登封市告成鎮M	文物2006・4 p.7 中国歴史文物2007・5 p.75
1-66	鄭大子之孫與兵壺	77	春秋中晩期	鄭	河南省鄭関連	Gisele Oroes展覧目録(New York,1996/3) p.65 古文字研究24 p.233～239
	□子伯受鎛	6	春秋晩期		河南省桐柏縣文管辦	中原文物1997・4 p.8-23
	鄭鄂叔之子登鼎	17	西周	鄭	河南省登封市告成鎮袁窯村北M3	文物2006・4　中国歴史文物2007・5
	上剣	1	西周	鄭	河南省登封市告成鎮袁窯村北M3	文物2006・4　中国歴史文物2007・5
	鄭伯公子子耳鼎	20	春秋前期	鄭	河南省登封市告成鎮袁窯村北M3	文物2006・4　中国歴史文物2007・5
	魯侯壺	4	春秋	魯	河南省登封市告成鎮袁窯村北M	文物2009・9 P.27-
1-140	廿五年上郡守厝戈	26	戦国晩期	秦	河南省登封県八方村M	華夏考古1991・3 p.29-32
1-140	六年上郡守間戈	21	戦国晩期	秦	河南省登封県八方村M	華夏考古1991・3 p.29-32
	六年陽城戈	11	戦国晩期		河南省文物研究所登封工作站	華夏考古1991・3 p.29-32
	周右庫戈	3	戦国	周	河南省文物研究所登封工作站	華夏考古1991・3 p.29-32
	箙戉爵	2	商代晩期		河南省南陽市博物館	考古与文物1996・6 p.74-78
	□觚	1	商代晩期		河南省南陽市博物館	考古與文物1996・6 p.74-78
	父辛爵	2	商代晩期		河南省南陽市博物館	考古与文物1996・6 p.74-78
	子蝠何不祖癸觚	6	商代晩期		河南省南陽市博物館	考古與文物1996・6 p.74-78
	[斿止]爵	1	商代晩期		河南省南陽市博物館	考古与文物1996・6 p.74-78
	亞□觶	2	商代晩期		河南省南陽市博物館	考古與文物1996・6 p.74-78
	亞[匕矢][鬼攵]爵	3	商代晩期		河南省南陽市博物館	考古与文物1996・6 p.74-78
	子父辛觶	3	商代晩期		河南省南陽市博物館	考古與文物1996・6 p.74-78
	魚父丁爵	3	商代晩期		河南省南陽市博物館	考古与文物1996・6 p.74-78
	及爵	1	商代晩期		河南省南陽市博物館	考古与文物1996・6 p.74-78
	□父乙蓋	3	商代晩期		河南省南陽市博物館	中原文物1986・3 p.118-119
	叔商匕□□母鼎	14	西周晩期		河南省南陽市博物館	中原文物1992・2 p.87-90
	彭伯壺	15	西周晩期－春秋早	彭	河南省南陽市博物館	文物1997・12
1-109	養子曰鼎	25	春秋後期		河南省南陽市　春秋墓	中原文物2006・5 p.8
1-113	申公之孫彭子射児鼎	24	春秋晩期早段	申	河南省南陽市八一路M38	文物2011-3 p.4～31
	彭公之孫無所簠(4件)	14	春秋		河南省南陽市物資城M	中原文物2004・2 P.46-47
	養子鼎	25	春秋		河南省南陽市城区M	中原文物2006・5 p.8-
	彭公之孫無所鼎	18	春秋		河南省南陽市物資城M	中原文物2004・2 P.46-47
	許子□敦	6	春秋		河南省南陽市城区M	中原文物2006・5 p.8-
	申公之孫無所鼎	10	春秋		河南省南陽市物資城M	中原文物2004・2 P.46-47
	彭公之孫無所簠	21	春秋		河南省南陽市城区M	中原文物2006・5 p.8-
	楚屈喜戈	5	春秋		河南省南陽市城区M	中原文物2006・5 p.8-
	楚子棄疾簠	12	春秋		河南省南陽市博物館	中原文物1992・2
1-111	彭公之孫無所簠	21	春秋後期		河南省南陽市八一路春秋墓M1	中原文物2006-5 p.8
	申公之孫彭子射児鼎	24	春秋		河南省南陽市八一路工北路交差地M	文物2011・3 p.5-
	彭子射児鼎	6	春秋		河南省南陽市八一路工北路交差地M	文物2011・3 p.5-
	彭子射児簠	17	春秋		河南省南陽市八一路工北路交差地M	文物2011・3 p.5-
	彭射尊缶	4	春秋		河南省南陽市八一路工北路交差地M	文物2011・3 p.5-
	彭子射盤	6	春秋		河南省南陽市八一路工北路交差地M	文物2011・3 p.5-
	彭子射匜	7	春秋		河南省南陽市八一路工北路交差地M	文物2011・3 p.5-
	彭子射鼎	6	春秋		河南省南陽市八一路工北路交差地M	文物2011・3 p.5-
	彭子射湯缶	6	春秋		河南省南陽市八一路工北路交差地M	文物2011・3 p.5-
	射戈	3	春秋		河南省南陽市八一路工北路交差地M	文物2011・3 p.5-
	射戟	3	春秋		河南省南陽市八一路工北路交差地M	文物2011・3 p.5-
	彭啓戈(2件)	8	春秋		河南省南陽市八一路M	中国文物報2008・1653-2
	蔡侯簠(2件)	6	春秋		河南省南陽市八一路M	中原文物2009・2 P.81-
	□□父丁罍	1・4	商代晩期		河南省武陟縣博物館	文物1989・12
	伯鼎	4	西周早期		河南省平頂山市文管会	中原文物1988・1 p.21-22
	□卣	4	西周早期		河南省平頂山市文管会	中原文物1988・1 p.21-22

近出殷周金文目録

集-頁	器名	字数	時期	国族	出土地あるいは所蔵者	著録
1-14	柞伯簋	74	西周早期	応	河南省平頂山市新華区薛莊郷応国墓地	文物1998•9 p.53-58 古文字研究24 p.225
	作獸宮盉	6	西周中期		河南省平頂山市文管会	文物1998•9 p.4-17
	作獸宮盤	6	西周中期		河南省平頂山市文管会	文物1998•9 p.4-17
	應侯鼎	4	西周中期	応	河南省平頂山市文管会	文物1998•9 p.4-17
	應侯甗	5	西周中期	応	河南省平頂山市文管会	文物1998•9 p.4-17
	□尊	12	西周中期	応	河南省平頂山市文管会	文物1998•9 p.4-17
	□卣	12	西周中期	応	河南省平頂山市文管会	文物1998•9 p.4-17
1-31	應侯見工簋(83字銘)	83	西周中期	応	河南省平頂山市応国関連	首陽吉金39 中原文物2009•5
1-29	應侯見工簋1•2(54字銘)	54	西周中期	応	河南省平頂山市　応国墓地(伝)	保利蔵金続2001 p.122-127
1-26	爯簋	57	西周中期	応	河南省平頂山市　応国関連	保利蔵金1999 p.73-78 文物1999•9 p.83
1-20	匍盉	44	西周中期	応	河南省平頂山市　応国墓地M50	文物1998•4 p.88-91,95
1-23	應侯爯盨、関連器	28	西周中期	応	河南省平頂山市新華区薛莊郷応国墓	文物1998•9 p.4-17
1-37	敔簋(公簋)	27	西周中晩期	応	河南省平頂山市　応国墓地M95	華夏考古1992•3 p.92-103 中原文物2001•3　中国青銅器全集6•93
1-37	公鼎＝敔鼎	27	西周中晩	応	河南省平頂山市　応国墓地M95	華夏考古1992•3 p.92-103
	應姚鬲	13	西周晩期	応	河南省平頂山市文物管理局	考古2003•3 p.92-93
	應姚盤	19	西周晩期	応	河南省平頂山市文物管理局	考古2003•3 p.92-93
	應姚匜	12	西周晩期	応	河南省平頂山市文物管理局	考古2003•3 p.92-93
	應姚鼎	10	西周晩期	応	河南省平頂山市文物管理局	考古2003•3 p.92-93
1-42	叔[言両手]父簋(應姚簋)	31	西周晩期	応	河南省平頂山市　応国墓地M1	考古2003•3 p.92-93
1-35	應侯見工鼎	59	西周晩期	応	河南省平頂山市応国　関連	夏商周青銅器研究(西周編下) p.413-415 上海博物館館刊10 p.105
	應□鼎	33	西周		河南省平頂山市新華区西高皇	中原文物2010•2 p.66-
	應侯盨(2件)	10	西周		河南省平頂山市新華区西高皇	中原文物2010•2 p.66-
	應事鼎	5	西周	応	河南省平頂山市文管会	文物1984•12
	鄧公簋1•2	12	西周	鄧	河南省平頂山市文管会	考古1985•3
	丁児鼎蓋	32	春秋晩期	応	河南省平頂山市　応国関連器	中原文物1992•2 p.87-90 文物1993•3 p.93 華夏考古1994•2 p.111
	許公戈(3件)	5•6	春秋		河南省平頂山市葉県旧県郷常莊自然	文物2007•9 p.9-
	應侯鼎		春秋		河南省平頂山市新城区滍陽鎮応国墓	華夏考古2007•1 p.23
	許公戈	5	春秋	許	河南省葉縣文化館	群雄逐鹿－両周中原列国文物瑰宝 2003
	八系氏□簋	17	春秋		河南省葉県博物館蔵	中原文物2008•5 p.63
	□茲□其鐘	4	戦国早期		河南省葉縣文化館	華夏考古1988•3 p.1-18
	康樂鐘	存8	戦国早期		河南省葉縣文化館	華夏考古1988•3 p.1-18
	大保罐	2	西周早期		河南省洛陽市文物工作隊	文物1996•7
	亞□□觚	8	西周早期		河南省洛陽市文物工作隊	文物2003•12 p.4-11
	□戈	1	西周早期		河南省洛陽市文物工作隊	洛陽北窯西周墓1999 p.105
	飲祖己觶	3	西周早期		河南省洛陽市文物工作隊	文物2003•12 p.4-11
	□戈	1	西周早期		河南省洛陽市文物工作隊	洛陽北窯西周墓1999 p.108
	子圍父乙爵	4	西周早期		河南省洛陽市文物工作隊	文物2003•12 p.4-11
	茲戈	7	西周早期		河南省洛陽市文物工作隊	洛陽北窯西周墓1999 p.105
	伯戈	4	西周早期		河南省洛陽市文物工作隊	洛陽北窯西周墓1999 p.98
	□當壚	1	西周早期		河南省洛陽市文物工作隊	洛陽北窯西周墓1999 p.138
	伯□父簋	3	西周早期		河南省洛陽市文物工作隊	洛陽北窯西周墓1999 p.80
	䵼鼎	4	西周早期		河南省洛陽市文物工作隊	洛陽北窯西周墓1999 p.206
	豊伯戈	3	西周早期	豊	河南省洛陽市文物工作隊	洛陽北窯西周墓1999 p.111
	厂□戟	2	西周早期		河南省洛陽市文物工作隊	洛陽北窯西周墓1999 p.115
	史矢戈	2	西周早期		河南省洛陽市文物工作隊	洛陽北窯西周墓1999 p.100
	堯戈	1	西周早期		河南省洛陽市文物工作隊	洛陽北窯西周墓1999 p.100
	蔡叔戈	2	西周早期	蔡	河南省洛陽市文物工作隊	洛陽北窯西周墓1999 p.149
	封氏戈	2	西周早期		河南省洛陽市文物工作隊	洛陽北窯西周墓1999 p.100
	堯氏戈	2	西周早期		河南省洛陽市文物工作隊	洛陽北窯西周墓1999 p.149
	一六一戈	3	西周早期		河南省洛陽市文物工作隊	洛陽北窯西周墓1999 p.103
	一六一戈	3	西周早期		河南省洛陽市文物工作隊	洛陽北窯西周墓1999 p.103
	一六一戈	3	西周早期		河南省洛陽市文物工作隊	洛陽北窯西周墓1999 p.103
	□公戈	2	西周早期		河南省洛陽市文物工作隊	文物1996•7
	父癸爵	2	西周早期		河南省洛陽市文物工作隊	洛陽北窯西周墓1999 p.90
	父癸爵	2	西周早期		河南省洛陽市文物工作隊	洛陽北窯西周墓1999 p.90
	庚干首	1	西周早期		河南省洛陽市文物工作隊	洛陽北窯西周墓1999 p.135
	作寶彝簋	3	西周早期		河南省洛陽市文物工作隊	洛陽北窯西周墓1999 p.79
	康伯壺蓋	5	西周早期		河南省洛陽市文物工作隊	洛陽北窯西周墓1999 p.89
	叔尊	11	西周早期		河南省洛陽市文物工作隊	洛陽北窯西周墓1999 p.82,86
	旨鼎	3	西周中期		河南省洛陽市文物工作隊	洛陽北窯西周墓 p.206 1999
	史□敏尊	11	西周中期		河南省洛陽市文物工作隊	洛陽北窯西周墓 p.210 1999
	史□爵	3～8	西周中期		河南省洛陽市文物工作隊	洛陽北窯西周墓 p.214, 215、280
	宗人斧	3	西周中期		河南省洛陽市文物工作隊	洛陽北窯西周墓1999 p.229
	叔䣄父戈	4	西周中期		河南省洛陽市文物工作隊	洛陽北窯西周墓1999 p.224
	榮仲爵	2	西周中期		河南省洛陽市文物工作隊	洛陽北窯西周墓1999 p.214
	毛伯戈	3	西周中期		河南省洛陽市文物工作隊	洛陽北窯西周墓1999 p.227
	作王母簋	存10	西周中期		河南省洛陽市文物工作隊	洛陽北窯西周墓1999 p.210
	作□豆	2	西周中期		河南省洛陽市文物工作隊	洛陽北窯西周墓1999 p.216-217
	作寶尊彝尊	4	西周中期		河南省洛陽市文物工作隊	洛陽北窯西周墓1999 p.210
	伯豊爵	4	西周中期		河南省洛陽市文物工作隊	洛陽北窯西周墓1999 p.214
	□□觶	6	西周中期		河南省洛陽市文物工作隊	洛陽北窯西周墓1999 p.90-91
	□□觶	6	西周中期		河南省洛陽市文物工作隊	洛陽北窯西周墓1999 p.90-91
	□簋	7	西周中期		河南省洛陽市文物工作隊	洛陽北窯西周墓1999 p.208
1-7	仲[米犬攴]簋	22	西周中期		河南省洛陽北窯墓地(採集)	洛陽北窯西周墓 p.210 1999
1-9	季姫方尊	77	西周中期		河南省洛陽北窯墓地(伝)	文物2003•9　中国史研究2003•4 中国歴史文物2005•6　考古与文物2006•4
	應侯見工鐘1•2	39•40	西周	応	河南省平頂山市　応国墓地(伝) 編鐘の一部分は、陝西省藍田県出土	保利蔵金続2001 p.156-159文物1975-10 文物1977-8 p.27 銘文選234

近出殷周金文目録

集-頁	器名	字数	時期	国族	出土地あるいは所蔵者	著録
	召伯虎盨	8	西周晩期		河南省洛陽市博物館	考古1995・9 p.788-791、801
	亞□□觚	8	西周		河南省洛陽市東車站M	文物2003・12 p.5、9
	王鼎	4	西周		河南省洛陽市M体育場路M	文物2011・5 p.4-
	単鼎	7	西周		河南省洛陽市唐城花園M	文物2004・7 p.5
	□父丙爵	3	西周		河南省洛陽市瀍河東岸中窯村M	文物2006・3 p.17-
	子韋爵	4	西周		河南省洛陽市東車站M	文物2003・12 p.5、9
	王鬲	4	西周		河南省洛陽市体育場路東側建築工地	文物2011・5 p.4-
	[覃]祖辛鬲	3	西周		河南省洛陽市唐城花園M	文物2004・7 p.5
	父戊□觶	3	西周		河南省洛陽市瀍河東岸中窯村M	文物2006・3 p.17-
	[飲]祖己觶	3	西周		河南省洛陽市東車站M	文物2003・12 p.5、9
	[交]父辛觶	3	西周		河南省洛陽市唐城花園M	文物2004・7 p.5
	単爵(2件)	1	西周		河南省洛陽市唐城花園M	文物2004・7 p.5
	□爵	1	西周		河南省洛陽市紗廠西路五女冢村M	文物2000・10
	登斝	4	西周		河南省洛陽博物館	陝西歴史博物館館刊8(2001.8) p.35-41
	□族□卣	7	西周		河南省洛陽市老城北大街M	文物2010・8 p.6-
	公鼎	3	春秋		河南省洛陽市針織廠M	文物2001・12 p.43,44,49
	公卣(2件)	3	春秋		河南省洛陽市針織廠M	文物2001・12 p.43,44,49
	唯王五月鼎	残44	春秋		河南省洛陽市体育場路住宅建設地M	文物2011・8 pP.16-
	呉王夫差剣	10	春秋	呉	河南省洛陽市文物工作隊	文物1992・3
	□□元用戈	4	春秋		河南省洛陽市文物工作隊	文物1995・8
	王□伯□鼎	?	春秋		河南省洛陽市澗陽広場M	考古2010・12 p.24-
	越王者旨於賜矛	6	戦国早期	越	河南省洛陽市文物工作隊	文物1989・5 p.414-417
	少府[襄阝]和戈	4	戦国中晩	韓	河南省洛陽市第二文物工作隊	文物2004・9 p.88-89
1-138	六年工師揚戸冒鼎	21	戦国晩期	魏	河南省洛陽市東郊(伝)	文物2004・9 p.81-84 近出二 303
	三年垣上官鼎	15	戦国晩期		河南省洛陽大学文物館	文物2005・8 p.90-93
	宜陽戈	13	戦国		河南省洛陽市宜陽県M	文物2000・10 p.76
	府鍪	8	戦国		河南省洛陽市宜陽県韓城郷王寨村	文物2005・8 p.88
	我自鋳鈹	8	戦国		河南省洛陽市宜陽県文化館収蔵	文物2011・9 p.73-
	少府戈	4	戦国		河南省洛陽市宜陽県韓城郷角村	文物2004・9 P.88
	大子鼎	13	戦国		河南省洛陽市火車站西南金谷園村	文物2001・6 p.69
	首垣鼎	5	戦国		河南洛陽文物収蔵学会徴集	中国国家博物館館刊2011・10 p.63-
	三年鼎	15	戦国		河南洛陽大学文物館	文物2005・9 p.91
	□祖丁甗	3	西周早期		河南省洛陽博物館	文物1998・10 p.38-41
	□祖丁尊	3	西周早期		河南省洛陽博物館	文物1998・10 p.38-41
	□祖丁簋	3	西周早期		河南省洛陽博物館	文物1998・10 p.38-41
	叔□父鼎	7	西周晩期		河南省洛陽博物館	文物1999・9 p.19-28
	申伯壺	6	春秋晩期	申	河南省洛陽博物館	考古1981・1 p.24-26
	鄭登伯盨(2件)	13	西周		河南省洛陽市邙山坡	文物2009・1 P.46-
	双面人四管器座	3	西周		河南省洛陽市	上海文博3 p.34-
	□尊	4	西周		河南省洛陽市	上海文博3 p.34-
	父辛爵	2	西周		河南省洛陽市	上海文博3 p.34-
	王太后鼎	24	戦国		河南省洛陽	文物2006・11 P.63-66
	成君鼎	17	戦国		河南省洛陽	中国歴史文物2007・4 p.44
	尹箕	1	商代晩期		河南省羅山県文化館	考古1981・2 p.111-118
	辛息爵1・2	2	商代晩期	息	河南省羅山県文化館	考古学報1986・2 p.153-197
	乙息觚	2	商代晩期	息	河南省羅山県文化館	考古学報1986・2 p.153-197
	息爵	1	商代晩期	息	河南省羅山県文化館	考古学報1986・2 p.153-197
	亞鳥觚1・2	2	商代晩期		河南省羅山県文化館	考古学報1986・2 p.153-197
	息父□爵	3	商代晩期	息	河南省羅山県文化館	考古学報1986・2 p.153-197
	息己爵	2	商代晩期	息	河南省羅山県文化館	考古学報1986・2 p.153-197
	貯爵	1	商代晩期		河南省羅山県文化館	考古学報1986・2 p.153-197
	□爵	1	商代晩期		河南省羅山県文化館	考古学報1986・2 p.153-197
	戈觚	1	商代晩期		河南省羅山県文化館	考古学報1986・2 p.153-197
	家戈□爵	3	商代晩期		河南省羅山県文化館	考古学報1986・2 p.153-197
	息爵	1	商代晩期	息	河南省羅山県文化館	考古学報1986・2 p.153-197
	息女觚	2	商代晩期	息	河南省羅山県文化館	考古学報1986・2 p.153-197
	息父辛鼎	3	商代晩期	息	河南省羅山県文化館	考古学報1986・2 p.153-197
	文鼎	1	商代晩期		河南省羅山県文化館	考古学報1986・2 p.153-197
	父乙爵	2	商代晩期		河南省羅山県文化館	考古学報1986・2 p.153-197
	息尊	3	商代晩期	息	河南省羅山県文化館	考古学報1986・2 p.153-197
	□乙爵	2	商代晩期		河南省羅山県文化館	中原文物1988・1 p.14-23
	戈觚	1	商代晩期		河南省羅山県文管会	中原文物1988・1 p.14-20
	息戈	1	商代晩期	息	河南省羅山県文管会	中原文物1988・1 p.14-21
	□父鼎	4	商代晩期		河南省羅山県文管会	中原文物1988・1 p.14-22
	息觶	1	商代晩期	息	河南省羅山県文管会	中原文物1988・1 p.14-23
	息父乙觚	3	商代晩期	息	河南省羅山県文管会	中原文物1988・1 p.14-24
	息庚爵	2	商代晩期	息	河南省羅山県文管会	中原文物1988・1 p.14-25
	漁陽大鼎	14	戦国		河南省羅山県文化館	考古1984・8 p.760-761
	□父爵	2	商代晩期 ー西周早		河南省臨汝県文化館	考古1985・7 p. 664-665
	□父辛簋	3	西周早期		河南省臨汝県文化館	考古1985・12 p.1141-1141
1-45	叔良父匜	22	西周晩期		河南省臨汝県小屯公社	考古1984・2 p.156
	侯氏鬲	12	西周中晩	応	河南省文物研究所	華夏考古1992・3 p.92-103
	應伯盤	10	西周中晩	応	河南省文物研究所	華夏考古1992・3 p.92-103
1-4	[享反]方鼎	37	商代晩期		河南省関連	文物2005・9 p.59-65,69
	伯[羊牛]盤	5	西周早期		河南博物院	中原文物2000・5 p.63
	應伯壺	5	西周中晩	応	河南博物院	華夏考古1992・3 p.92-103
	應伯盨	5	西周中晩	応	河南博物院	華夏考古1992・3 p.92-103
	嵩伯匜	19	春秋早期		河南省	考古1993.1 p.74, 85
	以鄧戟	5	春秋中期	楚	河南博物院	淅川下寺春秋楚墓 1991 p.20
	鄝子[爿女]戈	5	春秋中期		河南博物院	淅川下寺春秋楚墓 1991 p.46
	以鄧戟	4	春秋晩期	楚	河南博物院	淅川下寺春秋楚墓 1991 p.20
	倗鼎1・2	8	春秋晩期	楚	河南博物院	淅川下寺春秋楚墓 1991 p.54
	倗簠1・2	3	春秋晩期	楚	河南博物院	淅川下寺春秋楚墓 1991 p.64
	倗缶1・2	4	春秋晩期	楚	河南博物院	淅川下寺春秋楚墓 1991 p.70

集-頁	器名	字数	時期	国族	出土地あるいは所蔵者	著録
	倗簠	9	春秋晩期		河南博物院	淅川下寺春秋楚墓 1991 p.126、130
	□□□鬲	15	春秋晩期		河南博物院	淅川下寺春秋楚墓 1991 p.125、126
	倗缶1～4	6～10	春秋晩期		河南博物院	淅川下寺春秋楚墓 1991 p.130-133
	倗盤	4	春秋晩期		河南博物院	淅川下寺春秋楚墓 1991 p.133、135
	倗匜	4	春秋晩期		河南博物院	淅川下寺春秋楚墓 1991 p.135、136
	王孫誥戟1・2	6	春秋晩期		河南博物院	淅川下寺春秋楚墓 1991 p.186
	王子午戟1・2	6	春秋晩期		河南博物院	淅川下寺春秋楚墓 1991 p.186、189
	倗矛	4	春秋晩期	楚	河南博物院	淅川下寺春秋楚墓 1991 p.189
	倗缶1～3	3・4	春秋晩期	楚	河南博物院	淅川下寺春秋楚墓 1991 p.225、226
	[墨＋敢]鐘	3・6	春秋晩期	楚	河南博物院	淅川下寺春秋楚墓 1991 p.282、287
	玄膚戈	5	戦国	韓	河南博物院	群雄逐鹿－両周中原列国文物瑰宝 2003
	倗鼎1～7	2～8	春秋晩期		河南博物院	淅川下寺春秋楚墓 1991 p.104～114
2-65	史密簋	93	西周中期		陝西省安康市王家壩遺址	文物1989・7 p.64-71,42 考古与文物1989・3、9
	芮公鬲	11	春秋		陝西省渭南市韓城市梁帯村M	考古与文物2007・2 p.8
	芮太子鬲	11	春秋		陝西省渭南市韓城市梁帯村M	考古与文物2007・2 p.8
	仲滋鼎	13	春秋中期	秦	陝西省永寿県文化館	考古与文物1990・4 p.109
	二?年戈	13	戦国		陝西省延安市	考古与文物2007・6 p.55-
	□父丁盉	3	西周早期		陝西省延長県文管会	考古与文物1993・5 p.8-12
	叔各父簋	12	西周中期		陝西省延長県文管会	考古与文物1993・5 p.8-12
	旅鬲鬲	存2	西周中期		陝西省延長県文管会	考古与文物1993・5 p.8-12
	蘇□壺	17	西周中期		陝西省延長県文管会	考古与文物1993・5 p.8-12
	□□鼎	2	西周		陝西省華県東陽郷M	華県東陽 p.123-124
	作寶設簋	3	春秋		陝西省華県文管会収蔵	文博2011・4 p.94
	尸曰匜	6	西周		陝西省咸陽市渭城公安分局収獲	文博2006・3 p.4、6-7
	□祖己爵	3	西周早期		陝西省韓城市博物館	文博1991・2 p.71-74
	邵尊	8	西周早期		陝西省韓城市博物館	文博1991・2 p.71-74
	□作伯鼎	3	西周中期		陝西省韓城市博物館	文博1991・2 p.71-74
	叔元父盨蓋	9	西周晩期		陝西省韓城市博物館	文博1991・2 p.71-74
	畢伯克鼎	25	西周		陝西省韓城市梁帯村M	文物2010・6 p.7-
	車戈	1	春秋晩期		陝西省韓城市博物館	文博1991・2 p.71-74
	仲姜鼎	8	春秋		陝西省韓城市梁帯村M	文物2008・1 p.8-
	仲姜簋	8	春秋		陝西省韓城市梁帯村M	文物2008・1 p.8-
	仲姜方壺	9	春秋		陝西省韓城市梁帯村M	文物2008・1 p.8-
	仲姜甗	8	春秋		陝西省韓城市梁帯村M	文物2008・1 p.8-
	芮太子白鬲	16	春秋		陝西省韓城市梁帯村M	文物2008・1 p.8-
	虢季鼎	18	春秋		陝西省韓城市梁帯村芮国墓地M	考古与文物2010・1 p.14-
2-69	[行戔言]鼎	存61	西周晩期		陝西省咸陽	考古与文物2005増刊＝文博2007・2 p.16 考古2006-12 p.73
	十九年大良造鞅殳鐏	14	戦国晩期	秦	陝西省咸陽市文物考古研究所	考古与文物1990・5 p.1-8
	甲□事正鬲	7	西周早期		陝西省咸陽市博物館	考古与文物1990・1 p.53-57
	□作父辛爵	7	西周早期		陝西省咸陽市博物館	中国文物報1991.8.11:3
	樛大盉	8	戦国晩期	秦	陝西省咸陽市博物館	考古与文物1989・6 p.104
	竝母戊爵	3	商代晩期		陝西省岐山県博物館	考古与文物1994・3 p.28-40、56
	丙簋	1	商		陝西省岐山県鳳鳴鎮	文博2010・4 p.54
	□斧	1	西周早期		陝西省岐山県博物館	考古与文物1994・3 p.28-40、56
	府□	8	戦国	秦	陝西省宜陽縣文化館	文物2005・8 p.88-89
	亞[必卩]其斝	3	商代晩期－西周早		陝西省岐山県博物館	文物1992・6 p.72-75
	六一七六一六◇者鼎	8	西周早期		陝西省岐山県博物館	文物1992・6 p.76-78
	師隻簋	5	西周早期		陝西省岐山県博物館	文物1992・6 p.76-78
	弓鼎	1	西周中期		陝西省岐山県博物館	考古与文物1994・3 p.28-40、56
	□叔簋	5	西周中期		陝西省岐山県博物館	考古与文物1990・1 p.50-52
	作□□爵	3	西周早期		陝西省三原県博物館	文博1996・4 p.86-89、91
	望伯□鬲	12	西周		陝西省三原県博物館	文博1996・4 p.86-89、91
	季子之子剣	存8	春秋		陝西省三原県博物館	文博1996・4 p.86-89、91
	丹叔番盂	6	西周		陝西省周原地区	考古与文物2001・5 p.89
	□卣	4	西周		陝西省周原遺址荘李村M	中国文物報 2003 総1150:1
	父辛爵(2件)	2	西周		陝西省周原遺址荘李村M	中国文物報 2003 総1150:1
	作寶尊匜盉	4	西周		陝西省周原遺址荘李村M	中国文物報 2003 総1150:1
	戈父己鼎	3	西周早期		陝西省周原博物館	吉金鋳国史-周原出土西周青銅器精粹2002
	作寶尊彝簋	4	西周中晩		陝西省周原博物館	文物2005・4 p.4-25
	楚公□鐘	16	西周晩期		陝西省周原博物館	吉金鋳国史-周原出土西周青銅器精粹2002
	師湯父鼎	14	西周		陝西省周原博物館	考古1999・4 p.18-14
cf.1-16	敔簋蓋	44	西周中期 or中期	応	陝西省周至県竹峪郷	考古与文物1991・6 p36-39
cf.1-16	敔簋蓋	44	西周中期		陝西省周至県竹峪郷	考古与文物1991・6 p36-39
	京叔盨	9	西周		陝西省周至県公安局収獲	考古与文物2003・2 p.84
	鼎(残破)	?	西周		陝西省周至県	文博2006・3 p.4、6-7
	戈父壬尊	3	西周		陝西省周至県	文博2006・3 p.4、6-7
	亞□鼎(5件)	2	商		陝西省旬邑県赤道郷下魏洛村M	中国文物報2003 総1167:1
	亞□甗	2	商		陝西省旬邑県赤道郷下魏洛村M	中国文物報2003 総1167:1
	亞□簋(2件)	2	商		陝西省旬邑県赤道郷下魏洛村M	中国文物報2003 総1167:1
	亞□尊(3件)	2	商		陝西省旬邑県赤道郷下魏洛村M	中国文物報2003 総1167:1
	亞□罍	2	商		陝西省旬邑県赤道郷下魏洛村M	中国文物報2003 総1167:1
	亞□□彝	3・2	商		陝西省旬邑県赤道郷下魏洛村M	中国文物報2003 総1167:1
	亞□卣	2	商		陝西省旬邑県赤道郷下魏洛村M	中国文物報2003 総1167:1
	亞□□斝	3	商		陝西省旬邑県赤道郷下魏洛村M	中国文物報2003 総1167:1
	亞觚(2件)	1	商		陝西省旬邑県赤道郷下魏洛村M	中国文物報2003 総1167:1
	亞爵(2件)	1	商		陝西省旬邑県赤道郷下魏洛村M	中国文物報2003 総1167:1
	亞□□爵	3	商		陝西省旬邑県赤道郷下魏洛村M	中国文物報2003 総1167:1
	亞角	1	商		陝西省旬邑県赤道郷下魏洛村M	中国文物報2003 総1167:1
	亞□盤	2	商		陝西省旬邑県赤道郷下魏洛村M	中国文物報2003 総1167:1
	魚丙尊	2	商		陝西省旬邑県赤道郷下魏洛村M	中国文物報2003 総1167:1
	父乙觶	2	商		陝西省旬邑県赤道郷下魏洛村M	中国文物報2003 総1167:1

近出殷周金文目録

集-頁	器名	字数	時期	国族	出土地あるいは所蔵者	著録
	其父立爵	3	商		陝西省旬邑県赤道郷下魏洛村M	中国文物報2003　総1167:1
	武丁父爵	3	商		陝西省旬邑県赤道郷下魏洛村M	中国文物報2003　総1167:1
	戈簋	1	西周		陝西省旬邑県赤道郷下魏洛村M	文物2006・8 p.22-
	□甗	1	西周		陝西省旬邑県赤道郷下魏洛村M	文物2006・8 p.22-
	父丙尊	2	西周		陝西省旬邑県赤道郷下魏洛村M	文物2006・8 p.22-
	其父辛爵	3	西周		陝西省旬邑県赤道郷下魏洛村M	文物2006・8 p.22-
	父丁爵	2	西周		陝西省旬邑県赤道郷下魏洛村M	文物2006・8 p.22-
	父乙觶	2	西周		陝西省旬邑県赤道郷下魏洛村M	文物2006・8 p.22-
	□戈	1	西周		陝西省旬邑県赤道郷下魏洛村M	文物2006・8 p.22-
	□戟	2	西周		陝西省旬邑県赤道郷下魏洛村M	文物2006・8 p.22-
2-71	四年相邦呂不韋戟	21	戦国後期	秦	陝西省秦始皇陵1号兵馬俑坑T10過洞	陝西青銅器255 秦始皇兵馬俑坑一号坑発掘報告p.258 秦銅器銘文編年65
	五年相邦呂不韋戟	17	戦国晩期	秦	陝西省西安市秦始皇陵兵馬俑坑	考古与文物1983・4　p. 59-80
2-72	七年相邦呂不韋戟	20	戦国晩期	秦	陝西省西安市秦始皇陵兵馬俑坑	中国文物報1988・3・4:3 秦始皇陵兵馬俑坑一号坑発掘報告p.258 秦銅器銘文編年集釈70　秦出土文献編年134
	□父癸村	3	商		陝西省西安市豊鎬地区	文物2002・12　p.12-14
	当盧(4件)	2	西周		陝西省西安市豊鎬地区	文物2002・12　p.12-14
	□父辛卣	3	西周		陝西省西安市豊鎬地区	文物2002・12　p.12-14
	□爵	1	西周		陝西省西安市豊鎬地区	文物2002・12　p.12-14
	作父壬尊	3	西周		陝西省西安市大唐西市博物館蔵	文物春秋2011・3 p.50
	中殷盨蓋	14	西周		陝西省西安市発現	文物2004・3　p.94-96
	自父甲簋	3	西周早期		陝西省西安	文博2008・2 p.6-9
	伯友父鼎	12	西周晩期		陝西省西安	文博2008・2 p.6-9
	芮子仲鼎	10	西周晩期		陝西省西安	文博2008・2 p.6-9
	□戎盨	10	西周晩期		陝西省西安	文博2008・2 p.6-9
	伯□父盨	13	西周晩期		陝西省西安	文博2008・2 p.6-9
	尊父鼎	14	春秋晩期		陝西省西安	文博2008・2 p.6-9
	□父癸豆	3	商代晩期		陝西省西安市文物中心	考古与文物1990・5　p.25-43
	□簋	1	商代晩期		陝西省西安市文物中心	考古与文物1990・5　p.25-43
	□鼎	1	商代晩期		陝西省西安市文物中心	考古與文物1990・5　p.25-43
	且□鼎	2	商代晩期		陝西省西安市文物中心	考古與文物1990・5　p.25-43
	戈父乙爵	3	商代晩期		陝西省西安市文物中心	考古與文物1990・5　p.25-43
	□乙觶	2	商代晩期		陝西省西安市文物中心	考古與文物1990・5　p.25-43
	臣辰□父乙尊	5	商代晩期		陝西省西安市文物中心	考古與文物1990・5　p.25-43
	尹舟爵	2	商代晩期 －西周早		陝西省西安市文物中心	考古与文物1990・5　p.25-43
	丙父丁□父辛卣	6	商代晩期 －西周早		陝西省西安市文物保護考古所	文物2002・12　p.4-14
	作寶尊彝尊	4	西周早期		陝西省西安市文物中心	考古与文物1990・5　p.25-43
	[目目支]父丁卣	4	西周早期		陝西省西安市文物中心	考古与文物1990・5　p.25-43
	祖丁爵	2	西周早期		陝西省西安市文物中心	考古与文物1990・5　p.25-43
	□父丁爵	3	西周早期		陝西省西安市文物中心	考古与文物1990・5　p.25-43
	□父乙簋	3	西周早期		陝西省西安市文物中心	考古与文物1990・5　p.25-43
	□父乙卣	3	西周早期		陝西省西安市文物中心	考古与文物1990・5　p.25-43
	□父庚卣	3	西周早期		陝西省西安市文物中心	考古与文物1990・5　p.25-43
	父戊卣	2	西周早期		陝西省西安市文物中心	考古与文物1990・5　p.25-43
	□父丁卣	3	西周早期		陝西省西安市文物中心	考古与文物1990・5　p.25-43
	□鼎	1	西周早期		陝西省西安市文物中心	考古与文物1990・5　p.25-43
	父乙尊	2	西周早期		陝西省西安市文物中心	考古与文物1990・5　p.25-43
	伯簋	3	西周早期		陝西省西安市文物中心	考古与文物1990・5　p.25-43
	戈父辛尊	3	西周早期		陝西省西安市文物中心	考古与文物1990・5　p.25-43
	辟卣	8	西周早期		陝西省西安市文物中心	考古与文物1990・5　p.25-43
	伯鼎	3	西周早期		陝西省西安市文物中心	考古与文物1990・5　p.25-43
	雞卣	13	西周早期		陝西省西安市文物中心	考古与文物1990・5　p.25-43
	雞尊	13	西周早期		陝西省西安市文物中心	考古与文物1990・5　p.25-43
	丙父癸簋	3	西周早期		陝西省西安市文物中心	考古与文物1990・5　p.25-43
	戈簋	1	西周早期		陝西省西安市文物中心	考古與文物1990・5　p.25-43
	父庚鼎	2	西周早期		陝西省西安市文物中心	考古與文物1990・5　p.25-43
	臣高鼎	18	西周早期		陝西省西安市文物中心	考古與文物1990・5　p.25-43
	戈甗	1	西周早期		陝西省西安市文物中心	考古與文物1990・5　p.25-43
	鼎劦父癸簋	4	西周早期		陝西省西安市文物中心	考古與文物1990・5　p.25-43
	□母己觶簋	3	西周早期		陝西省西安市文物中心	考古與文物1990・5　p.25-43
	[矢又]爵	1	西周早期		陝西省西安市文物保護考古所	文物2002・12　p.4-14
	㲃爵	1	西周中期		陝西省西安市文物中心	考古与文物1990・5　p.25-43
	史恵簋	16	西周中期		陝西省西安市文物中心	文博1985・3　p.89
	庸伯鼎蓋	4	西周中期		陝西省西安市文物中心	考古與文物1990・5　p.25-43
	鄧公鼎	6	西周中期	鄧	陝西省西安市文物中心	考古與文物1990・5　p.25-43
	伯簋	7	西周中期		陝西省西安市文物中心	考古與文物1990・5　p.25-43
	伯考父簋	16	西周晩期		陝西省西安市文物中心	考古与文物1990・5　p.25-43
	善夫吉父鼎	16	西周晩期		陝西省西安市文物中心	考古与文物1990・5　p.25-43
	宁戈冊鼎1・2・3	3	西周晩期		陝西省西安市文物中心	考古与文物1990・5　p.25-43
	宁戈壺	2	西周晩期		陝西省西安市文物中心	考古与文物1990・5　p.25-43
	□父丙壺	3	西周晩期		陝西省西安市文物中心	考古与文物1990・5　p.25-43
	醽王鬲1・2	6	西周晩期	醽	陝西省西安市文物中心	考古与文物1990・5　p.25-43
	豊師當盧1・2	2	西周		陝西省西安市文物保護考古所	文物2002・12　p.4-14
	富春大夫甑	12	戦国晩期	楚	陝西省西安市文物中心	考古与文物1994・4　p.1-7
	九年丞□鼎	18	戦国	三晋	陝西省西安市文物中心	考古與文物1994・4　p.1-7
	□□女鬲	10	商代晩期		陝西省西安市文物中心	考古與文物1990・5　p.25-43
2-61	虎簋蓋	161	西周中期		陝西省丹鳳県鳳冠区	考古与文物1997・3　p.78-80,75 中原文物2008・6　p.90 古文字研究24(2002.07)p.183-188 古文字學論稿p.283
	□鄉爵	6	西周早期		陝西省長安県灃西	考古1994・10　p. 895-909、947

近出殷周金文目録

集-頁	器名	字数	時期	国族	出土地あるいは所蔵者	著録
2-2	盂員甗	20	西周早中期		陝西省長安県張家坡M	張家坡西周墓地 1999 p.145 考古1989・6釈文
2-2	盂員鼎	20	西周早中期		陝西省長安県張家坡M	張家坡西周墓地 1999 p.135-136 考古1989・6釈文
2-4	伯唐父鼎	65	西周早中期		陝西省長安県張家坡M	張家坡西周墓地 1999 p.141 考古1989・6釈文
2-7	達盨1・2・3	40	西周中期		陝西省長安県張家坡M	張家坡西周墓地 1999 p.310、312 文物1990.7 p.32
2-9	[京㐬][日尹見]甗	36	西周中期		陝西省長安県張家坡M	張家坡西周墓地 1999 p.145(拓影不鮮)
2-11	史恵鼎(史叀鼎)	27	西周中期		陝西省長安県灃西郷新旺村	文博1985・3 p.89
2-20	呉虎鼎	165	西周晩期		陝西省長安県申店郷徐家寨村南	考古与文物1998・3 p.69-71
2-14	大師小子[豕廾]簋	33	西周晩期		陝西省長安県豊鎬遺址	考古与文物1990・5 p.25-43 西安文物精華・青銅器40 西安博物院p.66 夏商周青銅器研究329
2-16	叔[□頁]父鼎	26	西周晩期		陝西省長安県豊鎬遺址	考古与文物1990・5 p.25-43 西安文物精華・青銅器8 西安博物院p.64
2-18	簡簋蓋	30	西周晩期		陝西省長安県豊鎬遺址一帯(伝)	文物2004・3 p.94-96
	□父己爵	3	西周		陝西省長安県馬王村M	考古学報2000・2 p.231
	孟□父簋	6	西周早中		陝西省長安県張家坡M	張家坡西周墓地 1999 p.150
	父己爵	2	西周早中		陝西省長安県張家坡M	張家坡西周墓地 1999 p.153
	豊人戈	3	西周中期		陝西省長安県張家坡M	張家坡西周墓地 1999 p.173
	伯鼎	3	西周中期		陝西省長安県張家坡M	張家坡西周墓地 1999 p.140
	咸鼎	7	西周中期		陝西省長安県張家坡M	張家坡西周墓地 1999 p.141
	[虍畗]簋	7	西周中期		陝西省長安県張家坡M	張家坡西周墓地 1999 p.150
	仲簋	6	西周中期		陝西省長安県張家坡M	張家坡西周墓地 1999 p.150
	[爵易]仲鼎	5	西周中期		陝西省長安県張家坡M	張家坡西周墓地 1999 p.140
	伯簋	3	西周中期		陝西省長安県張家坡M	張家坡西周墓地 1999 p.150
	邢叔鼎	6	西周中期	邢	陝西省長安県張家坡M	張家坡西周墓地 1999 p.143
	邢鼎	1	西周中期	邢	陝西省長安県張家坡M	張家坡西周墓地 1999 p.312
	師□父鼎	6	西周晩期		陝西省長安県張家坡M	張家坡西周墓地 1999 p.140
	母日庚鼎	存3	西周早期		陝西省銅川市文化館	陝西出土商周青銅器1979 四:193
2-24	殷簋・甲 殷簋・乙	82	西周中期		陝西省銅川市燿県丁家溝村窖蔵	考古与文物1986・4 p.4-5 陝西金文彙編1-402
2-53	四十二年逨鼎	281	西周晩期		陝西省眉県楊家村窖蔵	文物2003・6 p.4-42
2-56	四十三年逨鼎	316	西周晩期		陝西省眉県楊家村窖蔵	文物2003・6 p.4-42 盛世吉金 吉金鑄華章
2-48	逨盤	372	西周晩期		陝西省眉県楊家村窖蔵	文物2003・6 p.4-42
	逨盉	20	西周晩期		陝西省眉県楊家村窖蔵	文物2003・6 p.4-42
2-51	逨鐘	19・129	西周晩期		陝西省眉県楊家村窖蔵	文博1987・2 p.17-25 新出76～78
	叔駒父簋	12	西周晩期		陝西省武功県？	文博2008・2 p.6-9
	伯考父簋蓋	16	西周晩期		陝西省武功県文化館	考古与文物1985・4 p.1-2
	王盉	8	西周早期		陝西省周原扶風県文管所	第三届国際中国古文字学研討会論文集1997
2-29	尸伯簋	38	西周中期		陝西省扶風県強家村M	文博1987・4 p.5-20
2-44	宰獣簋1	130	西周中期		陝西省扶風県段家郷M	陝西歴史博物館館刊7(2000・11) p.98-106 陝西歴史博物館徴集文物精粹12 近出二441、新出582
2-33	五年琱生尊(甲乙)	113	西周晩期		陝西省扶風県城関鎮五郡村窖蔵	考古与文物2007・4 p.3-12、13～15 考古与文物2007-5 p.108～111 中国史研究2007-2 p.17～27 中国史研究2007-4 p.3～14 文物2007-8 p.4～27、71～75、76～84、96
	作父辛戈簋	4	西周晩期		陝西省扶風県城関鎮五郡村窖蔵	考古与文物2007・4 文物2007・8
	伯盨父豆	6	西周晩期		陝西省扶風県城関鎮五郡村窖蔵	考古与文物2007・4 文物2007・9
	□鐘	1	西周晩期		陝西省扶風県城関鎮五郡村窖蔵	考古与文物2007・4 文物2007・10
	[夫胡]中衍鐘	15	西周晩期		陝西省扶風県城関鎮五郡村窖蔵	考古与文物2007・4 文物2007・10
2-31	師[宇皿]鐘	存35	西周晩期		陝西省扶風県召公郷:窖蔵	文物1994・2 p.92-96,91
2-42	伯榮父簋	存27	西周晩期		陝西省扶風県法門鎮李家村	陝西金文彙編1-389 陝西出土商周青銅器3-135 周原出土青銅器10-2139
	作寶尊彝簋	4	西周		陝西省扶風県法門鎮黄堆村M	文物2005・4 p.12-15
	□鼎	1	西周		陝西省扶風県上宋郷紅衛村M	考古与文物2007・3 p.6
	父辛爵	2	西周		陝西省扶風県周原遺址荘李村M	考古2008・12 p.12-
	入卣	4	西周		陝西省扶風県周原遺址荘李村M	考古2008・12 p.12-
	乍寶尊彝盉	4	西周		陝西省扶風県周原遺址荘李村M	考古2008・12 p.12-
	賈斝	1	西周		陝西省扶風県周原遺址荘李村M	考古2008・12 p.12-
	伯鼎	4	西周中期		陝西省扶風県博物館	文博1989・5 p.67-68
	車戈	1	西周晩期		陝西省扶風県博物館	考古与文物1993・3 p.29-34
2-27	井姫鼎	24	西周中期		陝西省宝鶏市茹家荘 [弓魚]国墓地M	宝鶏[弓魚]国墓地 p.370図253-4
	史父乙戈	3	西周		陝西省宝鶏市金台区長青村紙坊頭M	文物2007・8 p.33-
	父己尊彝甗	8	西周		陝西省宝鶏市金台区長青村紙坊頭M	文物2007・8 p.33-
	□鼎	1	西周		陝西省宝鶏市金台区長青村紙坊頭M	文物2007・8 p.33-
	父□簋	9	西周		陝西省宝鶏市金台区長青村紙坊頭M	文物2007・8 p.33-
	父丁壺	3	西周		陝西省宝鶏市金台区長青村紙坊頭M	文物2007・8 p.33-
	作寶彝簋	3	西周早期		陝西省宝鶏市博物館	宝雞[弓魚]国墓地1998 p.100-101
	□觶	7	西周早期		陝西省宝鶏市博物館	宝雞[弓魚]国墓地1998 p.107
	婦□罍	2	西周早期		陝西省宝鶏市博物館	宝雞[弓魚]国墓地1998 p.110
	□爵	1	西周早期		陝西省宝鶏市博物館	宝雞[弓魚]国墓地1998 p.178、181
	作寶尊彝卣	4	西周早期		陝西省宝鶏市博物館	宝雞[弓魚]国墓地1998 p.178
	作寶尊彝尊	4	西周早期		陝西省宝鶏市博物館	宝雞[弓魚]国墓地1998 p.175、178
	□癸觶	2	西周早期		陝西省宝鶏市博物館	宝雞[弓魚]国墓地1998 p.66
	□父癸爵	3	西周早期		陝西省宝鶏市博物館	宝雞[弓魚]国墓地1998 p.66
	史父乙豆	3	西周早期		陝西省宝鶏市博物館	宝雞[弓魚]国墓地1998 p.61
	刀父己壺	3	西周早期		陝西省宝鶏市博物館	宝雞[弓魚]国墓地1998 p.66、68
	貫父辛盤	4	西周早期		陝西省宝鶏市博物館	宝雞[弓魚]国墓地1998 p.68、69
	□簋	1	西周早期		陝西省宝鶏市博物館	宝雞[弓魚]国墓地1998 p.192

集-頁	器名	字数	時期	国族	出土地あるいは所蔵者	著録
	伯鼎	3	西周早期		陝西省宝鶏市博物館	宝雞[弓魚]国墓地1998 p.20
	史妣庚觶	3	西周早期		陝西省宝鶏市博物館	文物1993･7 p.39-42
	天盂	12	西周中期		陝西省宝鶏市青銅博物館	盛世吉金2003 p.36
	叔五父匜	14	西周晩期		陝西省宝鶏市青銅博物館	文物2003･6 p.4-42
	単叔鬲	17	西周晩期		陝西省宝鶏市青銅博物館	文物2003･6 p.4-42
	戸當櫨	存1	西周		陝西省宝雞市博物館	考古与文物1991･5 p.11-16、112
	玄鏐戈	4	戦国		陝西省洛南県城関鎮西寺冀原県M	文物2001･9 p.33
	□鬲	1	西周早期		陝西省藍田県文管会	文博1986･5 p.1-3
	龍陽灯	4	戦国		陝西省龍家荘村M	文物2004･1 p.5-11
	左帯鈎	2	戦国		陝西省龍家荘村M	文物2004･1 p.5-11
	修鋪首	1	戦国		陝西省龍家荘村M	文物2004･1 p.5-11
	□父癸鼎	3	商代晩期 －西周早		陝西省麟游県博物館	考古1990･10 p.879-881、942
	□父癸尊	3	商代晩期 －西周早		陝西省麟游県博物館	考古1990･10 p.879-881、942
	鳥父辛觶	3	商代晩期 －西周早		陝西省麟游県博物館	考古1990･10 p.879-881、942
	□父丁盉	3	商代晩期 －西周早		陝西省麟游県博物館	考古1990･10 p.879-881、942
	□父辛卣	3	商代晩期 －西周早		陝西省麟游県博物館	考古1990･10 p.879-881、942
	□父乙卣	3	商代晩期 －西周早		陝西省麟游県博物館	考古1990･10 p.879-881、942
	亥爵	6	商代晩期 －西周早		陝西省麟游県博物館	考古1990･10 p.879-881、942
	□父乙甗	3	西周早期		陝西省隴県博物館	考古与文物2002増刊 p.32-38
	亞父丁簋	3	西周早期		陝西省隴県博物館	考古与文物2002増刊 p.32-38
	戈觶	1	西周早期		陝西省隴県博物館	考古与文物2002増刊 p.32-38
	□戈	1	西周早期		陝西省隴県文管所	考古与文物1991･5 p.1-10
	□尊	1	商代晩期 －西周早		陝西省考古研究所	高家堡戈国墓1995 p.18-19
	□卣	7･1	商代晩期 －西周早		陝西省考古研究所	高家堡戈国墓1995 p.19-20、27
	戈□卣	2	商代晩期 －西周早		陝西省考古研究所	高家堡戈国墓1995 p.27-28
	戈父戊盉	3	商代晩期 －西周早		陝西省考古研究所	高家堡戈国墓1995 p.28
	□父丁甗	3	商代晩期 －西周早		陝西省考古研究所	高家堡戈国墓1995 p.38-39
	亞夫父辛鼎	5	商代晩期 －西周早		陝西省考古研究所	高家堡戈国墓1995 p.39
	戈父癸甗	3	商代晩期 －西周早		陝西省考古研究所	高家堡戈国墓1995 p.54,56-57
	亞父□鼎	7	商代晩期 －西周早		陝西省考古研究所	高家堡戈国墓1995 p.57
	戈父癸卣	3	商代晩期 －西周早		陝西省考古研究所	高家堡戈国墓1995 p.61-62
	亞父□鼎	7	商代晩期 －西周早		陝西省考古研究所	高家堡戈国墓1995 p.72-73
	□鼎	3	商代晩期 －西周早		陝西省考古研究所	高家堡戈国墓1995 p.72
	祖癸鼎	2	商代晩期 －西周早		陝西省考古研究所	高家堡戈国墓1995 p.72
	戈父己簋	3	商代晩期 －西周早		陝西省考古研究所	高家堡戈国墓1995 p.73,75,78
	戊尸[止止口]父己甗	5	商代晩期 －西周早		陝西省考古研究所	高家堡戈国墓1995 p.70-72
	□卣	1	商代晩期 －西周早		陝西省考古研究所	高家堡戈国墓1995 p.83-84,90
	父癸尊	3	商代晩期 －西周早		陝西省考古研究所	高家堡戈国墓1995 p.81-82
	戈父己觶	3	商代晩期 －西周早		陝西省考古研究所	高家堡戈国墓1995 p.90
	保父丁觶	3	商代晩期 －西周早		陝西省考古研究所	高家堡戈国墓1995 p.90
	父癸觚	2	商代晩期 －西周早		陝西省考古研究所	高家堡戈国墓1995 p.90,96
	乙天爵	2	商代晩期 －西周早		陝西省考古研究所	高家堡戈国墓1995 p.96
	父己爵	2	商代晩期 －西周早		陝西省考古研究所	高家堡戈国墓1995 p.97
	子弓盉	5	商代晩期 －西周早		陝西省考古研究所	高家堡戈国墓1995 p.79,81
	父戊罍	4	商代晩期 －西周早		陝西省考古研究所	高家堡戈国墓1995 p.78
	又瓿	1	商代晩期 －西周早		陝西省考古研究所	高家堡戈国墓1995 p.78
	□令鉞	2	商代晩期 －西周早		陝西省考古研究所	高家堡戈国墓1995 p.98
	叔祖辛鼎	3	西周早期		陝西省文物商店収購	文博2008･2 p.6-9
	作旅鼎	2	西周中期		陝西省文物商店収蔵	文博2008･2 p.6-9
	臨晋厨鼎	46	戦国		秦俑博物館	文博2007･3 p.16 中国歴史文物2008･3 p.76-
	史子□壺	3	商代晩期		陝西省歴史博物館	陝西歴史博物館館刊2003･10 p.185-190
	后□甗	5	商代晩期		陝西省歴史博物館	陝西歴史博物館館刊2001･8 p.297-305

近出殷周金文目録

集-頁	器名	字数	時期	国族	出土地あるいは所蔵者	著録
	[口口隹]妙簋	13	西周中期		陝西省歴史博物館	尋覓散落的瑰宝—陝西歴史博物館徴集文物精粋2001 p.15
	□甗	1	西周		陝西省博物館	文博1985・2 p.1-3
	□父甲簋	3	西周		陝西省歴史博物館	陝西歴史博物館館刊2001・8 p.297-306
	玄翏戈	5	春秋	呉	陝西省歴史博物館	陝西青銅器1994
	卅四年工師文罍	17	戦国	秦	陝西歴史博物館	于省吾教授百年誕辰紀念文集1996 p.95-98
	卅七年上郡守慶戈	17	戦国	秦	陝西歴史博物館	尋覓散落的瑰宝—陝西歴史博物館徴集文物精粋2001 p.19
	卅四年蜀守戈	19	戦国	秦	陝西歴史博物館	容庚先生百年誕辰紀念文集1998 p.563-572
	鞅壺	1	戦国		甘粛省張家川回族自治県木河郷M	中国文物報1493:5 文物2008・9 p.12-
	十九年高陵君弩機	9	戦国		甘粛省天水市	中国歴史文物2009・1 p.48-
	秦子鐘	26	春秋		甘粛省礼県大堡子山遺址	文物2008・11 P.26-
	並伯甗	5	西周早期		甘粛省霊台県文化館	考古與文物1987・5 p.100-101
	□戈	1	西周早期		甘粛省文物工作隊	考古與文物1986・1 p.1-7
	秦公鼎	6	春秋早期	秦	甘粛省文物考古研究所・上海博物館	文物2000・5 p.74-80 上海博物館集刊7(1996・9) p.23-33
	秦公簋	6・5	春秋早期	秦	甘粛省文物考古研究所・上海博物館	文物2000・5 p.74-80 上海博物館集刊7(1996・9) p.23-33
	□父丁壺	3	西周早期		甘粛省博物館	中国青銅器全集6・189
	父癸壺	2	西周早期		甘粛省博物館	中国青銅器全集6・191
	□鍪	1	戦国		四川省滎厳古城遺址博物館	考古学報1994・3 p.381-396
	車大夫長画戈	5	戦国		四川省西昌市文管会	文物1993・5 p.13-14
2-79	九年相邦呂不韋戈	24	戦国晩期	秦	四川省青川県白水区	文物1992・11 p.93-95、考古1991・1(戟)
	晋侯簋(2件)	14	西周		四川省成都市	四川文物2011・4 p.40
2-78	與子[井廾]鼎	25	春秋中晩		四川省茂県牟托M	文物1994・3 p.4-40
2-76	小臣[亻自]鼎	21	西周早期		四川省綿竹県	考古1988・6 p.571
	左玄舎戈	3	戦国		西南大学歴史博物館	江漢考古2009・4 p.85
	廩丘戈	存5	戦国晩期	秦	内蒙古烏蘭察布盟文物工作站	文物1987・8 p.63-64、76
	中陽戈	4	戦国晩期	秦	内蒙古烏蘭察布盟文物工作站	文物1987・8 p.63-64、76
	三年相邦呂不韋矛	15～	戦国晩期	秦	内蒙古烏蘭察布盟文物工作站	文物1987・8 p.63-64、76
	四年相邦呂不韋矛	15	戦国晩期	秦	内蒙古烏蘭察布盟文物工作站	文物1987・8 p.63-64、76
	武都矛	2	戦国晩期	秦	内蒙古烏蘭察布盟文物工作站	文物1987・8 p.63-64、76
	許季姜簋	15	西周晩期	許	内蒙古赤峰市博物館	文物1995・5 p.4-22
	亞[走皿大]父丁尊	4	西周		内蒙古赤峰市博物館	文物1995・5 p.4-22
	□盉	1	西周		内蒙古赤峰市博物館	文物1995・5 p.4-22
2-81	師道簋	94	西周晩期		内蒙古寧城県小黒石溝	草原瑰宝ー内蒙古文物考古精品2000 p.16-21
2-85	十五年上郡守戈	25	戦国晩期	秦	内蒙古	考古1990.6 秦文字集証・図23～24
	髡鍪量	5	戦国晩期	秦	山西省運城博物館	考古與文物1986・1 p.94
2-102	寝孳鼎	27・2	商代晩期		山西省曲沃県天馬曲村晋侯墓地	古文字研究16輯 天馬ー曲村(1980ー1989) 2000 p.336
2-104	[韋支]甗	存43	西周早期	鄭	山西省曲沃 晋侯墓地M114	文物2007-1p.65
	陵鼎	6	西周早期		山西省曲沃博物館	文物季刊1993・3 p.53-56、83
	嫨馬盤	存28	西周晩期	晋	山西省曲沃県 晋侯墓地M31	文物1994-8p.22-23, 68 古代文明研究通訊・総34期p.31～
2-136	楚公逆鐘	68・4	西周晩期	楚	山西省曲沃県天馬曲村晋侯墓地	文物1994・8 p.4-21 第三届国際中国古文字研討会論文集1997 p.57 中国歴史文物2009-6
2-113	晋侯對鼎	30	西周晩期	晋	山西省曲沃県天馬曲村晋侯墓地	上海博物館集刊7(1996・9) p.34-44
2-117	晋侯對盨(乙)	30	西周晩期	晋	山西省曲沃県天馬曲村晋侯墓地	上海博物館集刊7(1996・9) p.34-44 首陽吉金40
2-117	晋侯對盨(乙)	30	西周晩期	晋	山西省曲沃県天馬曲村晋侯墓地	上海博物館集刊7(1996・9) p.34-44
2-117	晋侯對盨(乙)	30	西周晩期	晋	山西省曲沃県天馬曲村晋侯墓地	晋国奇珍 2002 p.84
2-144	晋侯對鋪	23	西周晩期	晋	山西省曲沃県天馬曲村晋侯墓地	故宮西周金文録2001 p.181 晋国奇珍p.89
2-115	晋侯對匜	21	西周晩期	晋	山西省曲沃県天馬曲村晋侯墓地	上海博物館集刊7(1996・9) p.34-44
2-120	晋侯[咼斤]簋	26	西周晩期	晋	山西省曲沃県天馬曲村晋侯墓地	文物1994・1 p.4-28 上海博物館集刊7(1996・9) p.34-44 第三届国際中国古文字研討会論文集1997 晋国奇珍2002・4 p.103上
2-122	晋侯[咼斤]壺	25・26	西周晩期	晋	山西省曲沃県天馬曲村晋侯墓地	文物1994・1 p.4-28 晋国奇珍2002・4 p.96-97
2-134	晋侯嫨馬壺(甲乙)	41	西周晩期	晋	山西省曲沃県天馬曲村晋侯墓地	文物1995・7 p.4-39
2-140	[將鼎]休簋	25	西周晩期	晋	山西省曲沃県天馬曲村晋侯墓地	文物1994・8 p.4-21
2-141	晋侯喜父器	27	西周晩期	晋	山西省曲沃県天馬曲村晋侯墓地	文物1995・7 p.4-39
2-142	晋侯喜父盤	27	西周晩期	晋	山西省曲沃県天馬曲村晋侯墓地	文物1995・7 p.4-39
2-143	晋侯對鼎(乙)	22	西周晩期	晋	山西省曲沃県天馬曲村晋侯墓地	文物1995・7 p.4-39
2-106	叔夨方鼎	49	西周晩期	晋	山西省曲沃県天馬曲村晋侯墓地	文物2001・8 p.4-21、55 古文字学論稿2008・4 p.180
2-124	晋侯[魚木]鐘	3～43	西周厲王	晋	山西省曲沃県天馬曲村晋侯墓地	上海博物館集刊7(1996・9) p.1-17
2-116	晋侯對盨(甲)	24	西周晩期	晋	山西省曲沃県天馬曲村晋侯墓地M1	上海博物館集刊7(1996・9) p.34-44
2-117	晋侯對盨(乙)	30	西周晩期	晋	山西省曲沃県天馬曲村晋侯墓地M2	上海博物館集刊7(1996・9) p.34-44
	晋侯[魚木]鼎	13	西周晩期	晋	山西省曲沃博物館・美国范季融先生蔵・山西省考古研究所	文物季刊1996・3 p.53-56、83(1996・9) 晋国奇珍2002 p.103上 文物1994・1 p.4-28
2-150	倗伯鼎	24	西周中期		山西省絳県横水鎮西周墓M2	文物2006-8 p.8-
2-152	倗伯爯簋	45	西周中期		山西省絳県横水鎮西周墓M1	文物2006-8 p.8-
	倗伯鼎	8	西周中期		山西省絳県横水鎮西周墓M1	文物2006-8 p.8-
	倗伯簋	8	西周中期		山西省絳県横水鎮西周墓M1	文物2006-8 p.8-
	倗伯鼎	11	西周中期		山西省絳県横水鎮西周墓M2	文物2006-8 p.8-
	倗伯鼎	12	西周中期		山西省絳県横水鎮西周墓M2	文物2006-8 p.8-
	伊□簋	2	西周中期		山西省絳県横水鎮西周墓M2	文物2006-8 p.8-
	卣	66	西周中期		山西省絳県横水鎮西周墓M2	文物2006-8 p.8-
	恒父簋	5・4	西周早期		山西省洪洞県文化館	文物1987・2 p.1-16
	恒父簋	5	西周中期		山西省洪洞県文化館	文物1987・2 p.1-16

集-頁	器名	字数	時期	国族	出土地あるいは所蔵者	著録
	叔鬲	3	西周中期		山西省洪洞県文化館	文物1987・2 p.1-16
	追叔□鼎	13	西周		山西省侯馬市収獲	文物世界2004・5 P.3
	呉叔徒戈	4	春秋早期		山西省考古研究所侯馬工作站	文物1988・3 p.35-49
	二年右貫府戈	9	戦国晩期		山西省考古研究所侯馬工作站	考古2002・4 p.41-59
	二年右貫府戈	9～	戦国		山西省侯馬市M	考古2002・4 P.48
	十六年寧寿令余慶戟	18	戦国晩期	趙	山西省高平市博物館	文物季刊1992・4 p.69-71、66
	卅八年上郡守慶戈	17	戦国	秦	山西省高平市博物館	文物1998・10 p.78-81
	□君子之壺	5	春秋晩期	晋	山西省稷山県博物館	文物季刊1997・1 p.102-104
2-111	晋侯銅人	21	西周	晋	山西省晋侯関連	晋侯墓地出土青銅器国際学術研討会論文集 2002
	十八年莆反令戈	13	春秋晩期		山西省芮城県博物館	考古1989・1 p.84-86
	銑城戟	5	春秋晩期	趙	山西省太原市文物管理委員会	太原晋国趙卿墓1996 p.96-97
	趙孟戈	5	春秋晩期	趙	山西省太原市文物管理委員会	太原晋国趙卿墓1996 p.92
	黄成戟	2	春秋晩期	趙	山西省太原市文物管理委員会	太原晋国趙卿墓1996 p.97
	攻呉王夫差鑒	13	春秋		山西省太原市金勝村M	上海文博2010・3 P.59
	呉王鼎？	？	春秋		山西省太原市金勝村M	上海文博2010・3 P.59
	父癸爵	2	商代晩期		山西省長治市博物館	中国文物報1989.5.19:3
2-158	七年上郡守間戈	22	戦国晩期	秦	山西省屯留県	文物1987・8 p.61-62
2-154	矩甗	22	西周晩期－春秋早	申	山西省聞喜県上郭村	中国青銅器全集8・29 山西文物館蔵珍品・青銅器 85
2-145	子犯鐘	10～22	春秋中期	晋	山西省聞喜県(伝)	故宮文物月刊145(1995・4) p.4-31 故宮文物月刊149、150 第三届国際中国古文字研討会論文集1997
2-145	子犯鐘	22	春秋中期	晋	山西省聞喜県(伝)	故宮文物月刊206(2000・5) p.48-67
2-156	攻呉王姑發諸樊之弟剣	24	春秋晩期	呉	山西省楡社県城関村	文物1990・2 p.77-79
	覇伯盂	116	西周	覇	山西省翼城県大河口墓地M1016	考古2011・7 p.9-18 文物2011・9 p.67-68
	覇伯簋	51	西周	覇	山西省翼城県大河口墓地M1017	考古2011・7 p.9-18
	簋	12	西周	覇	山西省翼城県大河口墓地M1017	考古2011・7 p.9-18
	伯鼎	3	西周	覇	山西省翼城県大河口墓地M1017	考古2011・7 p.9-18
	覇伯豆	16	西周	覇	山西省翼城県大河口墓地M1017	考古2011・7 p.9-18
	倗伯盆(2件)	11	西周	覇	山西省翼城県大河口墓地M1017	考古2011・7 p.9-18
	乍寶尊彝尊	4	西周	覇	山西省翼城県大河口墓地M1017	考古2011・7 p.9-18
	朔父癸彝鬲	4	西周	覇	山西省翼城県大河口墓地M1017	考古2011・7 p.9-18
	覇伯罍	5	西周	覇	山西省翼城県大河口墓地M1017	考古2011・7 p.9-18
	□父戊簋	3	西周	覇	山西省翼城県大河口墓地M1	考古2011・7 p.9-18
	伯簋	3	西周	覇	山西省翼城県大河口墓地M1	考古2011・7 p.9-18
	芮公簋	11	西周	覇	山西省翼城県大河口墓地M1	考古2011・7 p.9-18
	盉		西周	覇	山西省翼城県大河口墓地M1	考古2011・7 p.9-18
	丙父丁爵	3	西周	覇	山西省翼城県大河口墓地M1	考古2011・7 p.9-18
	□作爵	4	西周	覇	山西省翼城県大河口墓地M1	考古2011・7 p.9-18
	析父丁觶	3	西周	覇	山西省翼城県大河口墓地M1	考古2011・7 p.9-18
	□罍	1	西周	覇	山西省翼城県大河口墓地M1	考古2011・7 p.9-18
	鳥形盉	50～	西周	覇	山西省翼城県大河口墓地M2002	考古2011・7 p.9-18
	覇伯甗	13	西周	覇	山西省翼城県大河口墓地M2002	考古2011・7 p.9-18
	辛□鼎	2	西周早期		山西省臨汾県文化局	三晋考古第一輯(1994. 7) p.71-94
	屯嚢簋	14	西周早期		山西省臨汾県文化局	三晋考古第一輯(1994. 7) p.71-94
	亞[弓大]作父癸鼎	8	商代晩期		山西省考古研究所	天馬－曲村(1980－1989) 2000 p.336
	戈父辛盤	3	商代晩期		山西省考古研究所	天馬－曲村(1980－1989) 2000 p.336
	□卣	1	商代晩期		山西省考古研究所	文物1986・11 p.3-18
	□卣	1	商代晩期		山西省考古研究所	文物1986・11 p.3-18
	□父己尊	3	商代晩期		山西省考古研究所	文物1986・11 p.3-18
	邑鼎	1	商代晩期		山西省考古研究所	文物1986・11 p.3-18
	□觚	1	商代晩期		山西省考古研究所	文物1986・11 p.3-18
	□觚	1	商代晩期		山西省考古研究所	文物1986・11 p.3-18
	□爵	1	商代晩期		山西省考古研究所	文物1986・11 p.3-18
	□鼎	1	商代晩期		山西省考古研究所	文物1986・11 p.3-18
	□簋	1	商代晩期		山西省考古研究所	文物1986・11 p.3-18
	□卣	1	商代晩期		山西省考古研究所	文物1986・11 p.3-18
	□爵	1	商代晩期		山西省考古研究所	文物1986・11 p.3-18
	□罍	1	商代晩期		山西省考古研究所	文物1986・11 p.3-18
	克甗	4	西周早期		山西省考古研究所	天馬－曲村(1980－1989) 2000 p.350-351
	□卣	7・3	西周早期		山西省考古研究所	天馬－曲村(1980－1989) 2000 p.353
	作寶彝簋	3	西周早期		山西省考古研究所	天馬－曲村(1980－1989) 2000 p. 352
	作寶鼎鼎	3	西周早期		山西省考古研究所	天馬－曲村(1980－1989) 2000 p.396
	伯簋	3	西周早期		山西省考古研究所	天馬－曲村(1980－1989) 2000 p.396
	南宮姬鼎	7	西周早期		山西省考古研究所	天馬－曲村(1980－1989) 2000 p.336
	伯卣	5	西周早期		山西省考古研究所	天馬－曲村(1980－1989) 2000 p.336
	伯尊	5	西周早期		山西省考古研究所	天馬－曲村(1980－1989) 2000 p.336
	子作父庚鼎	5	西周早期		山西省考古研究所	天馬－曲村(1980－1989) 2000 p.459-460
	□簋	存1	西周早期		山西省考古研究所	天馬－曲村(1980－1989) 2000 p.466
	□作父戊鼎	4	西周早期		山西省考古研究所	天馬－曲村(1980－1989) 2000 p.472
	作□[卩尊]簋	4	西周早期		山西省考古研究所	天馬－曲村(1980－1989) 2000 p.472
	□鼎	1	西周早期		山西省考古研究所	天馬－曲村(1980－1989) 2000 p.478
	同簋	6	西周早期		山西省考古研究所	天馬－曲村(1980－1989) 2000 p.478
	成周鼎	2	西周早期		山西省考古研究所	天馬－曲村(1980－1989) 2000 p.361
	伯□倗□鼎	8	西周早期		山西省考古研究所	天馬－曲村(1980－1989) 2000 p.361
	父乙鼎	2	西周早期		山西省考古研究所	天馬－曲村(1980－1989) 2000 p.404-405
	覇伯簋	6	西周早期		山西省考古研究所	天馬－曲村(1980－1989) 2000 p.405
	作父辛鬲	4	西周早期		山西省考古研究所	天馬－曲村(1980－1989) 2000 p.405
	作寶彝鼎	3	西周早期		山西省考古研究所	天馬－曲村(1980－1989) 2000 p.370
	□尊	7	西周早期		山西省考古研究所	天馬－曲村(1980－1989) 2000 p.371
	丙□□爵	3	西周早期		山西省考古研究所	天馬－曲村(1980－1989) 2000 p.371
	□卣	7・5	西周早期		山西省考古研究所	天馬－曲村(1980－1989) 2000 p.371-372
	伯□簋	6	西周早期		山西省考古研究所	天馬－曲村(1980－1989) 2000 p.371
	作寶彝簋	3	西周早期		山西省考古研究所	天馬－曲村(1980－1989) 2000 p.371

集-頁	器名	字数	時期	国族	出土地あるいは所蔵者	著録
	作□□鼎	存2	西周早期		山西省考古研究所	天馬－曲村(1980－1989) 2000 p.411
	作旅彝卣	3	西周早期		山西省考古研究所	天馬－曲村(1980－1989) 2000 p.414
	作寶彝尊	3	西周早期		山西省考古研究所	天馬－曲村(1980－1989) 2000 p.414
	叔觶	6	西周早期		山西省考古研究所	天馬－曲村(1980－1989) 2000 p.414
	伯尊	4	西周早期		山西省考古研究所	天馬－曲村(1980－1989) 2000 p.434
	作寶彝簋	3	西周早期		山西省考古研究所	天馬－曲村(1980－1989) 2000 p.434
	伯卣	4	西周早期		山西省考古研究所	天馬－曲村(1980－1989) 2000 p.435
	□□鼎	存2	西周早期		山西省考古研究所	天馬－曲村(1980－1989) 2000 p.431
	仲□父壺	13～11	西周早期		山西省考古研究所	天馬－曲村(1980－1989) 2000 p.435
	申鼎	4	西周早期		山西省考古研究所	天馬－曲村(1980－1989) 2000 p.489
	王妻簋	5	西周早期		山西省考古研究所	天馬－曲村(1980－1989) 2000 p.493
	作寶鼎鼎	3	西周早期		山西省考古研究所	天馬－曲村(1980－1989) 2000 p.493
	□□作父丁鼎	6	西周早期		山西省考古研究所	天馬－曲村(1980－1989) 2000 p.379
	家父盤	13	西周早期		山西省考古研究所	天馬－曲村(1980－1989) 2000 p.500-501
	父丁甗	2	西周早期		山西省考古研究所	天馬－曲村(1980－1989) 2000 p.497
	小臣□簋	8	西周早期		山西省考古研究所	天馬－曲村(1980－1989) 2000 p.497
	[魚又]尊	15	西周早期		山西省考古研究所	天馬－曲村(1980－1989) 2000 p.500
	[魚又]卣	15	西周早期		山西省考古研究所	天馬－曲村(1980－1989) 2000 p.500
	晋仲韋父盉	12	西周早期	晋	山西省考古研究所	天馬－曲村(1980－1989) 2000 p.500
	作寶彝簋	3	西周早期		山西省考古研究所	天馬－曲村(1980－1989) 2000 p.513
	爯鬲	3	西周早期		山西省考古研究所	天馬－曲村(1980－1989) 2000 p.525
	伯簋	3	西周早期		山西省考古研究所	天馬－曲村(1980－1989) 2000 p.535
	晋侯鼎	5	西周中期	晋	山西省考古研究所	晋国奇珍2002・4 p.58-59
	図月初吉器	存13	西周晩期	晋	山西省考古研究所	文物1993・3 p.11-30
	楊姞壺	9	西周晩期		山西省考古研究所	文物1994・8 p.4-21
	楊姞壺	9	西周晩期		山西省考古研究所	晋国奇珍2002・4 p.161
	晋侯邦父鼎	16	西周晩期	晋	山西省考古研究所	文物1994・8 p.4-21
2-134	晋侯僰馬壺	12	西周晩期	晋	山西省考古研究所	文物1995・7 p.4-39
2-134	晋侯僰馬壺	12	西周晩期	晋	山西省考古研究所	晋国奇珍2002・4 p.69
	晋叔家父壺	18	西周晩期	晋	山西省考古研究所	文物1995・7 p.4-39
	叔鼎	4	西周晩期	晋	山西省考古研究所	文物2001・8 p.4-21、55
	晋侯尊	5	西周晩期	晋	山西省考古研究所	文物2001・8 p.4-21、55
	図鼎	?	西周晩期	晋	山西省考古研究所	文物2001・8 p.4-21、55
	伯甗	5	西周晩期	晋	山西省考古研究所	文物2001・8 p.4-21、55
	□卣	7	西周晩期	晋	山西省考古研究所	文物2001・8 p.4-21、55
	晋侯尊	9	西周晩期	晋	山西省考古研究所	文物2001・8 p.4-21、55
	用戈残戈	2	西周晩期 －春秋早		山西省考古研究所	三晋考古第一輯(1994.7) p.95-122
	弟大叔残器	存6	西周晩期 －春秋早		山西省考古研究所	三晋考古第一輯(1994.7) p.95-122
	晋姜簋	5	西周	晋	山西省考古研究所	晋国奇珍2002・4 p.60
	叔釗父甗	15	西周	晋	山西省考古研究所	晋国奇珍2002・4 p.148-149
	□戈	1	春秋晩期 －戦国早		山西省考古研究所	文物1986・6 p.1-19
	閼輿戈	2	戦国晩期	韓	山西省考古研究所	文物1994・4 p.82-85、88
	孟得簋	7	西周早期		山西省考古研究所	天馬－曲村(1980－1989) 2000 p.555
	車虢戈	2	商代晩期		山西省博物館	文物季刊1999・2 p.86-88
	内史亳豐觚	14	西周		山西省(伝)	考古与文物2010・2 P.30-
	□鼻盉	33	西周		山西省(伝)	中原文物2010・6 P.68-
	玄膚戈	4	春秋		山西省博物館	呉越地区青銅器研究論文集1997 p.205-212
	五年相邦呂不韋戈1	21	戦国後期	秦	山西省(推定)	山西文物館蔵珍品・青銅器167 秦銅器銘文編年69
	五年相邦呂不韋戈2	21	戦国後期	秦	山西省(推定)	山西大学学報・哲社版1979-1 張頷学術文集p.130 珍秦斎蔵金p.221
	武陽戈	3	戦国晩期		山西省博物館	考古1988・7 p.616-620
	龕戈	7	戦国晩期	韓	山西省博物館	文物1986・3 p.27
	廿三年邦相邙反戈	16	戦国晩期	趙	山西省博物館	文物季刊1992・3 p.67-69
	陳□戈	4	戦国	齊	山西省博物館	考古與文物1989・2 p.84、56
	信安君鼎	16	戦国		山西省(伝)	文物2009・11 P.70-
	□鼎	1	商代晩期		北京故宮博物院	故宮青銅器1999 p.46
	□斝	1	商代晩期		北京故宮博物院	故宮青銅器1999 p.66
	□父乙卣	4	商代晩期		北京故宮博物院	故宮青銅器1999 p.84
	王之女□方彝	4	商代晩期		北京故宮博物院	故宮青銅器1999 p.96
	作寶尊彝鬲	4	西周早期		北京故宮博物院	故宮青銅器1999 p.124
	邗王是野戈	8	春秋晩期	呉	北京故宮博物院	雪齋学術論文二集2004・12 p.86-87(編号20)
	君子之弄鬲	5	戦国早期		北京故宮博物院	故宮青銅器1999 p.270
	軌敦	1	戦国晩期	秦	北京故宮博物院	故宮青銅器1999 p.312
	王四年相邦張儀戈	存23	戦国(恵文王4年)	秦	広東省広州市南越王墓	西漢南越王墓1991 p.60 秦文字集証 p.32 李学勤『綴古集』p.139
	眉鼎	1	商代晩期		北京保利芸術博物館	保利蔵金1999 p.15-16
	父康鼎	6	商代晩期		北京保利芸術博物館	保利蔵金続2001 p.18-23
	登鼎	7	商代晩期		北京保利芸術博物館	保利蔵金続2001 p. 24-31
	史爵	1	商代晩期		北京保利芸術博物館	文物2005・9 p.59-65,69
	[庚丙]爵	1	商代晩期		北京保利芸術博物館	保利蔵金1999 p.29-30
	□斿爵	2	商代晩期		北京保利芸術博物館	保利蔵金1999 p.27-28
	南□爵	2	商代晩期		北京保利芸術博物館	保利蔵金続2001 p.36-41、42-49
	弔觚	1	商代晩期		北京保利芸術博物館	保利蔵金1999 p.37-40
	[庚丙]觚	1	商代晩期		北京保利芸術博物館	保利蔵金1999 p.33-36
	丁示觚	2	商代晩期		北京保利芸術博物館	保利蔵金続2001 p.52-55
	子保觚	2	商代晩期		北京保利芸術博物館	保利蔵金続2001 p.56-61
	耳斝	1	商代晩期		北京保利芸術博物館	保利蔵金1999 p.11-12
	史尊	1	商代晩期		北京保利芸術博物館	保利蔵金続2001 p.80-83
	[庚丙]尊	1	商代晩期		北京保利芸術博物館	保利蔵金続2001 p.70-75
	[臣改]侯尊	3	商代晩期		北京保利芸術博物館	保利蔵金続2001 p.76-79
	◇疊	1	商代晩期		北京保利芸術博物館	保利蔵金1999 p.41-42

近出殷周金文目録

集-頁	器名	字数	時期	国族	出土地あるいは所蔵者	著録
	南□罍	2	商代晚期		北京保利芸術博物館	保利蔵金続2001 p.66-69
	㺇伯[言木又]卣	14	商代晚期 －西周早		北京保利芸術博物館	保利蔵金続2001 p. 128-135
	皇鼎	4	西周早期		北京保利芸術博物館	保利蔵金1999 p.55-56
	王鼎	6	西周早期		北京保利芸術博物館	保利蔵金続2001 p.96-101
	盂甗	6	西周早期		北京保利芸術博物館	保利蔵金1999 p.59-62
	歴簋	7	西周早期		北京保利芸術博物館	保利蔵金続2001 p.106-111
	从簋	9	西周早期		北京保利芸術博物館	保利蔵金1999 p.63-64
	木羊簋	9	西周早期		北京保利芸術博物館	保利蔵金続2001 p.113-117
	父乙爵	9	西周早期		北京保利芸術博物館	保利蔵金1999 p.97-98
	□仲卣	6	西周早期		北京保利芸術博物館	保利蔵金続2001 p.136-143
	□侯鼎	5	西周中期		北京保利芸術博物館	保利蔵金1999 p.57-58
	□□□鼎	10～	西周中期		北京保利芸術博物館	保利蔵金続2001 p.102-105
	典尊	13	西周中期		北京保利芸術博物館	保利蔵金続2001 p.144-147
	尸曰盤	6	西周中期		北京保利芸術博物館	保利蔵金1999 p.109-112
	應侯盤	6	西周晚期	応	北京保利芸術博物館	保利蔵金1999 p.113-116
	王簋	6	西周晚期		北京保利芸術博物館	保利蔵金1999 p.79-82
	虎叔簋	17	西周晚期		北京保利芸術博物館	保利蔵金1999 p.83-86
	□氏□簋	19	西周晚期		北京保利芸術博物館	保利蔵金1999 p.87-90
	應侯壺1・2	11	西周晚期	応	北京保利芸術博物館	保利蔵金続2001 p.148-155
	作厥寶尊彝卣	5	西周		北京保利芸術博物館	保利蔵金1999 p.101-107
	[糸阝]伯盉	15	春秋晚期	呉	北京保利芸術博物館	保利蔵金1999 p.223-228
	攻呉大□矛	10	春秋晚期	呉	北京保利芸術博物館	保利蔵金1999 p.253-254
	□孫宋鼎	6	春秋		北京保利芸術博物館	保利蔵金1999 p.135-138
	金盉	1	春秋		北京保利芸術博物館	保利蔵金続2001 p.212-215
	王后鼎	5	戦国	燕	北京保利芸術博物館	保利蔵金1999 p.153-154
	妥賓剣	8	戦国		北京保利芸術博物館	保利蔵金1999 p.261-264
3-1	克盉(大保盉)	43	西周早期	燕	北京市房山区瑠璃河　燕国墓地	考古1990・1 p.20-31
3-1	克罍(大保罍)	43	西周早期	燕	北京市房山区瑠璃河　燕国墓地	考古1990・1 p.20-31
	母己爵	2	西周早期	燕	北京市文物研究所	瑠璃河西周燕国墓地1995 p.167
	◇□僕戈	4	西周早期	燕	北京市文物研究所	瑠璃河西周燕国墓地1995 p.207
	□觶	13	西周早期	燕	北京市文物研究所	瑠璃河西周燕国墓地1995 p.171
	叔鼎	5	西周早期	燕	北京市文物研究所	瑠璃河西周燕国墓地1995 p.120
	父辛戈	2	西周早期	燕	北京市文物研究所	瑠璃河西周燕国墓地1995 p.201
	燕侯舞銅泡	4	西周早期	燕	北京市文物研究所	瑠璃河西周燕国墓地1995 p.211
	□父辛盉	3	西周早期	燕	北京市文物研究所	瑠璃河西周燕国墓地1995 p.193
	諆子銅泡	2	西周早期	燕	北京市文物研究所	瑠璃河西周燕国墓地1995 p.211
	燕侯舞戟	4	西周早期	燕	北京市文物研究所	考古1990・1 p.20-31
	成周戈	2	西周早期		北京市文物研究所	考古1990・1 p.20-31
	□戈	1	西周早期	燕	北京市文物研究所	考古1990・1 p.20-31
	燕侯舞銅泡	4・3	西周早期	燕	北京市文物研究所	考古1990・1 p.20-31
	員鼎	4	西周	燕	北京市文物研究所	考古1984・5 p.405-416、404
	□父己罍	4	西周	燕	北京市文物研究所	考古1984・5 p.405-416、404
	天戈	1	春秋晚期		北京市文物管理所	文物1987.11 p.93-95
	陽[鼎于]戟	2	戦国		北京市文物管理所	文物1987.11 p.93-95
	西宮壺	2	春秋		河北省客城県暸馬台郷南陽遺址	文物2002・2 p.94
	燕王職戈	7	戦国晚期	燕	河北省廊坊市文物管理所	文物春秋1993・3 p.89-90
	日為父癸爵	4	西周早期		河北省邢台市文物管理処	文物春秋2005・2 p.36-38
	玄鏐戈	8	春秋		河北省刑台市葛家荘M10	考古2001・2 p.49
	□祖乙器蓋	3	西周早期		河北省興隆県文物管理所	文物1990・11 p.57-58
	十一年房子令趙結戈	17	戦国		河北省秦皇島博物館	黄盛璋先生八秩華誕紀念文集2005 p. 76-78
	□卣	1	商代晚期		河北省正定県文物保管所	文物1984・12 p.33-34
	□爵簋	6	商代晚期 －西周早		河北省遷安県文物管理所	考古1997・4 p.58-62
	作尊彝鼎	3	商代晚期 －西周早		河北省遷安県文物管理所	考古1997・4 p.58-62
	索魚王矛	5	春秋晚期		河北省涿鹿県文管所	文物1996・2 p.92
	井壺	1	戦国		河北省張家口市宣化区春光郷万宇会	文物2010・6 p.26
	□鼎	1	商代晚期		天津市歴史博物館	考古1993・4 p.311-323
	天簋	1	商代晚期 －西周早		天津市歴史博物館	考古1993・4 p.311-323
	攻呉王夫差剣	10	春秋晚期	呉	天津市芸術博物館	東南文化1990・4 p.104-106
	[目目支]爵	1	商代晚期		河北省保定地区文物管理所	文物春秋1992増刊 p.230-240
	[目目支]戈	1	商代晚期		河北省保定地区文物管理所	文物春秋1992増刊 p.230-241
	[目目支]父乙鼎	3	商代晚期		河北省保定地区文物管理所	文物春秋1992増刊 p.230-242
	□父癸爵	3	商代晚期		河北省保定地区文物管理所	文物春秋1992増刊 p.230-243
	八斤	5	商		河北省容城県	文物春秋2007・1 p.73
	左征壺蓋	2	春秋	燕	河北省容城県文物管理所	考古1993・3 p.235-238
	西宮壺	2	春秋	燕	河北省容城県文物管理所	文物2002・1 p.96
	燕西宮壺	9	春秋	燕	河北省容城県文物管理所	考古1993・3 p.235-238
	柏人戈	2	戦国中晚	趙	河北省臨城県文物保管所	文物1988・3 p.50-54、56
	二年邢令戈	19	戦国中晚	趙	河北省臨城県文物保管所	文物1988・3 p.50-54、56
	燕王喜矛	6	戦国	燕	河北省臨城県文物保管所	文物1988・3 p.50-54、56
	□爵	1	商代晚期		河北省文物研究所	考古学報1992・3 p.329-364
	□鼎	1	商代晚期		河北省文物研究所	考古学報1992・3 p.329-364
	戈己鼎	2	商代晚期		河北師範大学文物室	文物1999・11 p.96
	□父辛甗	3	商代晚期 －西周早		河北師範大学文物室	文物1999・11 p.96
	□伯侯盤	存11	春秋		河北省文物管理処	文物春秋1993・2 p.23-40、75
	□戈	1	商		河北省博物館徴集	文物春秋2008・11 p.50-
	□鑿	1	商		河北省博物館徴集	文物春秋2008・11 p.50-
	□錛	1	商		河北省博物館徴集	文物春秋2008・11 p.50-
	□□□父匕首	4	戦国		遼寧省鞍山市博物館	遼海文物学刊1997・1 p.158
	兄刀	1	西周		遼寧省開原市建材村M	北方文物2005・1 p.11 博物館研究2000・3

集-頁	器名	字数	時期	国族	出土地あるいは所蔵者	著録
	□(兄)刀	1	西周		遼寧省開原市	考古2000・5 p.56
3-22	元年丞相斯戈	20	戦国晩期	秦	遼寧省寛甸県崗山 窖蔵	考古与文物1983・3 p.22-23
3-24	三年相邦呂不韋矛	21	戦国晩期	秦	遼寧省撫順市順城区李石寨鎮	考古1996・3 p.86
	四十年上郡守起戈	19	戦国晩期	秦	遼寧省遼陽博物館	考古1992.8 p.757
	作寶□彝	4	商代晩期 －西周早		山東省威海市博物館	考古2004・9 p.93-94
	斉城戈	7	戦国		山東省濰坊市桑犢故城遺址	文物2000・10 p.75
	□□爵	2	商代中期 －商代晩		山東省濰坊市博物館	考古1993・9 p.781-799
	□□門父辛卣	5	商代晩期		山東省濰坊市博物館	考古1993・9 p.781-799
	□□門父辛觶	5	商代晩期		山東省濰坊市博物館	考古1993・9 p.781-799
	作寶□彝尊	4	西周		山東省栄成市埠柳鎮M	考古2004・9P.93-94
	[索刂]父癸爵	3	商代晩期 －西周早		山東省兗州県博物館	文物1990・7 p.36-38
	[索刂]冊父癸卣	4	商代晩期 －西周早		山東省兗州県博物館	文物1990・7 p.36-38
	[广句]監鼎	6	西周早期		山東省煙台市博物館	文物1991・5 p.84-85
	齋仲簋	5	西周中期	齊	山東省煙台市文管会・招遠文管所	文物1994・4 p.377-378
	作夫辛尊	5	西周中晩		山東省煙台市文管会	考古1991・10 p.910-918
	作寶尊彝卣	4	西周中晩		山東省煙台市文管会	考古1991・10 p.910-918
	□鐘	1	西周晩期		山東省煙台市文管会	考古1991・10 p.910-918
	平阿左戈	5	戦国	齊	山東省煙台市博物館	文物2002・5 p.95
	□舟	1	戦国		山東省煙台市文管会	考古学報1993・1 p.57-87
	□盂	7	春秋晩期		山東省海陽市博物館	考古1996・9 p.1-10
	陳楽君[豆欠]甗	17	春秋晩期	陳	山東省海陽市博物館	考古1996・9 p.1-10
	陳発戈	4	戦国		山東省沂水県高橋鎮馬家方荘村M	文物2001・10 p.50
	蒙戈	1	戦国晩期		山東省沂水県文物管理站	考古1983・9 p.849
	鳥戈	1	商代晩期		山東省沂水県博物館	文物1995・7 p.72-73
	平阿左戈	4	戦国	齊	山東省沂水県博物館	文物1991・10 p.32
	齊侯甗	存11	西周晩期 －春秋早	齊	山東莒県博物館	考古1999・7 p.38-45
	莒平壺	28	春秋晩期	莒	山東省莒県中楼郷干家溝村	中国青銅器全集9・76 1998
3-56	十年洱陽令戈	22	戦国晩期	韓	山東省莒県莒故城遺址	文物1990・7 p.39-42
	単簋	11	西周晩期		山東省黄県博物館	海岱考古1(1989・9) p.314-319
	豐卣	10	西周		山東省高青県花園鎮陳荘遺址	考古2010・8 P.33 考古2011・2 P.7-
	父辛觚	2	商代晩期		山東省済南市博物館	東西文化2001・3 p.22-26
	□爵	1	商		山東省済南市歴城区王舎人鎮M	考古2004・7 P.31
	左戈	1	戦国		山東省済南市博物館	考古1994・9 p.858-860
	□之辛戈	5	春秋戦国		山東省済南市博物館	考古1994・9 p.858-860
	祖戊爵	2	商代晩期		山東省済陽市博物館	文物1982・1 p.86-87
	無寿觚	8	商代晩期		山東省済陽市博物館	文物1982・1 p.86-87
	薛侯壺	4	春秋中期	薛	山東省済寧市文管局	考古学報1991・4 p.449-494
	□鼎	1	商代晩期		山東省済南市博物館	文物1999・8 p.92
	明亞乙鼎	3	商代晩期		山東省済南市博物館	海岱考古1(1989.9) p.320-324
	亞□父丁簋	5	商代晩期		山東省済南市博物館	海岱考古1(1989.9) p.320-324
	□爵	1	商代晩期		山東省済南市博物館	海岱考古1(1989.9) p.320-324
	[庚丙]爵	1	商代晩期		山東省済南市博物館	海岱考古1(1989.9) p.320-324
	鼎爵	1	商代晩期		山東省済南市博物館	海岱考古1(1989.9) p.320-324
	倗觚	1	商代晩期		山東省済南市博物館	海岱考古1(1989.9) p.320-324
	□戈	1	商代晩期		山東省済南市博物館	考古1994・9 p. 858-860
	□戈	1	商代晩期		山東省済南市博物館	考古1994・9 p. 858-860
	亞□戈	2	商代晩期		山東省済南市博物館	海岱考古1(1989.9) p.320-324
	屮戈	1	商代晩期		山東省済寧県博物館	文物1992・11 p.87-92
	□簋	1	商		山東省済南市博物館	東南文化2001・3 p.26
	□觚	2	商		山東省済南市博物館	東南文化2001・3 p.26
	元年閏矛	10	戦国晩期	魏	山東省済南市博物館	文物1987・11 p.88
	右建戈	2	戦国		山東省済南市博物館	考古1994・9 p.858-860
	黄戈	2	戦国	齊	山東省済南市博物館	考古1994・9 p.858-860
	平阿戈	5	戦国	齊	山東省済南市博物館	考古1994・9 p.858-860
	□攻反戈	3	戦国		山東省済寧県博物館	文物1992・11 p.87-92
	左戈	1	春秋戦国		山東省済南市博物館	考古1994・9 p.858-860
	公戈	2	春秋戦国		山東省済南市博物館	考古1994・9 p.858-860
	亡鹽戈	3	春秋戦国	齊	山東省済南市博物館	考古1994・9 p.858-860
	□□□戈	4	春秋戦国		山東省済南市博物館	考古1994・9 p.858-860
	子備璋戈	4	春秋戦国		山東省済南市博物館	考古1994・9 p.858-860
	子□戈	4	春秋戦国		山東省済南市博物館	考古1994・9 p.858-860
	平阿右同戈	5	春秋戦国	齊	山東省済南市博物館	考古1994・9 p.858-860
	膚丘子戈	5	春秋戦国	齊	山東省済南市博物館	考古1994・9 p.858-860
	刹尊	1	商代晩期		山東省泗水県文化館	考古1986・12 p.1139、1103
	母乙爵	2	商代晩期		山東省泗水県文化館	考古1986・12 p.1139、1103
	母癸爵	2	商代晩期		山東省泗水県文化館	考古1986・12 p.1139、1103
	史母癸觚	3	商代晩期		山東省泗水県文化館	考古1986・12 p.1139、1103
3-54	[白攵火]可忌豆	20	戦国		山東省淄博市臨淄区白兎丘村	考古1990・11 p.1045
	陳戈	4	戦国		山東省淄博市孫家徐姚村M	考古2011・10 P.28
3-18	元年相邦建信君鈹	20	戦国	趙	山東省臨淄市 斉故城北	海岱考古1(1989・9) p.320-324
	国楚戈	5	戦国		山東省淄博市臨淄区斉陵鎮M	考古2000・10 p.57
	工師□鼎	3	戦国晩期	齊	山東省淄博市博物館	臨淄商王墓地1997 p.17
	鄭[幺勻]盒	2	戦国晩期	齊	山東省淄博市博物館	臨淄商王墓地1997 p.17
	四十一年工右耳杯	14	戦国晩期	齊	山東省淄博市博物館	臨淄商王墓地1997 p.47
	四十年工左耳杯	19	戦国晩期	齊	山東省淄博市博物館	臨淄商王墓地1997 p.47
	私之十耳杯	9	戦国晩期	齊	山東省淄博市博物館	臨淄商王墓地1997 p.24
	少司馬耳杯	15	戦国晩期	齊	山東省淄博市博物館	臨淄商王墓地1997 p.24
	[走夌][陵土]夫人燈	4	戦国晩期	齊	山東省淄博市博物館	臨淄商王墓地1997 p.31
	[走夌][陵土]夫人鐘磬架	4	戦国晩期	齊	山東省淄博市博物館	臨淄商王墓地1997 p.42・44

集-頁	器名	字数	時期	国族	出土地あるいは所蔵者	著録
	[走麦][陵土]夫人匜	4	戦国晩期	齊	山東省淄博市博物館	臨淄商王墓地1997 p.46
	戍[毎糸]戈	2	戦国晩期	齊	山東省淄博市博物館	考古1988•5 p.467-471
	並己鼎	2	商代晩期		山東省寿光県博物館	文物1985•3 p.1-11
	□甗	1	商代晩期		山東省寿光県博物館	文物1985•3 p.1-11
	並己爵	2	商代晩期		山東省寿光県博物館	文物1985•3 p.1-11
	並己觚	2	商代晩期		山東省寿光県博物館	文物1985•3 p.1-11
	並己卣	2	商代晩期		山東省寿光県博物館	文物1985•3 p.1-11
	並己尊	2	商代晩期		山東省寿光県博物館	文物1985•3 p.1-11
	右司工錛	3	西周早期		山東省寿光県博物館	中国文物報1993•10•31:3
	亞□卣	6	商		山東省章丘市明水鎮M	考古与文物2004増刊 p.10
3-27	[咼言阝]甘□鼎	20	西周晩期		山東省章丘県摩天嶺	文物1989•6 p.66-72
	□爵	1	商代晩期 ー西周早		山東省昌楽県文管所	海岱考古1(1989•9) p.292-307
	莒公孫潮子鎛	16	戦国晩期	莒	山東省諸城県博物館	文物1987•12 p.47-56
	莒公孫潮子鐘	17	戦国晩期	莒	山東省諸城県博物館	文物1987•12 p.47-56
	弔父癸鼎	3	商代晩期 ー西周早		山東省新泰市博物館	文物1992•3 p.93-95
	弔父癸鬲	3	商代晩期 ー西周早		山東省新泰市博物館	文物1992•3 p.93-95
	弔父癸爵	3	商代晩期 ー西周早		山東省新泰市博物館	文物1992•3 p.93-95
	□□鬲	5	商代晩期 ー西周早		山東省新泰市博物館	文物1992•3 p.93-95
	攻呉王諸樊之子通剣	14	春秋晩期	呉	山東省新泰市博物館	中国歴史文物2004•5 p.15-23
	陳□戈	4	戦国早中	齊	山東省新泰市博物館	考古与文物1991•2 p.109
	柴内右戈	3	戦国晩期		山東省新泰市博物館	文物1994•3 p. 52
	淳于公戈	6	戦国		山東省新泰市博物館	中国文物報1990•3•1:3
	淳于戈	4	戦国		山東省新泰市博物館	中国文物報1990•3•1:4
	史爵	1	商代晩期		山東省鄒城市文物管理局	考古2004•1 p.94-96
	[目目]觚	1	商代晩期		山東省鄒城市文物管理局	考古2004•1 p.94-96
	史爵	1	商		山東省鄒城市北宿鎮西丁村M	考古2004•1P.94
	□觚	1	商		山東省鄒城市北宿鎮西丁村M	考古2004•1P.94
	攻呉王夫差剣	10	春秋晩期	呉	山東省鄒県文物保管所	文物1993•8 p.72-73
	[亘阝]左戈	8	戦国		山東省棲霞県文物管理処	文物1995•7 p.76-77
	保晋戈	3	春秋		山東省成武県文物管理所	文物1992•5 p.95-96
	永世取庫干剣	5	戦国		山東省青州市文物管理所	中国文物報1991•3•31:3
	亞[西兇]爵	2	商代晩期		山東省青州市博物館	海岱考古1(1989•9) p.254-273
	融觚	1	商代晩期		山東省青州市博物館	海岱考古1(1989•9) p.254-273
	融爵	1	商代晩期		山東省青州市博物館	海岱考古1(1989•9) p.254-273
	融尊	1	商代晩期		山東省青州市博物館	海岱考古1(1989•9) p.254-273
	融觶	1	商代晩期		山東省青州市博物館	海岱考古1(1989•9) p.254-273
	融罍	1	商代晩期		山東省青州市博物館	海岱考古1(1989•9) p.254-273
	融卣	1	商代晩期		山東省青州市博物館	海岱考古1(1989•9) p.254-273
	融簋	1	商代晩期		山東省青州市博物館	海岱考古1(1989•9) p.254-273
	融鼎	1	商代晩期		山東省青州市博物館	海岱考古1(1989•9) p.254-273
	冊融鼎	2	商代晩期		山東省青州市博物館	海岱考古1(1989•9) p.254-273
	父己爵	2	商代晩期		山東省青州市博物館	考古1997•7 p.66
	魚祖己觚	3	西周早期		山東省青州市博物館	考古1999•12 p.53
3-47	正叔止士□俞簠 M2	20	春秋	小邾	山東省棗莊市山亭区東江村M	小邾国遺珍2006•6 中国歴史文物2003•5 p.65-67
3-48	魯宰□簠	20	春秋	小邾	山東省棗莊市山亭区東江村M	小邾国遺珍2006•6 中国歴史文物2003•5 p.65-67
3-49	畢仲□簠	22	春秋	小邾	山東省棗莊市山亭区東江村M	小邾国遺珍2006•6 中国歴史文物2003•5 p.65-67
3-51	郳公子害簠	21	春秋	小邾	山東省棗莊市山亭区東江村M	小邾国遺珍2006•6 中国歴史文物2003•5 p.65-67
3-44	霝父君[驗-馬]父瓶	20	春秋	小邾	山東省棗莊市山亭区東江村M	小邾国遺珍2006•6 中国歴史文物2003•5 p.65-67
	郳友父鬲	16	春秋	郳	山東省棗莊市博物館	中国歴史文物2003•5 p.65-67
	倪慶鼎	11	春秋	小邾	山東省棗莊市博物館	中国歴史文物2003•5 p.65-67
	堇戈	存7	戦国早期	越	山東省棗莊市文物管理站	文物1987•11 p.28
	商丘叔簠	15	商		山東省泰安市道朗郷大馬莊村遺址	文物2004•12p.9
	□姬鬲(2件)	9	商		山東省泰安市道朗郷大馬莊村遺址	文物2004•12p.9
	魯侯鼎	15	西周晩期 ー春秋早	魯	山東省泰安市文物局	文物1986•4 p.12-14
	魯侯簠	15	西周晩期 ー春秋早	魯	山東省泰安市文物局	文物1986•4 p.12-14
	旅父己爵	3	西周		山東省泰安市博物館	考古与文物2000•4 p.13-16
	乗父士杉盨	23	西周		山東省泰安市徂徠郷黄花嶺村	考古与文物2000•4 p.13-16
	□姫鬲	9	春秋早期		山東省泰安市博物館	文物2004•12 p. 4-12
	商丘叔簠	15	春秋早期		山東省泰安市博物館	文物2004•12 p. 4-12
	淳于右戈	4	戦国		山東省泰安市博物館	文物2005•9
	淳于戈	4	戦国		山東省泰安市泰山虎山M	文物2005•9P.93
3-28	[寺阝]召簠	23	西周晩期	[寺阝]	山東省長清県仙人台M3	考古1998•9 p.11-25 文物2003•4 p.40
	[寺阝]仲簠	19	西周晩期	[寺阝]	山東省長清県博物館	文物2003•4 p.85-91
3-30	公典盤	46	春秋中期	[寺阝]	山東省長清県仙人台M5	文物1998•9 p.18-30 文物2003•4 p.85-91 古文字学論稿2008-4 p.212
	子爵	1	商代晩期		山東省滕州市博物館	考古1994•1 p. 94-95
	□鼎(拓影:判読不能)	29	春秋中期	薛	山東省滕州市 薛国故城遺址M2	考古学報1991•4 p.449-494
	羊編鎛1〜4	80	春秋晩期		山東省滕州市姜屯鎮莊里西村M	中国音楽文物大系•山東巻 鐘鎛類第10号 山東文物叢書•青銅器 p.202〜204 山東金文集成 p.104〜108
	[金會]頃戈	3	戦国		山東省乳山県文物管理所	文物1993•4 p.94、17
	汶陽戈	4	戦国		山東省乳山県文物管理所	文物1993•4 p.94、17

集-頁	器名	字数	時期	国族	出土地あるいは所蔵者	著録
	陳爾戈	4	戦国	齊	山東省乳山県文物管理所	文物1993・4 p.94、17
	燕王職戈	7	戦国	燕	山東省肥城市文管所	考古2002・9 p.69
	子義爵	2	商代晩期		山東省平陰県博物館	文物1992・4 p.93-96
	□□戈	4	戦国中晩		山東省平陰県洪範鎮	文物1994・4 p.52
	[馬土]銅馬	1	戦国晩期		山東省平陰県博物館	中国青銅器全集9・47
	膚戈	4	春秋		山東省蒙陰県図書館	文物1998・11 p.94-95
3-25	辛嚚相簋	52	西周早期 －中期		山東省龍口市中村鎮海雲寺徐家村	文物2004・8 p.79-80
	右里敀量	4	戦国	齊	山東省臨淄齊故城遺址博物館	考古1996・4 p.24-28
	王姜鼎	8	西周早期		山東省文物考古研究所	文物1996・12 p.4-25
	夆觶	1	西周早期		山東省文物考古研究所	文物1996・12 p.4-25
	夆盉	1	西周早期		山東省文物考古研究所	文物1996・12 p.4-25
	夆盤	1	西周早期		山東省文物考古研究所	文物1996・12 p.4-25
	夆鼎	1・4	西周早期		山東省文物考古研究所	文物1996・12 p.4-25
	莒公戈	2	春秋中期	莒	山東省文物考古研究所	文物1984・9 p.1-10
	齊宮量	5	戦国	齊	山東省文物考古研究所	考古1996・4 p.24-28
	弔簋	1	商代晩期		山東省博物館	故宮文物月刊18巻11期/総215(2001.2)
	婦好簋	2	商代晩期		山東省博物館	故宮文物月刊18巻11期/総215(2001.2)
	子刀系□簋	4	商代晩期		山東省博物館	故宮文物月刊18巻11期/総215(2001.2)
	斿爵	1	商代晩期		山東省博物館	故宮文物月刊18巻11期/総215(2001.2)
	[目目支]爵	1	商代晩期		山東省博物館	故宮文物月刊18巻11期/総215(2001.2)
	□□爵	3	商代晩期		山東省博物館	故宮文物月刊18巻11期/総215(2001.2)
	□西単爵	3	商代晩期		山東省博物館	故宮文物月刊18巻11期/総215(2001.2)
	萬父己爵	3	商代晩期		山東省博物館	故宮文物月刊18巻11期/総215(2001.2)
	丁□□觚	3	商代晩期		山東省博物館	故宮文物月刊18巻11期/総215(2001.2)
	弔觚	1	商代晩期		山東省博物館	故宮文物月刊18巻11期/総215(2001.2)
	弔觚	1	商代晩期		山東省博物館	故宮文物月刊18巻11期/総215(2001.2)
	□觚	1	商代晩期		山東省博物館	故宮文物月刊18巻11期/総215(2001.2)
	何觚	1	商代晩期		山東省博物館	故宮文物月刊18巻11期/総215(2001.2)
	京觚	1	商代晩期		山東省博物館	故宮文物月刊18巻11期/総215(2001.2)
	癸觚	1	商代晩期		山東省博物館	故宮文物月刊18巻11期/総215(2001.2)
	矢宁觚	2	商代晩期		山東省博物館	故宮文物月刊18巻11期/総215(2001.2)
	丁□觚	2	商代晩期		山東省博物館	故宮文物月刊18巻11期/総215(2001.2)
	犬父甲觚	3	商代晩期		山東省博物館	故宮文物月刊18巻11期/総215(2001.2)
	子□天単勺	4	商代晩期		山東省博物館	故宮文物月刊18巻11期/総215(2001.2)
	子□単箕	3	商代晩期		山東省博物館	故宮文物月刊18巻11期/総215(2001.2)
	戈爵	1	商代晩期 －西周早		山東省博物館	故宮文物月刊18巻11期/総215(2001.2)
3-36	楚王[今頁]甗	34	春秋前期	楚	山東省	中国青銅網　考古2011-8 p87～96
	□壺	1	春秋早期		山東大学歴史系	考古1998・9 p.11-25
	国子豆	2	春秋晩期	齊	山東省博物館	中国青銅器全集9・18
	国子壺	2	春秋晩期	齊	山東省博物館	中国青銅器全集9・24
	攻呉王夫差剣	10	春秋晩期	呉	山東省博物館	商周青銅器銘文選1986　編号544乙
	越王丌北古剣	10・12	戦国早期	越	安徽省安慶市博物館	文物2000・8 p.84-88 故宮文物月刊10巻11期p.116 呉越文字彙編p.455
	三年[大卯]令戈	10	戦国		安徽省霍邱県洪集鎮唐畈村馮老莊村	考古2011・11 P.96
	湯鼎	14	春秋中期	楚	安徽省皖西博物館	文物研究2(1986・12) p. 39-40
	豐簋	9	西周		山東省高青県花園鎮陳莊遺址	考古2010・8 P.33 考古2011・2 P.7-
	繁伯武君鬲	19	西周晩期 －春秋早		安徽省宿県文物管理所	文物1991・11 p.92-93
	□蓋	1	春秋早期		安徽省寿県博物館	文物1990・11 p. 65-67
	余[訢心]壺	2	戦国	楚	安徽省舒城県文物管理所	文物研究6(1990・10) p.135-146
	李徛壺	2	戦国	楚	安徽省舒城県文物管理所	文物研究6(1990・10) p.135-146
	苛意匜	5	戦国	楚	安徽省舒城県文物管理所	文物研究6(1990・10) p.135-146
	[甬阝]駒壺	10	戦国	楚	安徽省舒城県文物管理所	文物研究6(1990・10) p.135-146
	□甗	1	春秋早期	皖	安徽省潜山県文物局	文物研究13(2001・12) p.125-127
3-58	廿四年上郡守[疒昔]戈	21	戦国	秦	安徽省潜山県城北彰法山M	文物研究12 p.260-262 考古学報2002-1 p.112
	十九年上郡守□戈	18	戦国		安徽省桐城市孔城鎮崗頭村M	考古与文物2009・3 P.31-
	童麗君柏簠	19	春秋		安徽省蚌埠市淮上区小蚌埠鎮M	考古2009・7 P.42-　文物2009・8 P.24- 東南文化2009・1 P.42-　文物研究16輯 p172 考古与文物2009・3 P.102-
	童麗公柏戟	7	春秋		安徽省蚌埠市淮上区小蚌埠鎮M	考古2009・7 P.42-　文物2009・8 P.24- 東南文化2009・1 P.42-　文物研究16輯 p172 考古与文物2009・3 P.102-
	童麗君柏鐘	20	春秋		安徽省蚌埠市淮上区小蚌埠鎮M	考古2009・7 P.42-　文物2009・8 P.24- 東南文化2009・1 P.42-　文物研究16輯 p172 考古与文物2009・3 P.102-
	童麗公柏之季子康鏄	64	春秋		安徽省蚌埠市淮上区小蚌埠鎮M	考古2009・7 P.42-　文物2009・8 P.24- 東南文化2009・1 P.42-　文物研究16輯 p172 考古与文物2009・3 P.102-
	蔡侯産戈	6	春秋晩期	蔡	安徽省六安市文物管理所	文物研究11(1998・10) p.325-329
	工[虎魚]王姑発戈	11	春秋		安徽省六安県九里溝M	文物研究13 p.320
	北多武鼎	13	戦国		安徽省六安市312国道M	文物2007・11 P.39
	公卣	10	西周中期		安徽省博物館	中国青銅器全集6・119
	鋳客鼎	7	戦国晩期	楚	安徽省博物館	安徽省博物館蔵青銅器1987
	鋳客甗	8	戦国晩期	楚	安徽省博物館	安徽省博物館蔵青銅器1987
	大府鎬	16	戦国晩期	楚	安徽省博物館	中国青銅器全集10・59
	□鼎	存1	戦国晩期	楚	安徽省博物館	楚系青銅器研究1995 p. 365
	廿四年晋□上庫戈	11	戦国	晋	安徽省臨泉県博物館	東南文化1991・2 p.258-262
	右[告攴]戈	2	戦国		安徽省臨泉県博物館	東南文化1991・2 p.258-262
	葉矛	1	戦国		安徽省臨泉県博物館	東南文化1991・2 p.258-261

集-頁	器名	字数	時期	国族	出土地あるいは所蔵者	著録
	蔡侯剣	7	春秋	蔡	江蘇省盱眙県博物館	文物2003・4 p.95-96
	豐觶、豐觥、豐甗、豐尊、豐卣	8～10	西周		山東省高青県花園鎮陳莊遺址	考古2011・2 P.8-
3-67	遳鎛	31～72	春秋	徐	江蘇省丹徒県大港郷背山頂M	東南文化1988・3-4 p.13-50 文物1989・12 p.51～ 呉越徐舒金文集釈 p.318～
3-67	次□缶	31	春秋	徐	江蘇省丹徒県大港郷背山頂M	東南文化1988・3-4 p.13-58
	夫[足欠]申鼎	47	春秋	舒	江蘇省丹徒県大港郷背山頂M	東南文化1988・3-4 p.13-58
3-67	𨑝鐘	72	春秋	舒	江蘇省丹徒県大港郷背山頂M	東南文化1988・3-4 p.13-58
	衛夫人鬲	15	春秋早期	衛	江蘇省南京市博物館	中国青銅器全集6・29
	衛夫人鬲	15	春秋早期	衛	江蘇省南京市博物館	中国青銅器全集1986 p.509
3-65	徐王孫□□鐘	38	春秋晚期	徐	江蘇省邳州市九女墩M	考古2002・5 p.19-30報告、p81～84考察
	攻呉王之孫盉	9	春秋晚期	呉	江蘇省邳州市博物館	文物2003・9 p.13-24
3-63	[虘又]巣鎛	44	春秋晚期	呉	江蘇省邳州市九女墩M	考古1999・11 p.28-34
	自作盉(残)	存8	春秋		江蘇省邳州市九女墩M	考古2003・9 p.19-20
	攻敔王者彶剣	12	春秋	呉	江蘇無錫博物館徴集	江漢考古2009・3 P.81-
	攻敔王虘□剣	12	春秋	呉	江蘇無錫博物館徴集	江漢考古2009・3 P.81-
	羅児匜	23	春秋	羅？	江蘇省六合県程橋M	東南文化1991・1 p.204-211 呉越徐舒金文集釈p.41 呉越文字彙編 図029
	□用甗	2存	戦国		江蘇省淮陰市博物館	考古学報1988・2 p. 189-232
	亞得父庚鼎	4	商代晚期		南京博物院	中国青銅器全集2・57
	子父辛斝	3	商代晚期		南京博物院	東南文化1991・2 p.268-271
	攻呉矛	8	春秋	呉	南京博物院	東南文化1988・3-4 p.13-58
	攻呉大叔盤	10	春秋	呉	南京博物院	東南文化1991・1 p.204-211
	十壺	1	商代中期		上海博物館	上海博物館中国古代青銅器1995 p.34
	□鼎	1	商代晚期		上海博物館	夏商周青銅器研究(夏商編上)2005 p.128-129
	戈鼎	1	商代晚期		上海博物館	中国青銅器全集4・11
	史鼎	1	商代晚期		上海博物館	中国青銅器全集4・10
	[戉兀]鼎	1	商代晚期		上海博物館	中国青銅器全集2・29
	倗鼎	1	商代晚期		上海博物館	夏商周青銅器研究(夏商編上)2005 p.102-103
	亞鼎鼎	2	商代晚期		上海博物館	中国青銅器全集2・61
	亞□鼎	2	商代晚期		上海博物館	中国青銅器全集4・5
	□簋	1	商代晚期		上海博物館	夏商周青銅器研究(夏商編上)2005 p.178
	[彳呂]母爵	2	商代晚期		上海博物館	中国青銅器全集3・23
	郷宁爵	2	商代晚期		上海博物館	中国青銅器全集3・26
	□角	1	商代晚期		上海博物館	夏商周青銅器研究(夏商編下)2005 p.200-201
	旅觚	1	商代晚期		上海博物館	夏商周青銅器研究(夏商編下)2005 p.248-249
	□辛觚	2	商代晚期		上海博物館	中国青銅器全集2・122
	[逆-辶]癸觚	2	商代晚期		上海博物館	夏商周青銅器研究(夏商編下)2005 p.240
	□觶	1	商代晚期		上海博物館	夏商周青銅器研究(夏商編下)2005 p.260-261
	圉方彝	1	商代晚期		上海博物館	中国青銅器展覧図録2004
	□萬盉	2	商代晚期		上海博物館	夏商周青銅器研究(夏商編下)2005 p.356-357
	爻斗	1	商代晚期		上海博物館	中国青銅器全集3・165
	□鼎	1	西周早期		上海博物館	夏商周青銅器研究(西周編上)2005 p.28-29
	應公鼎	5	西周早期	応	上海博物館	夏商周青銅器研究(西周編上)2005 p.14-15
	南単母癸甗	4	西周早期		上海博物館	夏商周青銅器研究(西周編上)2005 p.64-65
	妊簋	5	西周早期		上海博物館	夏商周青銅器研究(西周編上)2005 p.84-85
	斿父癸壺	3	西周早期		上海博物館	夏商周青銅器研究(西周編上)2005 p.155-157
	□盉	1	西周早期		上海博物館	夏商周青銅器研究(西周編上)2005 p.204-205
	伯簋	3	西周中期		上海博物館	中国青銅器展覧図録2004 p.72
	伯大師釐盨	13	西周中期		上海博物館	商周青銅器銘文選1986 p.218
	伯盂	4	西周中期		上海博物館	夏商周青銅器研究(西周編下)2005 p.341-342
	晋韋父盤	14	西周中期	晋	上海博物館	中国青銅器展覧図録2004 p.71
	州簋	11	西周中期		上海博物館	夏商周青銅器研究(西周篇上)2005 p.334-335
	晋伯□父甗	17	西周晚期	晋	上海博物館	上海博物館集刊7(1996・9) p.34-44
	應侯盨		西周晚期	応	上海博物館	夏商周青銅器研究(西周編下) p.506-507
	虢姜鋪	7	西周晚期	虢	上海博物館	中国青銅器展覧図録2004 p.76
	圃公簋	17	春秋早期		上海博物館	夏商周青銅器研究(東周編上)2005 p.24-25
	楚大師登鐘	?	春秋早期	楚	上海博物館	中国青銅器展覧図録2004 p.92
	呉王夫差盉	12	春秋晚期	呉	上海博物館	上海博物館集刊7(1996・9) p.18-22
	攻呉王夫差鑑	?	春秋晚期	呉	上海博物館	呉越徐舒金文集釈1992 p.75
	攻呉王夫差鑑	13	春秋晚期	呉	上海博物館	呉越徐舒金文集釈1992 p.74
	攻呉王光剣	8	春秋晚期	呉	上海博物館	東周鳥篆文字編1994 p.194
	秦公鐘	7	春秋晚期	秦	上海博物館	夏商周青銅器研究(東周編上)2005 p.214-215
	秦公鎛	7	春秋			上海博物館集刊9 p.39
	伯遊父壺(2件)	30	春秋	黄		上海博物館館刊10 p.118-126
	黄季伯遊父[缶霝]	35	春秋	黄		上海博物館館刊10 p.118-126
	伯遊父盤	30	春秋	黄		上海博物館館刊10 p.118-126
	伯遊父[金和]	20	春秋	黄		上海博物館館刊10 p.118-126
	越王者旨於賜剣	8	戦国早期	越	上海博物館	夏商周青銅器研究(東周編下)2005 p.356-358
	修武使君甗	4	戦国晚期		上海博物館	夏商周青銅器研究(東周編下)2005 p.390-391
	[次阝]並果戈	6	戦国晚期		上海博物館	文物1963・9 p.61-62
	廿二年丞相戈	?	戦国晚期	秦	上海博物館	中国青銅器展覧図録2004 p.122
	韓氏□鼎	6	戦国	韓	上海博物館	中国青銅器全集8・134
	眉[月朱]鼎	10・5	戦国		上海博物館	上海博物館集刊8(2000・12) p.54-59
	廿三年鼎	10	戦国		上海博物館	上海博物館集刊9 p.54～55
	攻呉王寿夢之子□□□剣	40	春秋晚期	呉	浙江省紹興市	文物2005・2 p.67-74
3-72	之乗辰鐘 (徐王旨後之孫鐘)	50	春秋晚期	徐	浙江省紹興市区塔山附近	文物2004・2 p.70-76 中国歴史文物2004・5 考古2006-7 近出二 12
	蔡侯朔戟	6	春秋		浙江省紹興地区(個人臧)	東方文博(2008)29 P.47-48
	越王戈	12	戦国	越	浙江省紹興市越文化博物館	黄盛璋先生八秩華誕紀念文集2005 p.300-304
	越王者旨於賜剣	8	戦国早期		浙江省博物館	文物1996・4 p.4-12
	叔姜簠	19	春秋晚期	申	湖北省鄖陽地区博物館	考古1998・4 p.42-46

近出殷周金文目録

集-頁	器名	字数	時期	国族	出土地あるいは所蔵者	著録
3-91	唐子仲瀕児匜	20	春秋	唐	湖北省鄖県五峰郷肖家河村	江漢考古1998・1 p.3-8 江漢考古2003・1
3-91	唐子中瀕児鈚	20	春秋	唐	湖北省鄖県五峰郷肖家河村M	江漢考古2003・1 p.3～15
3-91	唐子仲瀕鈚	20	春秋	唐	湖北省鄖県五峰郷肖家河村	江漢考古1998・1 p.3-8 江漢考古2003・1
	[牛易]字□戈	5	春秋		湖北省鄖県五峰郷肖家河村M	考古2008・4 p.43-
3-91	唐子仲瀕児盤	27	春秋	唐	湖北省鄖県五峰郷肖家河村	江漢考古1998・1 p.3-8 江漢考古2003・1 p.3-15
	□公戈	6	春秋		湖北省鄖県五峰郷肖家河村M	考古2008・4 p.43-
	□子傀戟	6	春秋		湖北省鄖県五峰郷肖家河村M	考古2008・4 p.43-
	□父丁爵	3	商		湖北省鄂州徴集	文博2010・4 p.54
	新城戈	6	戦国晩期		湖北省鄂州市博物館	文物2004・10 p.84-86
	敬□戈	6	戦国		湖北省鄂州市鳳凰山M	文物2004・10 p.85
	宜侯王洗	3	戦国		湖北省咸豊県文管所	文物1995・7 p.78-81
3-85	鄧子盤	21	春秋中晩	鄧	湖北省蘄春達城新屋[土彎]西周窖蔵	江漢考古1993・4 p.91 江漢考古1993・3
	廿四年戈	15	戦国		湖北省荊門市五里鎮左冢村M	荊門左冢楚墓
	楚王孫矛	6	戦国		湖北省荊門市五里鎮左冢村M	荊門左冢楚墓
	[朱朱][朱朱]中戈	3	春秋中晩	邾	湖北省荊州博物館	文物1983・8 p.72
	越王州句剣	10	戦国中期	越	湖北省荊門市博物館	江漢考古1990・4 p.1-11、55
	□斗	1	西周早期		湖北省黄岡市博物館	文物1997・12 p.29-33
	盂鼎	8	西周早期		湖北省黄岡市博物館	文物1997・12 p.29-33
	酓鼎	1	西周早期		湖北省黄岡市博物館	文物1997・12 p.29-33
	[宀王龍]鼎	1	西周早期		湖北省黄岡市博物館	文物1997・12 p.29-33
	越王者旨於賜剣	8	戦国早期	越	湖北省江陵県文物局	江漢考古1989・3 p.1-7、29
	十四年鄴下庫戈	6	戦国中期	魏	湖北省江陵県文物局	江漢考古1989・3 p.64-67
	玄翏夫鋁戈	6	戦国		湖北省江陵県文物局	江漢考古1988・1 p.85-89
3-98	[若絲]児罍	28	春秋中期	若	湖北省谷城県北河墓地	考古与文物1988・3 p.75-77
	□王孫□□盞	13	春秋		湖北省谷城県博物館	文物2002・1 p.95
	攻[虎魚]王剣	12	春秋		湖北省谷城県城関鎮	考古2000・4 p.95-96
	[襄阝]王孫□[嫺日]盞	13	春秋晩期		湖北省谷城県博物館	文物2002・1 p.94-95
	攻呉王[虘又][句戈]此徐剣	12	春秋晩期	呉	湖北省谷城博物館	考古2000・4 p.95-96
	大武戚	2	戦国		湖北省沙市博物館	中国文物報1994.12. 25:3
3-80	徐大子伯辰鼎	28	春秋早期	徐	湖北省枝江県問安鎮	江漢考古1991.1 p.53
	永陳缶蓋	5	春秋晩期		湖北省枝江市博物館	江漢考古1991・1 p.12-13、6
	鄭剣	1	戦国中期		湖北省枝江市博物館	江漢考古1991・1 p.53-56
	鄧子盤	21	春秋	鄧	湖北省鐘祥市文集鎮康集村M	考古学報2009・2 p.277
3-78	蔡大膳夫[走亀]簠	31	西周晩期 ～春秋早	蔡	湖北省襄樊市轄県宜城県朱市郷	考古1989・11 p.1041-1044 中国文物報1987.1.1:2
	鄧子中無忌戈	8	西周		湖北省襄陽県王家坡M	江漢考古2002・2 P.94
3-94	鄭臧公之孫[虍魚]鼎	47・46	春秋晩期	鄧	湖北省襄樊市郊区余崗村	考古1991・9 p.781-802 湖北出土文物精粋 56
3-94	鄭臧公之孫缶、鼎	42、50	春秋晩期	鄧	湖北省襄樊市郊区余崗村M	考古1991・9 p.781-802 近出二317、近出附71 湖北出土文物精粋 56
	翏呂玄用戈	4	戦国中期		湖北省襄樊市博物館	考古1991・9 p.781-802
	鄧公孫無忌戈		春秋早期	鄧	湖北省襄陽区文物管理処	襄陽王坡東周秦漢墓 p.45-46 2005
3-82	鄧公孫無忌鼎	44	春秋早期	鄧	湖北省襄陽県夥牌公社胡湾大隊祖師殿村M	襄陽王坡東周秦漢墓 p.30-46 2005
	鄧子中無忌戈(2件)	7・8	春秋早期	鄧	湖北省襄陽県夥牌公社胡湾大隊祖師殿村M	襄陽王坡東周秦漢墓 p.30-46 2005
3-89	[艹言又廾]子敢盞	35	春秋中期		湖北省襄陽県朱坡郷徐荘村	江漢考古1993・3 p.42-43 古文字研討会論文集1997
	卅四年戈	9	戦国		湖北省襄陽地区王坡M	襄陽王坡東周秦漢墓 p.163-165
	戈乙鼎	2	商代晩期		湖北省新洲県文管会	江漢考古1998・3 p.92-94
	曾侯諫方鼎	6	西周早期		湖北省随州葉家山M65	江漢考古2011・3 p.3-40
	曾侯諫鼎	6	西周早期		湖北省随州葉家山M65	江漢考古2011・3 p.3-40
	作寶鼎鼎	3	西周早期		湖北省随州葉家山M65	江漢考古2011・3 p.3-40
	束父己鼎	3	西周早期		湖北省随州葉家山M65	江漢考古2011・3 p.3-40
	曾侯諫簋	6	西周早期		湖北省随州葉家山M65	江漢考古2011・3 p.3-40
	作尊彝簋	3	西周早期		湖北省随州葉家山M65	江漢考古2011・3 p.3-40
	□父癸簋	3	西周早期		湖北省随州葉家山M65	江漢考古2011・3 p.3-40
	作尊彝尊	3	西周早期		湖北省随州葉家山M65	江漢考古2011・3 p.3-40
	作尊彝卣	3	西周早期		湖北省随州葉家山M65	江漢考古2011・3 p.3-40
	侯用彝盉	3	西周早期		湖北省随州葉家山M65	江漢考古2011・3 p.3-40
	曾侯作田壺	5	西周早期		湖北省随州葉家山M65	江漢考古2011・3 p.3-40
	師方鼎(4件)	7	西周		湖北省随州葉家山M1	文物2011・11 p.4-60
	師鼎(2件)	4	西周		湖北省随州葉家山M1	文物2011・11 p.4-60
	師鼎	7	西周		湖北省随州葉家山M1	文物2011・11 p.4-60
	□兄乙爵	3	西周		湖北省随州葉家山M1	文物2011・11 p.4-60
	父丁冉斝	3	西周		湖北省随州葉家山M1	文物2011・11 p.4-60
	□父癸觚(2件)	3	西周		湖北省随州葉家山M1	文物2011・11 p.4-60
	曾侯諫鼎	6	西周		湖北省随州葉家山M2	文物2011・11 p.4-60
	曾侯諫分襠鼎(2件)	6	西周		湖北省随州葉家山M2	文物2011・11 p.4-60
	□子分襠鼎	38	西周		湖北省随州葉家山M2	文物2011・11 p.4-60
	父乙分襠鼎	5	西周		湖北省随州葉家山M2	文物2011・11 p.4-60
	曾侯諫簋(2件)	8	西周		湖北省随州葉家山M2	文物2011・11 p.4-60
	曾侯諫甗	7	西周		湖北省随州葉家山M2	文物2011・11 p.4-60
	曾侯方鼎(2件)	7	西周		湖北省随州葉家山M27	文物2011・11 p.4-60
	疑父簋	6	西周		湖北省随州葉家山M27	文物2011・11 p.4-60
	戈父癸簋	3	西周		湖北省随州葉家山M27	文物2011・11 p.4-60
	作寶彝簋	3	西周		湖北省随州葉家山M27	文物2011・11 p.4-60
	□父乙觚	3	西周		湖北省随州葉家山M27	文物2011・11 p.4-60
	守父乙觶	3	西周		湖北省随州葉家山M27	文物2011・11 p.4-60
	且南雚觶	5	西周		湖北省随州葉家山M27	文物2011・11 p.4-60
	冉觶	1	西周		湖北省随州葉家山M27	文物2011・11 p.4-60

集-頁	器名	字数	時期	国族	出土地あるいは所蔵者	著録
	□父癸觶	3	西周		湖北省随州葉家山M27	文物2011・11 p.4-60
	魚伯彭尊	7	西周		湖北省随州葉家山M27	文物2011・11 p.4-60
	魚伯彭卣	7	西周		湖北省随州葉家山M27	文物2011・11 p.4-60
	伯生盉	5	西周		湖北省随州葉家山M27	文物2011・11 p.4-60
	□夒壺	7	西周		湖北省随州葉家山M27	文物2011・11 p.4-60
	曾侯[戊邑]鼎	6	東周		湖北省随州義地崗M	文物2008・2 p.8-
	曾少宰黃仲酉鼎	9	東周		湖北省随州義地崗M	文物2008・2 p.8-
	曾少宰黃仲酉甗	9	東周		湖北省随州義地崗M	文物2008・2 p.8-
	曾少宰黃仲酉簠	9	東周		湖北省随州義地崗M	文物2008・2 p.8-
	可之簠	4	東周		湖北省随州義地崗M	文物2008・2 p.8-
	曾少宰黃仲酉方壺	9	東周		湖北省随州義地崗M	文物2008・2 p.8-
	可之方壺	4	東周		湖北省随州義地崗M	文物2008・2 p.8-
	曾仲姬壺	6	東周		湖北省随州義地崗M	文物2008・2 p.8-
	曾少宰黃仲酉盤	9	東周		湖北省随州義地崗M	文物2008・2 p.8-
	可之盤	4	東周		湖北省随州義地崗M	文物2008・2 p.8-
	曾少宰黃仲酉匜	9	東周		湖北省随州義地崗M	文物2008・2 p.8-
	可之匜	4	東周		湖北省随州義地崗M	文物2008・2 p.8-
	□伯鬲	存11	春秋早期		湖北省随州市博物館	江漢考古1994・2 p.37-40
	曾孫法鼎	6	春秋晚期	曾	湖北省随州市博物館	江漢考古1990・1 p.8-11
	曾都尹法簠	7	春秋晚期	曾	湖北省随州市博物館	江漢考古1990・1 p.8-11
	卌六年壺	14	戦国	秦	湖北省随州市博物館	文物1986・4 p.21-22
	夫用戈	2	戦国		湖北省随州市博物館	考古1994・2 p.175
	差、嚚…鼎	存8	春秋		湖北省潜江市龍湾遺址	潜江龍湾1987-2001～発掘報告 p.124
3-102	發孫虜鼎	22	春秋晚期	楚	湖北省棗陽地区(伝)	徐中舒先生百年誕辰紀念文集1998 p.122-127
	楚□之石沱鼎	4	春秋		湖北省麻城市M	考古2000・5 p.26, 28
	王[金和]	1	春秋		湖北省麻城市M	考古2000・5 p.26, 28
	衛伯須鼎	13	西周晚期－春秋早		湖北省文物考古研究所	棗陽郭家廟曾国墓地2005 p.188-189
	曾孟嬴剈簠	12	西周晚期－春秋早	曾	湖北省文物考古研究所	棗陽郭家廟曾国墓地2005 p.91
	幻伯隹壺	14	西周晚期－春秋早		湖北省文物考古研究所	棗陽郭家廟曾国墓地2005 p.91-92、94
	曾亘嫚鼎	13	西周晚期－春秋早	曾	湖北省文物考古研究所	棗陽郭家廟曾国墓地2005 p.62-63
	曾伯陭鉞	18	西周晚期－春秋早	曾	湖北省文物考古研究所	棗陽郭家廟曾国墓地2005 p.62-63
	□□戈	4	西周晚期－春秋早		湖北省文物考古研究所	棗陽郭家廟曾国墓地2005 p.200
	王[金和]	1	春秋晚期	楚	湖北省文物考古研究所	考古2000・5 p.21-33
	楚□鼎	5	春秋晚期	楚	湖北省文物考古研究所	考古2000・5 p.21-33
	廿八年上河左庫戈	13	戦国中期		湖北省文物考古研究所	江陵九店東周墓1995 p.231
	南君□[子卩]戈	7	戦国晚期	楚	湖北省文物考古研究所	江陵九店東周墓1995 p.224
	六年陀□戈	存9	戦国晚期		湖北省文物考古研究所	江陵九店東周墓1995 p.231
	十一年啟令戈	14	戦国		湖北省文物考古研究所	江陵九店東周墓1995 p.231
	王□	1	戦国	楚	湖北省文物考古研究所	考古学報1995・4 p.413-451
	攻呉王姑發□之子剣	17	春秋晚期	呉	湖北省博物館	文物1998・6 p.90-92
	曾侯乙鼎	7	戦国早期	曾	湖北省博物館	中国青銅器全集10・111
	曾侯乙鬲	7	戦国早期	曾	湖北省博物館	中国青銅器全集10・116
	曾侯乙簠	7	戦国早期	曾	湖北省博物館	中国青銅器全集10・119
	曾侯乙尊	7	戦国早期	曾	湖北省博物館	曾侯乙墓1989 p.228-229
	曾侯乙盤	7	戦国早期	曾	湖北省博物館	曾侯乙墓1989 p.229、231
	曾侯乙編磬座	7	戦国早期	曾	湖北省博物館	中国青銅器全集10・166
	曾侯乙鼓座	5	戦国早期	曾	湖北省博物館	中国青銅器全集10・167、168
	図戈	4	戦国		湖北省博物館	曾侯乙墓1989
	武王戈	5	戦国中期	秦	湖南省懐化地区文物管理処	文物1998・5 p.93
	新造矛	6	戦国	楚	湖南省懐化市博物館	中国歴史文物2004・5 p.33-35
	[亟心]児盂	8	春秋中晚		湖南省岳陽県文化局	文物1993・1 p.1-8
	分細益砝碼	3	戦国	楚	湖南省沅陵県文管所	考古1994・8 p.683-684
	戈卣	4	商代晚期		湖南省衡陽市博物館	文物2000・10 p. 58-60、11
	玄鏐戈	7	春秋晚期		湖南省常徳市文物処	江漢考古1996・3 p.27-28、44
	新□矛	6	戦国		湖南省辰溪県	中国歴史文物2004・5 P.35
	竟□矛	12	戦国		湖南省張家界市且住崗野猫溝M	文物2011・9 P.76
	皿□□罍	8	商		湖南省桃源県漆家河	中国文物報2001 913:3
3-111	□子箴盤(羅子箴盤)	22	春秋中期	羅	湖南省汨羅市高泉M	中国歴史文物2004・5 p.33-35
	中陽鼎	12	戦国晚期	楚	湖南省博物館	湖南考古輯刊4(1988) p.22-23
	玄□剣	4	戦国晚期	楚	湖南博物館	湖南考古輯刊4(1988) p.22-23
	五年戈	12	戦国	楚	湖南省博物館	考古学報1986・3 p.339-360
	王作□君剣	4	戦国	楚	湖南省博物館	湖南考古輯刊4(1988) p.183
	越王戈	2	戦国	越	湖南省博物館	湖南考古輯刊1(1982) p.87-99、126
	□尊	1	商		広東省広州市文物管理所	文物2008・7 p.90
	王命命車駔虎節	5	戦国晚期	楚	広東省博物館	故宮文物月刊8巻10期/総94(1991.1)
	上皋落戈	17	戦国晚期	韓	貴州省博物館	考古2005・2 p.95-96
	三年武平令剣	19	戦国		貴州省博物館	考古2005・2 p.93-96
	陳侯因咨戈	12	戦国	齊	貴州省博物館	考古2005・2 p.93-96
	□斧	2	商代晚期		江西省新干県博物館	新干商代大墓1997 p.129
	王矛	1	戦国		広西壮族自治区靈川県文物管理所	文物2003・4 p.92-94
	父乙爵	2	西周早期			考古1987・1 p.15-32
	□王尊	8	西周早期		甘粛省靈台県？	文博2008・2 p.6-9
	[女曾]之造戈	4	西周中期		中国人民革命軍事博物館	中国文物報1994.5.22:3
	秦公鼎	6	春秋	秦	甘粛省礼県永坪郷M	文物2000・5 p.77
	秦公簋	6	春秋	秦	甘粛省礼県永坪郷M	文物2000・5 p.77
	□戈	1	商代晚期		中国国家博物館	中国歴史博物館蔵捐贈文物集萃1999
	□卣	2	商代晚期		中国社会科学院考古研究所	中国青銅器全集3・122
	子龍鼎	2	商		2006/4国家文物局徴集	中国歴史文物2006・5 p.4-17
	仲山父戈	4	西周		中国国家博物館	中国歴史博物館蔵捐贈文物集萃1999

近出殷周金文目録

集-頁	器名	字数	時期	国族	出土地あるいは所蔵者	著録
	滕侯鏄	6	春秋		中国財税博物館徴収	東方博物36輯 p.24
	宜陽戈	13	戦国中晩	韓	中国軍事博物館	文物2000・10 p.76-78
	貴将軍信節	10	戦国中晩		中国国家博物館	中国青銅器全集8・149
	□造庶長鞅鐓	存9	戦国晩期	秦	中国国家博物館	考古與文物1996.5 p.22-27、21
	藺相如戈	16	戦国晩期	趙	長白朝鮮自治県文物管理所	文物1998・5 p.91-92
	□爵	1	商代晩期		台北歴史博物館	国立歴史博物館蔵青銅器図録1995 p.56
	戈觶	1	商代晩期		台北歴史博物館	歴史博物館蔵器 館蔵編号:30182
	之□壺	2	商代晩期		台北歴史博物館	国立歴史博物館館蔵青銅器図録1995 p.72
	叔鼎	4	西周早期		台北歴史博物館	歴史博物館蔵器 館蔵編号:80-00093
	臣辰冊□父癸鼎	6	西周早期		台北歴史博物館	歴史博物館蔵器 館蔵編号:30174
	尊彝斝	2	西周早期		台北歴史博物館	歴史博物館蔵器 館蔵編号:88-00415
	弔盂	4	西周中期		台北歴史博物館	歴史博物館蔵器 館蔵編号:89-00592
	尸曰壺	5	西周中期		台北歴史博物館	国立歴史博物館蔵青銅器図録1995 p.73
	作寶彝鬲	3	西周晩期		台北歴史博物館	国立歴史博物館館蔵青銅器図録1995 p.38
	伯頌父甗	18	西周晩期		台北歴史博物館	国立歴史博物館館蔵青銅器図録1995 p.48
	作旅簋盨	3	西周晩期		台北歴史博物館	国立歴史博物館館蔵青銅器図録1995 p.41
	亞倗鼎	2	春秋		台北歴史博物館	国立歴史博物館館蔵青銅器図録1995 p.18
	台寺缶	2	春秋		台北歴史博物館	歴史博物館蔵器 館蔵編号:89-00021
	叔元果兼之戈	6	春秋		台北歴史博物館	歴史博物館蔵器 館蔵編号:85-00015
	□佗壺	14	戦国晩期		台北歴史博物館	歴史博物館蔵器 館蔵編号:87-00155
	五鼎	1	春秋		台北歴史博物館	国立歴史博物館館蔵青銅器図録1995 p.17
	旅鼎	1	商代晩期		台北中央研究院歴史語言研究所	史語所購蔵器P. R. 11、26
	亞舟鼎	2	商代晩期		台北中央研究院歴史語言研究所	史語所購蔵器P. R. 8
	亞[西兇]父丁鼎	5	商代晩期		台北中央研究院歴史語言研究所	史語所購蔵器P. R. 7
	左爵	1	商代晩期		台北中央研究院歴史語言研究所	史語所購蔵器P. R. 75
	耶爵	1	商代晩期		台北中央研究院歴史語言研究所	史語所購蔵器P. R. 37
	冊亯□罍	3	商代晩期		台北中央研究院歴史語言研究所	史語所購蔵器P. R. 36
	□觚	1	商代晩期		台北中央研究院歴史語言研究所	史語所購蔵器P. R. 73
	亞獇卣	2	商代晩期		台北中央研究院歴史語言研究所	史語所購蔵器P. R. 22
	[戊大]觚	1	商代晩期		台北中央研究院歴史語言研究所	史語所購蔵器P. R. 2
	羊觚	1	商代晩期		台北中央研究院歴史語言研究所	史語所購蔵器P. R. 3
	此勺	1	商代晩期		台北中央研究院歴史語言研究所	史語所購蔵器P. R. 57
	□戈	1	商代晩期 －西周早		台北中央研究院歴史語言研究所	史語所購蔵器P. R. 98
	亞[匕矢]罍	2	商代晩期 －西周早		台北中央研究院歴史語言研究所	史語所購蔵器P. R. 79
	伯[田奚]壺	7	西周中期		台北中央研究院歴史語言研究所	史語所購蔵器P. R. 34
	図剣	?	春秋晩期		台北中央研究院歴史語言研究所	史語所購蔵器P. R. 86
	□觚	1	商代晩期		台北故宮博物館	故宮商代青銅礼器図録1998 p.285(図42)
	亞[西兇]觚	2	商代晩期		台北故宮博物館	故宮商代青銅礼器図録1998 p.503(図86)
	亞[西兇]觶	2	商代晩期		台北故宮博物館	故宮商代青銅礼器図録1998 p.509(図87)
	蓺父乙觚	3	商代晩期		台北故宮博物館	商代金文図録1995 p.77
	融尊	1	商代晩期		台北故宮博物館	故宮商代青銅礼器図録1998 p.55(図341)
	亞[西兇]尊	2	商代晩期		台北故宮博物館	故宮商代青銅礼器図録1998 p.523(図89)
	亞[西兇]□尊	6	商代晩期		台北故宮博物館	故宮商代青銅礼器図録1998 p.537(図91)
	芮姞簋	6	西周早期		台北故宮博物館	故宮西周金文録 2001 p.45
	叔賓父簋	7	西周早期		台北故宮博物館	商周青銅粢盛器特展図録1985 p.401-402
	穌觶	4	西周早期		台北故宮博物館	商周青銅酒器1989 p.252
	邦簋	12	西周中期		台北故宮博物館	故宮西周金文録2001 p.102
	楷尊	9	西周中期		台北故宮博物館	故宮西周金文録2001 p.112
	尸曰匜	6	西周中期		台北故宮博物館	故宮西周金文録2001 p.134
	晋侯鬲	6	西周晩期	晋	台北故宮博物館	故宮西周金文録2001 p.138
	晋侯鬲	6	西周晩期	晋	台北故宮博物館	故宮西周金文録2001 p.138
	豊侯母鬲	10	西周晩期		台北故宮博物館	故宮西周金文録2001 p.139
	王子申匜	6	春秋晩期	楚	台北故宮博物館	中国文字新25(1999. 12) p.93-122
	蔡公子従戈	6	春秋晩期	蔡	台北故宮博物館	呉越地区青銅器研究論文集1997 p.233-256
	蔡侯産戈	6	春秋晩期	蔡	台北故宮博物館	呉越地区青銅器研究論文集1997 p.233-256
	□婦丁尊	3	商代晩期		香港中文大学文物館	文物2003・10 p.82-91
	滕大宰得匜	7	春秋中晩	滕	香港中文大学文物館	文物1998・8 p.88-90
	攻呉王夫差剣	10	春秋晩期	呉	香港中文大学文物館	雪齋学術論文二集2004・12 79(編号1)
	越王者旨矛	8	戦国早期	越	香港中文大学文物館	中国文物報1992. 6. 21:3
	越王州句剣	14	戦国早期	越	香港中文大学文物館	東周鳥篆文字編1994 p.266
	爰斝	1	商代晩期		日本東京出光美術館	出光美術館蔵品図録－中国的工芸1989 編号
	耳髭爵	2	商代晩期		日本東京出光美術館	出光美術館蔵品図録－中国的工芸1989 編号
	亞奚觚	2	商代晩期		日本東京出光美術館	出光美術館蔵品図録－中国的工芸1989 編号
	耶丁卣	2・1	商代晩期		日本東京出光美術館	出光美術館蔵品図録－中国的工芸1989 編号
	母□日辛簋	4	商代晩期		日本東京出光美術館	出光美術館蔵品図録－中国的工芸1989 編号
	母□日辛角	4	商代晩期		日本東京出光美術館	出光美術館蔵品図録－中国的工芸1989 編号
	母□日辛觚	4	商代晩期		日本東京出光美術館	出光美術館蔵品図録－中国的工芸1989 編号
	母□日辛卣	4	商代晩期		日本東京出光美術館	出光美術館蔵品図録－中国的工芸1989 編号
	母□日辛方彝	4	商代晩期		日本東京出光美術館	出光美術館蔵品図録－中国的工芸1989 編号
	母□日辛尊	4	商代晩期		日本東京出光美術館	出光美術館蔵品図録－中国的工芸1989 編号
	母□日辛尊	4	商代晩期		日本東京出光美術館	出光美術館蔵品図録－中国的工芸1989 編号
	□尊	7	商代晩期		日本東京出光美術館	出光美術館蔵品図録－中国的工芸1989 編号
	甘鼎	2	商代晩期		日本東京国立博物館	考古2004・7 p.95-96
	□作彝簋	3	西周早期		日本泉屋博古館	泉屋博古－－中国古銅器編2002 p. 190-191
	□鼎	7	西周		日本東京出光美術館	出光美術館蔵品図録－中国的工芸1989 編号7
	子出鬲	8	西周		日本東京出光美術館	出光美術館蔵品図録－中国的工芸1989 編号
	□觶	1	西周		日本東京出光美術館	出光美術館蔵品図録－中国的工芸1989 編号
	朕觶	7	西周		日本東京出光美術館	出光美術館蔵品図録－中国的工芸1989 編号
	隹卣	2	西周		日本東京出光美術館	出光美術館蔵品図録－中国的工芸1989 編号
	□盉	1	西周		日本東京出光美術館	出光美術館蔵品図録－中国的工芸1989 編号
	越王者旨於賜戈	6	戦国早期	越	日本東京国立博物館	海外遺珍・銅器(続)1985 p.142
	□觚	1	商代晩期		ドイツ・ケルン ?	欧州所蔵中国青銅器遺珠1995 p.25
	◆□箙爵	3	商代晩期		ドイツ・ケルン ?	欧州所蔵中国青銅器遺珠1995 p.19

近出殷周金文目録

集-頁	器名	字数	時期	国族	出土地あるいは所蔵者	著録
	象爵	1	商代晩期		ドイツ・ケルン　?	China und die Hoffnung auf Gluck (Sammlung Peter und Irene Ludwig) p.26-29
	父舌觚	2	商代晩期		ドイツ・ケルン　?	China und die Hoffnung auf Gluck (Sammlung Peter und Irene Ludwig) p.30-31
	亞陲戈	2	商代晩期		ドイツ・ケルン　?	欧州所蔵中国青銅器遺珠1995 p.69
	辛守鼎	2	商代晩期		ドイツ・シュトゥットガルト　?	欧州所蔵中国青銅器遺珠1995 p.7
	婦旋觶	2	商代晩期		ドイツ・シュトゥットガルト　?	欧州所蔵中国青銅器遺珠1995 p.33
	史鬲	1	商代晩期		ドイツ・ベルリン東アジア芸術博物館	Frühe chinesische Bronzen aus der Sammlung Klingenberg 1993 p.36
	□觚	1	商代晩期		ドイツ・ベルリン東アジア芸術博物館	Frühe chinesische Bronzen aus der Sammlung Klingenberg 1993 p.58
	武罍	1	商代晩期		ドイツ・ベルリン東アジア芸術博物館	欧州所蔵中国青銅器遺珠1995 p.51
	□戈	1	商代晩期		ドイツ・ベルリン東アジア芸術博物館	欧州所蔵中国青銅器遺珠1995 p.67
	龔子卣	2	商代晩期		ドイツ・ベルリン東アジア芸術博物館	Frühe chinesische Bronzen aus der Sammlung Klingenberg 1993 p.50
	夸矛	1	商代晩期		ドイツ・シュトゥットガルト	欧州所蔵中国青銅器遺珠1995 p.72
	亞獏甗	2	商代晩期		ドイツ・シュトゥットガルト	Sammlung Dr.Eckert 1992 p.62 (図版11)
	羊京觚	2	商代晩期		ドイツ・シュトゥットガルト	Sammlung Dr.Eckert 1992 p.44 (図版2)
	[庚丙]冊觶	2	商代晩期		ドイツ・シュトゥットガルト	Sammlung Dr.Eckert 1992 p.52 (図版6)
	□何方彝	2	商代晩期		ドイツ・シュトゥットガルト	Sammlung Dr.Eckert 1992 p.44 (図版2)
	鳶罍	1	商代晩期		ドイツ・ミュンヘン	欧州所蔵中国青銅器遺珠1995 p.50
	□盉	1	商代晩期		ドイツ・ミュンヘン	欧州所蔵中国青銅器遺珠1995 p.53
	過文簋	2	商代晩期－西周早		ドイツ・ベルリン東アジア芸術博物館	Frühe chinesische Bronzen aus der Sammlung Klingenberg 1993 p.38
	戈祖丁爵	3	商代晩期－西周早		ドイツ・ベルリン東アジア芸術博物館	Frühe chinesische Bronzen aus der Sammlung Klingenberg 1993 p.62
	萬父丁觶	3	商代晩期－西周早		ドイツ・ベルリン東アジア芸術博物館	Frühe chinesische Bronzen aus der Sammlung Klingenberg 1993 p.56
	伯□鼎	7	西周早期		ドイツ・ケルン	欧州所蔵中国青銅器遺珠1995 p.80
	□簋	1	西周早期		ドイツ・ケルン	欧州所蔵中国青銅器遺珠1995 p.84
	□作父乙簋	7	西周早期		ドイツ・ケルン	欧州所蔵中国青銅器遺珠1995 p.85
	叔□簋	6	西周早期		ドイツ・ベルリン東アジア芸術博物館	Frühe chinesische Bronzen aus der Sammlung Klingenberg 1993 p.42
	戈爵	1	西周早期		ドイツ・ベルリン東アジア芸術博物館	欧州所蔵中国青銅器遺珠1995 p.89
	子申盤	2	西周早期		ドイツ・ベルリン東アジア芸術博物館	Frühe chinesische Bronzen aus der Sammlung Klingenberg 1993 p.44
	戈祖辛簋	3	西周早期		ドイツ・ミュンヘン	欧州所蔵中国青銅器遺珠1995 p.86
	阼冢龔戈	3	戦国中晩	齊	ドイツ・ハンブルグ	欧州所蔵中国青銅器遺珠1995 p.144
	□父丁爵	4	商代晩期		イギリス・グラスゴー	欧州所蔵中国青銅器遺珠1995 p.20
	作旅彝卣	3	西周中期		イギリス・グラスゴー	欧州所蔵中国青銅器遺珠1995 p.110
	鼎方彝	1	商代晩期		イギリス・ロンドン	欧州所蔵中国青銅器遺珠1995 p.42
	□戈	1	商代晩期		イギリス・ロンドン	欧州所蔵中国青銅器遺珠1995 p.68
	旅簋	1	商代晩期		イギリス・ロンドン	欧州所蔵中国青銅器遺珠1995 p.13
	□父丁壺	3	商代晩期		イギリス・ロンドン	欧州所蔵中国青銅器遺珠1995 p.48
	□父辛尊	3	商代晩期		イギリス・ロンドン	欧州所蔵中国青銅器遺珠1995 p.36
	□□方彝	2	商代晩期		イギリス・ロンドン	欧州所蔵中国青銅器遺珠1995 p.43
	□鉞	1	商代晩期		イギリス・ロンドン	欧州所蔵中国青銅器遺珠1995 p.66
	父乙爵	2	西周早期		イギリス・ロンドン	欧州所蔵中国青銅器遺珠1995 p.88
	戈卣	4	西周早期		イギリス・ロンドン	欧州所蔵中国青銅器遺珠1995 p.94
	平安少府鼎足	4	戦国晩期		イギリス・ロンドン	欧州所蔵中国青銅器遺珠1995 p.175
	九年京命戈	存9	戦国晩期	韓	カナダ・トロント・アンタラ博物館	中国文物報1998・9 p.23:3
	大保□残戟	3	西周早期		美国華盛頓弗里爾美術博物館	中原文物1995・2 p. 56-60、26
	□父辛匜	6	春秋早期		ワシントン・フリア・サックラー美術館	呉越地区青銅器研究論文集1997 p. 257-262
	楚王畬審盂	6	春秋中期	楚	ニューヨーク博物館?	江漢考古1992・2 p.65-68
	攻呉王光韓剣	12	春秋晩期	呉	ワシントン・フリア・サックラー美術館	呉越徐舒金文集釈1992 p.113
	□方彝	1	商代晩期		スイス・チューリッヒ・リートバーグ博物館	欧州所蔵中国青銅器遺珠1995 p.44
	作母尊彝壺	5	商代晩期		スエーデン・ストックホルム遠東古物博	欧州所蔵中国青銅器遺珠1995 p.47
	束觶	9	西周早期		スエーデン・ストックホルム遠東古物博	欧州所蔵中国青銅器遺珠1995 p.90
	燕王□戈	7	戦国晩期	燕	スエーデン・ストックホルム遠東古物博	欧州所蔵中国青銅器遺珠1995 p.177
	狽鉞	1	商代晩期		フランス・パリ　博物館?	欧州所蔵中国青銅器遺珠1995 p.61
	□父丁鼎	6	商代晩期		ベルギー王立芸術歴史博物館	欧州所蔵中国青銅器遺珠1995 p.11
	得鼎	1	商代晩期		香港・思源堂(1987年5月入蔵)	中国青銅器萃賞2000 p.3
	旅簋	1	商代晩期		香港・思源堂(1987年5月入蔵)	中国青銅器萃賞2000 p.3
	矢爵	1	商代晩期		香港・思源堂	中国青銅器萃賞2000 p.12
	子正爵	2	商代晩期		香港・思源堂(1984年6月入蔵)	中国青銅器萃賞2000 p.11
	兮建父丁觚	4	商代晩期		香港・思源堂(1985年12月入蔵)	中国青銅器萃賞2000 p.15
	□尊	1	商代晩期		香港・思源堂(1984年9月入蔵)	中国青銅器萃賞2000 p.17
	□父壺	2	商代晩期		香港・思源堂(1985年6-7月入蔵)	中国青銅器萃賞2000 p.19
	[女嘉]觥	1	商代晩期		香港・思源堂	中国青銅器萃賞2000 p.16
	皿□□尊	8	商代晩期		個人蔵	中国文物報2001・5・27:3
	◆鼎	1	商代晩期		ロンドン・個人蔵	Ancient Chinese bronzes from an English private collection 1999 p.16-17
	己□觚	2	商代晩期		ロンドン・個人蔵	Ancient Chinese bronzes from an English private collection 1999 p.10-11
4-34	[旡可]簋(何簋)	35	西周早期		個人	文物2009-2p.53～56
	□父丁卣	3	西周早期		ロンドン・個人蔵	Ancient Chinese bronzes from an English private collection 1999 p.24-25
	□父丁尊	3	西周早期		ロンドン・個人蔵	Ancient Chinese bronzes from an English private collection 1999 p.20-21
	虎簋蓋	157	西周中期		陝西省関連、台北・個人蔵	古文字研究24(2002.07)p.183-188 近出二442
	蘇公匜	9	西周晩期	蘇	個人蔵	晋侯墓地出土青銅器国際学術研討会論文集2002 p.502-505
	晋公戈	19	西周晩期－春秋早	晋	台北古越閣	文物1993・4 p.18-28

近出殷周金文目録

集-頁	器名	字数	時期	国族	出土地あるいは所蔵者	著録
	作中子日乙卣	9	西周		ロンドン・個人蔵	Ancient Chinese bronzes from an English private collection 1999 p.26-27
	作旅彝尊	3	西周		ロンドン・個人蔵	Ancient Chinese bronzes from an English private collection 1999 p.22-23
	白鼎	2	西周		陝西省西安市(個人)	文博2006・3 p.4、6-7
	□父乙爵(2件)	3	西周		西安市(個人)	文博2006・3 p.4、6-7
	仲饚父簋	12	西周		個人	上海文博2008・4 p.49
	仲市父盆(2件)	10	西周		個人	陝西歴史博物館館刊2008・15 p.210
	秦子戈	4・15	春秋早期	秦	澳門珍秦齋	容庚先生百年誕辰紀念文集1998 p.563-572 考古與文物2003・2 p.81-85
	秦公壺	6	春秋早期		台湾・劉雨海	文博2008・2 p.6-9
	[塞阝]王戈	4	春秋中晩		台北古越閣	文物1993・8 p.69-71
	攻呉王夫差剣	10	春秋晩期	呉	台北古越閣	文物1993・4 p.18-28
	者差剣	11	春秋晩期	呉	台北古越閣	商周青銅兵器1993 p.224
	攻呉王夫差剣	10	春秋晩期	呉	台北・個人蔵	雪斎学術論文二集(2004.12)p.79(編号2)
	攻呉王夫差剣	10	春秋晩期	呉	香港・個人蔵	雪斎学術論文二集(2004.12)p.79-81(編号3)
	鋳司寇鼎	15	春秋	鋳	台北・柯氏蔵	第三屆国際中国古文字学研討会論文集1997
	邾伯徒戈	5	春秋		ニューヨーク・個人蔵	雪斎学術論文二集(2004.12)p.82(編号9)
	□君用戈	3	春秋		台北・個人蔵	雪斎学術論文二集(2004.12)p.85(編号16)
	玄翏戈	4	春秋	呉	高雄・個人蔵	東周鳥篆文字編1994 p.162
	玄揚戈	5	春秋	呉	高雄・個人蔵	東周鳥篆文字編1994 p.224
	武陵王戈	5	春秋		香港・張氏蔵	雪斎学術論文二集(2004.12)p.82-83(編号11)
	蔡侯鼎	16	春秋	蔡	ニューヨーク・個人蔵	中国文字 新22(1997. 12) p.151-164
	戈(4件)	2～9	春秋		個人臧	南方文物2004・4 p.42-43
	越王州句剣	14	戦国早期	越	台北古越閣	呉越文字彙編1998 p.472
	越王者旨於賜剣	8	戦国早期	越	高雄・個人蔵	東周鳥篆文字編1994 p.248
	越王旨医剣	8	戦国早期	越	高雄・個人蔵	東周鳥篆文字編1994 p.275
	越王者旨於賜剣	8	戦国早期	越	香港・個人蔵	雪斎学術論文二集(2004.12)p.81(編号5)
	越王者旨於賜剣	8	戦国早期	越	香港・個人蔵	雪斎学術論文二集(2004.12)p.81(編号4)
	越王州句剣	14	戦国中期	越	台北古越閣	文物1993・4 p.18-28
	廿七年泌陽戈	10	戦国中期		台北古越閣	文物1993・8 p.69-71
	大攻尹鈹	21	戦国		個人	文物春秋2006・5 p.34
	自作用剣	6	戦国		台北・個人	文物2002・2 p.66
	越王不寿剣	5	戦国	越	台北陳氏蔵	文物2002・2 p.66-69
	公朱右官鼎	8	戦国		台北厳氏蔵	中国文字 新23(1997. 12) p.73-78
	□距末	8	戦国	楚	高雄・個人蔵	鳥蟲書通考1999 p.193
	玄翏夫鋁戈	6	戦国		香港・個人蔵	雪斎学術論文二集(2004.12)p.85-86(編号17)
	十三年上郡守寿戈	17	戦国	秦	香港・個人蔵	雪斎学術論文二集(2004.12)p.90(編号34)
	正鐏	2	戦国	越	香港・個人蔵	Ancient Chinese and Ordos 1990
	王八年内史操戈	14	戦国	秦	マカオ・珍秦齋	故宮博物院院刊2005・3 p.49-55
	□□□上戈	17	戦国		個人臧	考古2005・6P.95
	六年相室肖□鼎	12	戦国		個人	考古与文物2008・5 p.40-
	咸少灯	9	戦国		北京・安峰堂収蔵	中国国家博物館館刊2011・5 p.15-
	八年相邦戈	16	戦国		個人	北京文博2006・2 p.41-42
	二年令□誖宜陽戈	15		韓	個人蔵	考古与文物2002・2 p.68-71
	伯鼎	3	西周中期		陝西省咸陽市博物館	考古与文物1989・2 p.53
	癸□鼎	2	商代晩期			考古1992・12
	己□鼎	2	商代晩期			Sotheby's London Catalogue, Fine Chinese Ceramics and Works of Art Including a Collection of Imperial Song Ceramics 1999.11.17
	亞□鼎1～6	2	商代晩期			考古学集刊15 p.359-389
	逆父庚鼎	3	商代晩期			Sotheby's London Catalogue, Fine Chinese Ceramics and Works of Art Including the McLaren Collection of Fine Cloisonne Enamels1999.6.16 p.36-37
	亞□簋1・2	2	商代晩期			考古学集刊15 p.359-389
	月□祖丁鼎	4	商代晩期			文物1987. 1 p.48-50
	亞□甗	2	商代晩期			考古学集刊15 p.359-389
	乙癸丁戈	3	商代晩期			恆軒所見所蔵吉金録 清光緒 p.101
	亞□卣	2	商代晩期			考古学集刊15 p.359-389
	□鼎	1	商代晩期			The Bella and P.P.Chiu Collection Ancient
	亞□尊1・2・3	2	商代晩期			考古学集刊15 p.359-389
	女心鼎	2	商代晩期			Sotheby's London Catalogue, Fine Chinese Ceramics and Works of Art 2001.9.19 p.9
	亞觚1・2	1	商代晩期			考古学集刊15 p.359-389
	伯鼎	4	商代晩期			Sotheby's London Catalogue, Fine Chinese Ceramics Including Export 2002.11.13 p.27
	亞□觚	2	商代晩期			考古学集刊15 p.359-389
	受父辛祖己簋	5	商代晩期			The Bella and P.P.Chiu Collection Ancient Chinese Bronzes(趙氏山海楼所蔵古代青銅器) 1988 p.62-63
	亞□□爵	3	商代晩期			考古学集刊15 p.359-389
	至觚	1	商代晩期			CHRISTIE'S New York Catalogue, Fine Chinese Archaic Bronzes, Ceramics and Works of Art 2002.9.20 p.116-117
	亞爵	1	商代晩期			考古学集刊15 p.359-389
	父乙觚	2	商代晩期			Sotheby's London Catalogue, Fine Chinese Ceramics and Works of Art Including Chinese export Porcelain 2000.11.14 p.10
	亞角	1	商代晩期			考古学集刊15 p.359-389
	□壺	1	商代晩期			Sotheby's London Catalogue, Fine Chinese Ceramics and Works of Art Including a selection from the Bella & PP Chiu Collection of Ancient Bronzes 2000.6.7 p.16-17
	亞□□斝	3	商代晩期			考古学集刊15 p.359-389

近出殷周金文目録

集-頁	器名	字数	時期	国族	出土地あるいは所蔵者	著録
	□爵	1	商代晩期			Sotheby's London Catalogue, Fine Chinese Ceramics Including Export 2002.11.13 p.26
	亞□罍	2	商代晩期			考古学集刊15 p.359-389
	亞舟爵	2	商代晩期			The Bella and P.P.Chiu Collection Ancient Chinese Bronzes(趙氏山海楼所蔵古代青銅器) 1988 p.50-51
	亞□□方彝	3	商代晩期			考古学集刊15 p.359-389
	子媚罍	2	商代晩期			Sotheby's London Catalogue, Fine Chinese Ceramics and Works of Art 2001.9.19 p.10-11
	箙盉	1	商代晩期			Sotheby's London Catalogue, Fine Chinese Ceramics and Works of Art 2001.9.19 p.13
	子□尊	2	商代晩期			Sotheby's London Catalogue, Fine Chinese Ceramics and Works of Art Including a selection from the Bella & PP Chiu Collection of Ancient Bronzes 2000.6.7 p.18
4-1	作冊般黿	33	商代晩期		未詳	中国歴史文物2005・1 p.6-10
	亞□盤	2	商代晩期			考古学集刊15 p. 359-389
	□□鼎	2	商代晩期			欧州所蔵中国青銅器遺珠 p.9 1995
	□天斧	2	商代晩期			考古与文物1996・3 p.13-18,25
	祖甲觚	3	商代晩期			中国文物報2001・6・3:2
	女母卣	2	商代晩期			考古与文物1991・1 p.3-22
	宁□卣	6	商代晩期			文物1989・6 p.66-72
	□爵	1	商代晩期			考古2004・7 p.25-33
	宅止癸爵	3	商代晩期			中国文物報1997.11.23:3
	□[虘又]角	2	商代晩期			文物1982・9 p.34-43
	□[虘又]残片	2	商代晩期			文物1982・9 p.34-43
	卜鼎	1	商代晩期			文物1995・6 p.88-89
	□簋	1	商代晩期			文物1995・6 p.88-89
	子蝠鼎	2	商代晩期			文物1989・7 p.43-47
	父癸觶	2	商代晩期 —西周早			考古与文物1989・2 p.100-101
	父癸爵	7	商代晩期 —西周早			文物1982・2 p.89-90
	鼎残鼎	1	商代晩期 —西周早			文物1997・10 p.86
	㠱父癸鼎	3	商代晩期 —西周早期			CHRISTIE'S New York Catalogue, Fine Chinese Archaic Bronzes, Ceramics and Works of Art 2002.9.20 p.124
	牛卣	1	商代晩期 —西周早期			CHRISTIE'S New York Catalogue, Fine Chinese Archaic Bronzes, Ceramics and Works of Art 2002.9.20 p.142-145
	子祖己觶	3	商代晩期 —西周早期			The Bella and P.P.Chiu Collection Ancient Chinese Bronzes(趙氏山海楼所蔵古代青銅器) 1988 p.60-61
	字父己觶	3	商代晩期 —西周早			Sotheby's London Catalogue, Fine Chinese Ceramics Including Export 2002.11.13 p.30
	父癸祖辛尊	4	商			収蔵2006・4P.90 考古与文物2006・6 p.58
	丙爵	1	商			文博2006・3 p.6-7
	□父甲器	3	商			文博2006・3 p.6-7
	己告觚	2	商		未詳	文博2008・2 p.6-9
	冉□鼎	2	商		未詳	文博2008・2 p.6-9
	父乙爵	2	商		未詳	文博2008・2 p.6-9
4-11	亢鼎	49	西周早期		未詳	上海博物館集刊8(2000・12) p.120-123
4-17	保員簋	46	西周早期		未詳	考古1991・7 p.649-652
4-19	榮仲方鼎(子方鼎)	48	西周早期		未詳	文物2005・9 p.59-65,69
4-22	矩方鼎	20	西周早期		未詳	故宮西周金文録 2001 p.33
4-9	僕麻卣	31	西周早期		未詳	考古與文物1990・5 p. 25-43
4-24	静方鼎	79	西周早期		未詳	文物1998・5 p.85-87
4-32	呂壺蓋	21	西周早期		未詳	第二屆国際中国古文字学研討会論文集
3-87	鄧小仲鼎	23	西周早期	鄧	未詳	欧州所蔵中国青銅器遺珠 p.81 1995
	□□父辛卣	3	西周早期		ロンドン ?	Chinese Ceramics, Bronzes and Jades in the in
	甬作父辛鬲	7	西周早期			中原文物1986・4 p.99
	旅祖丁簋	3	西周早期			考古与文物1989・1 p.21-23
	□□父戊卣	3	西周早期			文博1987・3 p.82-83
	□己父爵	3	西周早期			文博1987・3 p.82-84
	小夫卣	8	西周早期			文物1986・8 p.69-72
	能奚壺	5	西周早期			文物1986・8 p.69-72
	芮公叔簋	8	西周早期	芮		文物1986・8 p.69-72
	作寶尊彝簋	4	西周早期			考古1993・10 p.952
	五鼎	1	西周早期			Sotheby's London Catalogue, Fine Chinese Ceramics Including Export 2002.11.13 p.33
	伯戚父簋	3	西周早期			Sotheby's New York Catalogue, Fine Chinese Works of Art 2000.9.20 p.34-35
	北単父乙簋	4	西周早期			Gisele Croes展覧目録(New York, March1998) p.34-35
	山仲簋	5	西周早期			Gisele Croes展覧目録(New York, March1998) p.58
	亞父己爵	3	西周早期			文物1983. 11 p. 64-67
	作祖丁爵	11	西周早期			考古與文物1990. 4 p.17-21
	俞伯爵	7	西周早期			Sotheby's London Catalogue, Fine Chinese Ceramics and Works of Art Including a selection from the Bella & PP Chiu Collection of Ancient Bronzes 2000.6.7 p.19

集-頁	器名	字数	時期	国族	出土地あるいは所蔵者	著録
	公卣	6	西周早期			江西文物1989. 1 p.66
	母觶	2	西周早期			陝西出土商周青銅器1979 四:165
	作父丁簋	7	西周早期		未詳	文博2008・2 p.6-9
	否叔尊	17	西周早中期			中央研究院歴史語言研究所集刊第70本第3分(1999. 9) p.761-778
	否叔卣	17	西周早中期			中央研究院歴史語言研究所集刊第70本第3分(1999. 9) p.761-778
	否觚	5	西周早中期			中央研究院歴史語言研究所集刊第70本第3分(1999. 9) p.761-778
	用遣觚	4	西周早中期			中央研究院歴史語言研究所集刊第70本第3分(1999. 9) p.761-778
	用遣爵	2	西周早中期			中央研究院歴史語言研究所集刊第70本第3分(1999. 9) p.761-778
	用遣爵	2	西周早中期			中央研究院歴史語言研究所集刊第70本第3分(1999. 9) p.761-778
	遣觶	1	西周早中期			中央研究院歴史語言研究所集刊第70本第3分(1999. 9) p.761-778
4-41	[艹害]簋1、2	43	西周早期、中期		未詳	王叔岷先生学術成就与薪伝研討会論文集2001 p.251-268 中国青銅器萃賞・図28・李学勤「[艹害]簋与史籍失載的楷国」 故宮博物院院刊2001-1 p.1-3
4-43	[尸乇攴]鼎	51	西周中期		未詳	上海博物館集刊8(2000・12) p.124-143
4-46	仲[木廾]父鬲	38	西周中期		未詳	上海博物館集刊8(2000・12) p.124-143 首陽吉金32
4-48	「隹隹隹淵-氵」卣	55	西周中期		未詳	上海博物館集刊7(1996・9) p.45-52
4-88	任鼎	63	西周中期		未詳	中国歴史文物2004・2 p.20-24
4-96	士山盤	97	西周中期		未詳	中国歴史文物2002・1 p.4-7
4-91	師酉鼎	92	西周中期		未詳	中国歴史文物2004・1 p.4-10
4-51	叔豊簋	20	西周中期		未詳	保利蔵金1999 p.65-68
	豳公盨	98	西周中期		未詳	中国歴史文物2002・6p.4 豳公盨－大禹治水与為政以徳2003 考古2003-5 p.63～72 第三届国際中国古文字学研討会論文集1997
4-54	□方彝(馮方彝)	24	西周中期		未詳	Frühe chinesische Bronzen aus der Sammlung Klingenberg 1993 p.54
4-56	老簋	43	西周中期		未詳	雪斎学術論文二集(2004.12)p.253-262 考古与文物2005増刊
4-59	曶簋	51	西周中期		未詳	文物2000・6 p.86-89 首陽吉金33
4-62	□(夾)簋	65	西周中期		未詳	中央研究院第三届国際漢学会議論文集文字学組2002・6 p.107-144 雪斎学術論文二輯
4-65	[彔見]簋	110	西周中期		未詳	中国歴史文物2006・3 近出二440
4-69	[虎耳]尊([昏耳]尊、聞尊)	72	西周中期		未詳	古文字学論稿(2008.4) p.5-10
4-73	[并令]簋	63	西周中期		未詳	古文字与古代史第1輯 p.191～211
4-79	[犭臣犬]鼎	28	西周中期		未詳	考古与文物2006-6 p.58-65 収蔵2006・4 p.90-93
4-79	[犭臣犬]簋	68、16	西周中期		未詳	考古与文物2006-6 p.58-65 収蔵2006・4 p.90-93
4-79	[犭臣犬]簋	89	西周中期		未詳	考古与文物2006-6 p.58-65 収蔵2006・4 p.90-93
4-79	[犭臣犬]盉	78	西周中期		未詳	考古与文物2006-6 p.58-65 収蔵2006・4 p.90-93
4-79	[犭臣犬]盤	78	西周中期		未詳	考古与文物2006-6 p.58-65 収蔵2006・4 p.90-93
4-86	南姞甗	24	西周中期		未詳	考古与文物2006-6 p.58-65 収蔵2006・4 p.90-93
	[豕廾]簋	32	西周中期		未詳	上海博物館集刊8(2000・12) p.124-143
2-109	[○目]鼎	43	西周中期	晋	未詳	上海博物館集刊6(1992・10) p.150-154 新出423
2-44	宰獣簋2	129	西周中期			文物1998・8 p.83-87
	□□簋	2	西周中期			文物研究4(1988・10) p.161-186
	作寶尊彝卣	4	西周中期			文物研究4(1988・10) p.161-186
4-100	倏戒鼎	25	西周晩期		未詳	第三届国際中国古文字学研討会論文集1997 p.317-321 上海博物館集刊8(2000・12) p.139 中原文物2008・6 p.69
4-102	白大祝追鼎	41	西周晩期		未詳	上海博物館集刊8(2000・12) p.124-143 夏商周青銅器研究364
4-112	伯□父盨	27	西周晩期		未詳	古文字学論稿p.258-269
4-104	作冊封鬲	51・52	西周晩期		未詳	中国歴史文物2002・2 p.4-6
4-107	呂簋	62	西周晩期		未詳	古文字学論稿p.150-167
4-110	□盨(文盨、士百父盨)	48	西周晩期		未詳	古文字学論稿p.21-26 古文字与古代史第1輯p.213-221 文博2008・2P.4-5
4-123	柞伯鼎	112	西周晩期		未詳	文物2006-5 古文字学論稿p.31-39
4-114	伯呂□盨	27	西周晩期		未詳	夏商周青銅器研究395
4-116	遣伯簋(爯簋)、遣伯盨	49	西周晩期		未詳	史学集刊2006-2 出土文献 創刊号2010-8
4-120	伯[从戈]父簋	64	西周晩期(厲王)		未詳	古文字研究27
	辛王簋	21	西周晩期		未詳	故宮西周金文録 2001 p.172

集-頁	器名	字数	時期	国族	出土地あるいは所蔵者	著録
	師克盨(伝世器と同文)	蓋151 器148	西周晩期		未詳	考古1994・1 p.70-73
	虢仲簠	17	西周晩期	虢		文物2000・12 p.23-34
	季阜奚父匜	12	西周晩期	虢		文物2000・12 p.23-34
	在上鐘	11	西周晩期			文物1994・2 p.92-96,91
	中殷盨蓋	14	西周晩期			文物2004・3 p.94-96
	単五父壺	19～17	西周晩期			文物2003・6 p.4-42
	鋳大司□盤	存4	西周晩期			考古1986・4 p.366-367
	[广邦]子□伯盤	存19	西周晩期			考古1984・6 p.510-514
	戎生鐘	7～31	西周中期～春秋早期		未詳	保利蔵金1999 p.117-128 中原文物2008・6 p.88 新出96～103
4-129	成鐘	33	西周晩期、春秋		未詳	上海博物館集刊8(2000・12) p.124-143 夏商周青銅器研究429 近出二5
4-127	[己其]侯簋蓋	21	西周晩期～春秋早期	[己其]	未詳	第三届国際中国古文字学研討会論文集1997 p.323-328 上海博物館集刊8(2000・12) p.136
	京叔盨	9	西周晩期－春秋早	鄭		考古與文物2003. 2 p.81-85
	利鼎	69	西周		未詳	文物2006・12p.69-
	自作盤	11	西周		未詳	文物2006・12p.69-
	周□壺	22	西周		未詳	考古与文物2006-6 p.58-65 収蔵2006・4 p.90-93
	作寶彝壺	3	西周		未詳	考古与文物2006-6 p.58-65 収蔵2006・4 p.90-93
	伯和鼎	28	西周		未詳	国立歴史博物館蔵青銅器図録1995 p.21
	單鼎	7	西周			文物2004・7 p.4-11
	單爵	5	西周			文物2004・7 p.4-11
	□祖辛鬲	3	西周			文物2004・7 p.4-11
	交父辛觶	3	西周			文物2004・7 p.4-11
	丹叔番盂	6	西周			考古与文物2001・5 p.89-90
	未父己爵	3	西周			考古学報2000・2 p.199-256
	酉鼎	1	西周			考古2001・4 p.27-44
	倗母鼎	2	西周			文物1989・12 p.92
	伯敢□盨	18～12	西周			保利蔵金1999 p.91-96
	伯□壺	3	西周			The Bella and P.P.Chiu Collection Ancient Chinese Bronzes(趙氏山海楼所蔵古代青銅器) 1988 編号27
	應侯鼎	17				古文字学論稿p.1-4
	采隻簋	38	西周		未詳	上海文博2009・3 p.92-
1-96	蔡公子叔湯壺	31	春秋早期	蔡	未詳	中国文字 新22(1997.12) p.151-164
1-119	宋君夫人鼎	21	春秋早期	宋	未詳	第四届国際中国古文字学研討会論文集2003, p.107-116
2-87	秦子姫簋蓋	40	春秋前期	秦	未詳	故宮博物院院刊2005・6 p.22 珍秦斎蔵金30
2-89	秦政伯喪戈1・2	23	春秋前期	秦	未詳	故宮博物院院刊2006-6 p.106 珍秦斎蔵金42
4-131	子仲姜盤	32	春秋早期		未詳	子仲姜盤1997
4-133	魚公匜([魚木]公匜)	21	春秋早期		未詳	夏商周青銅器研究(東周編上)2005 p.98-99
	卜淦□高戈	11	春秋早期	秦		考古与文物1990・3 p.65-=67
	秦公壺	6	春秋早期	秦		中国文物報2004.2.27:7 中国文物報1994.10.30:3
	□斧	1	春秋早期	秦		考古1986.4 p. 337-343
3-109	大市量	30	春秋前期、戦国中期	楚	未詳	古文字研究22 p.129
4-137	嘉子孟嬴[古旨]缶	27	春秋中期		未詳	ARTIBUS ASIAE Vol.LIV,3/4(1994) 香港 第二届国際中国古文字研究会論文集
	寿元杖首	2	春秋中期	薛		考古学報1991・4 p.449-494
	薛比戈	6	春秋中期	薛		考古学報1991・4 p.449-494
	薛郭公子商微戈	7	春秋中期	薛		考古学報1991・4 p.449-494
1-121	宋右師延敦	32	春秋晩期	宋	未詳	文物1991・5 p.88-89 中原文物1992・2 p.87
4-139	文公之母弟鐘	37	春秋晩期		未詳	夏商周青銅器研究(東周編上)2005 p.260-261
	隁凡伯怡父鼎	32	春秋晩期		未詳	徐中舒先生百年誕辰紀年文集1998 p.122-127
	虜簠(□孫□簠)	22	春秋晩期		未詳	文物1994・4 p.77-79 第三届国際中国古文字学研討会論文集1997
3-106	楚王簋・鬲・豆	21	春秋晩期	楚		古文字学論稿p.74-85
	薳子辛簠	6	春秋晩期	楚		文物天地1993・2 p.12-14
	少[虍□]剣	14存	春秋晩期			文物季刊1998・1 p.3-13
	侯戈	3	春秋晩期			考古1999・2 p.89-90
	玄鏐戈	8	春秋晩期	呉		考古2001・2 p.45-54
	攻呉王姑發諸樊戈	11	春秋晩期	呉		文物研究13(2001・12) p.320-321
	蔡侯申戈	6	春秋晩期	蔡		雪斎学術論文二集2004. 12 p.86(編号18)
	□公戈	3存	春秋			雪斎学術論文二集2004. 12 p.82(編号7)
	伯舄戈	4	春秋			雪斎学術論文二集2004. 12 p.82(編号8)
	楚固戈	5	春秋			雪斎学術論文二集2004. 12 p.82(編号10)
	[耳童]戈	7	春秋	呂		雪斎学術論文二集2004. 12 p.85(編号15)
	伯□邛戈	10	春秋			雪斎学術論文二集2004. 12 p.84-85(編号14)
	□陽邑令戈	10存	春秋			雪斎学術論文二集2004. 12 p.87(編号23)
	冒王之子戈	12	春秋			雪斎学術論文二集2004. 12 p.83-84(編号13)
	馬雝令戈	11	春秋			雪斎学術論文二集2004. 12 p.88(編号27)
	十二年□陽令戈	14	春秋			雪斎学術論文二集2004. 12 p.87(編号24)
	十一年令少曲慎彔戈	14	春秋			雪斎学術論文二集2004. 12 p.87(編号25)
	壬午吉日戈	17	春秋			雪斎学術論文二集2004. 12 p.87(編号21)
	耳鋳公剣	4	春秋			考古與文物1989. 6 p.28-29

近出殷周金文目録

集-頁	器名	字数	時期	国族	出土地あるいは所蔵者	著録
	図作寶鬲	3存	春秋			中原文物1992. 2 p.87-90
1-63	陳侯匜	29	春秋	陳	未詳	(汪涛提供) 近出二 959
1-100	蔡侯簠	24	春秋	蔡	未詳	中国文字 新22(1997.12) p.151-164
1-98	蔡大司馬燮盤	30	春秋	蔡	未詳	古文字研究24 p.168 近出二936
3-34	斉叔姫盤	20	春秋	斉	未詳	海岱考古1 p.323
4-135	□余敦(益余敦)	27	春秋		未詳	保利蔵金続2001 p.182-185
	曾子義行簠	17～16	春秋	曾		東南文化1991・1 p.204-211
	十四年戈	7存	春秋			雪斎学術論文二集2004. 12 p.87(編号22)
	秦公壺	5	春秋			中国文物報 2004 1194:7
	□(塞)公戈	4	春秋			文博2006:3 p.4-7
	斉伯里父匜	19	春秋		未詳	文博2011・2 p.22
	杞伯每刃簋	19	春秋		未詳	文博2011・1 p.12
	楚王鼎	28	春秋		未詳	江漢考古2011・4 p.68
3-5	王立事鈹(漁陽鈹)	29	戦国早期	燕	未詳	夏商周青銅器研究(東周編下)2005 p.364-365
	国楚戈	5	戦国早期	齊		考古2000・10 p.46-65
	郤氏左戈	3	戦国早中			中国文物報1992・6・14:3
	王矛	1	戦国中期			文物1993・6 p.65-76
	武城戈	3	戦国中晩	齊		考古与文物1999・1 p.96、43
	齊城左戟	10	戦国中晩	齊		中国古文字研究 第一輯(1999. 6) p.296－
	司馬□戈	4	戦国晩期	燕		中国古文字研究 第一輯(1999. 6) p.296－
	燕王喜戈	7	戦国晩期	燕		中国古文字研究 第一輯(1999. 6) p.296－
	燕王喜戈	8	戦国晩期	燕		中国古文字研究 第一輯(1999. 6) p.296－
	燕王喜剣	7	戦国晩期	燕		中国古文字研究 第一輯(1999. 6) p.296－
	三年建信君鈹	18	戦国晩期	趙		中国古文字研究 第一輯(1999. 6) p.296－
1-125	六年襄城令戈	24	戦国晩期	韓	未詳	第三届国際中国古文字研討会論文集1997 雪斎学術論文二集(2004.12)p.89
2-91	咸陽方壺	22	戦国後期	秦	未詳	故宮博物院院刊2006-2 珍秦斎蔵金119、120
2-93	元年上郡仮守暨戈	20	戦国後期	秦	未詳	故宮博物院院刊2006-2 p.77
2-95	三十二年相邦冉戈	29	戦国後期		未詳	故宮博物院院刊2006-2 p.73 珍秦斎蔵金78～85
2-97	元年安平相邦戈	21	戦国後期	秦？	未詳	故宮文物月刊272
3-9	燕王職壺	28	戦国晩期	燕	未詳	上海博物館集刊8(2000・12) p.144-150 考古1973-4
3-11	十五年相邦春平侯剣	20	戦国晩期	趙	未詳	考古2005・2 p.93-96
3-11	十七年春平侯鈹	25	戦国晩期	趙	未詳	考古1991・1 p.57-63
3-14	十八年平国君鈹	26	戦国晩期	趙	未詳	考古1991・1 p.57-63
3-15	十六年守相□平侯鈹	24	戦国晩期	趙	未詳	欧州所蔵中国青銅器遺珠1995 p.178 第三届国際中国古文字学研討会論文集1997
	十八年冢子韓[矢曾]戈	21	戦国後期		未詳	古文字与古代史・第1輯p.330～
4-141	三年大将李牧弩機	23	戦国後期		未詳	文物2006-4
	十一年皋落戈	16	戦国晩期	韓		考古1991・5 p.413-416
	笉止鼎	2	戦国晩期	秦		文物1985・5 p.44-46
	正立下官鼎	4	戦国晩期	秦		文物1985・5 p.44-46
	高奴簋	6	戦国晩期	秦		文物1985・5 p.44-46
	左無帯鉤	2	戦国晩期			文物2004・1 p.4-16
	龍陽庶子燈	4	戦国晩期			文物2004・1 p.4-16
	脩鋪首	1	戦国晩期			文物2004・1 p.4-16
	四年相邦春平矦鈹	19	戦国晩期	趙		考古与文物1989・3 p.22-21、19
	四年[戈阝]相楽遽鈹	18	戦国晩期	趙		考古与文物1989・3 p.22-21、19
	王大后右相室鼎	8	戦国晩期	燕		考古与文物1994・3 p.100-102
	十五年高陵君鼎	19	戦国晩期	秦		考古与文物1993・3 p.269-270,268
	襄城楚境尹戈	11	戦国晩期			考古1995・9 p.75-77
	以供歳嘗残器	4	戦国晩期	楚		安徽出土金文訂補1998 p. 356-357
1-127	春成侯盉	29	戦国晩期	韓	未詳	上海博物館集刊8(2000・12) p.151-168 商周青銅器研究628
1-129	春成左庫戈	27	戦国後期		未詳	珍秦斎蔵金142、143
1-131	安陽戈	26	戦国晩期	韓	未詳	考古1988・7 p.616-620
	大陰令戈	18？	戦国	魏、趙	未詳	武陵新見古兵三十六器集録 32
3-18	廿年相邦建信君剣	21	戦国	趙	未詳	考古2005・2 p.93-96
	燕王戎人戈	7	戦国	燕		雪斎学術論文二集2004. 12 p.86(編号19)
	三年武平令剣	19	戦国	趙	未詳	考古2005・2 p.93-96
	蒙戈	1	戦国			東南文化1991. 2 p.258-261
3-18	十二年相邦建信君剣	20	戦国	趙	未詳	考古2005・2 p.93-96
	三年藺令戈	15存	戦国	趙		雪斎学術論文二集2004. 12 p.88-89(編号28)
3-18	六年相邦建信君剣	20	戦国	趙	未詳	考古2005・2 p.93-96
	九年藺令戈	14	戦国	趙		雪斎学術論文二集2004. 12 p.89(編号29)
	陳□因始戈	12	戦国	趙	未詳	考古2005・2 p.93-96
	[単心]狐戈	2	戦国	韓		雪斎学術論文二集2004. 12 p.81(編号6)
	銅鞮右庫戈	4	戦国	韓		雪斎学術論文二集2004. 12 p.88(編号26)
	十九年冢子戈	18	戦国	韓		中原文物1992. 3 p.66
	□年芒碭守令虔戈	12	戦国	魏		東南文化1991. 2 p.258-261
	六年大陰令戈	17	戦国	魏		雪斎学術論文二集(2004.12)p.89 武陵新見古兵三十六器集録 32
	[羊永]陵公伺□戈	13	戦国	楚		考古與文物1996. 4 p.36-37、35
	廬氏戈	2	戦国	秦		東南文化1991. 2 p.258-261
	寺工矛	11	戦国	秦		文物1989.6 p.73-74
	五十年詔事戈	11	戦国	秦		雪斎学術論文二集(2004.12)p.89
	八年丞甬戈	12	戦国	秦		雪斎学術論文二集(2004.12)p.89
	廿四年丞□戈	14	戦国	秦		雪斎学術論文二集(2004.12)p.89
	□九年藺令戈	存7	戦国	趙		雪斎学術論文二集2004. 12 p.89(編号30)
1-132	滎陽上官皿	24	戦国	韓	未詳	文物2003・10 p.77-81
2-99	廿九年奩	20	戦国	秦	未詳	中国文物報1990.02.15 秦文字集証p.46 商承祚『長沙古物聞見記』巻上p.16

近出殷周金文目録

集-頁	器名	字数	時期	国族	出土地あるいは所蔵者	著録
3-16	二年邦司寇趙或鈹	23	戦国	趙	未詳	保利蔵金1999 p.273-276
3-17	六年相邦司空馬鈹	29	戦国	趙	未詳	保利蔵金1999 p.273-276
	陳逆簠	76	戦国	陳	未詳(貴州省案順地区で獲得)	考古2005・2 p.93-96
	合陽矛	6	戦国			中原文物1988・3
	大子鼎	15	戦国	燕		文物2001・6
	公賜鼎鼎	3	戦国			文物2001・12 p.41-59、64
	公賜鼎盉1・2	3	戦国			文物2001・12 p.41-59、64
	□□癸鼎	3	西周			考古与文物1991・1 p.3-22
	作彝盉	2	西周			考古与文物1991・1 p.3-22
	爻父乙斝	3	西周			考古与文物1991・1 p.3-22
	□伯鬲	5	西周			考古与文物1991・1 p.3-22
	□戈	2	戦国			考古1985・12 p.1152
	陳發戈	4	戦国	齊		文物2001・10 p.45-51
	燕王職戈	7	戦国	燕		故宮文物月刊13巻10期/総154(1996.1)
	燕侯職矛	3	戦国	燕		故宮文物月刊13巻10期/総154(1996.1)
	齊城戈	7	戦国	齊		文物2000・10 p.74-75、84
	燕王職剣	8	戦国	燕		考古1998・6 p.83
	十九年邦司寇陳授鈹	18	戦国	魏		東南文化1991・2 p.258-261
	七年大梁司寇綬戈	14	戦国	魏		東南文化1991・2 p.258-261
	光張上下距末	8	戦国	楚		古文字研究24(2002・7) p.267-271
	[忄吁]距末	8	戦国	楚		古文字研究24(2002・7) p.267-271
	□釜	1	戦国	巴蜀		考古1991・10 p.892-901
	楽嗣子盉	3	戦国			The Bella and P.P.Chiu Collection Ancient Chinese Bronzes(趙氏山海楼所蔵古代青銅器) 1988 p.90-91
	三年大将弩機	19	戦国		未詳	文物2006・4 p.78
	□□灯	2	戦国		未詳	文博2008・2 p.7-
	[己其]姜生之孫鼎	25	戦国		未詳	文博2008・2 p.7-
	十二年丞相啓顛戈	19	戦国		未詳	文物2008・5 p.67-

作成:2014/12/25 浦野俊則

後　記

一九九五年から二〇〇〇年にかけ、中国では初期王朝の実年代を考究する「夏商周断代工程」の国家プロジェクトが進められた。その成果として、中国最古の夏王朝が存続した年代は、前二〇七〇年頃から、前一六〇〇年頃までであり、二里頭遺跡は夏王朝の遺跡とするのが結論の一つである。

ただ、こうした見解に対しては、中国はもとより、我が国でも種々の意見が出されている。二里頭が残した集団を夏と呼んでよいか、それを王朝とみなすべきか、多くの論点で意見は別れるところである。このような議論の中で、歴史研究の一次史料として青銅器の果すべき役割が注目されている。その理由として、古代青銅器は礼器として発展し、社会的機能を果したが、青銅礼器は単なる宗教法器とは異なり、宗廟において上帝、鬼神、祖先を祀るための祭器であると同時に、人間社会のなかで王と臣下、身分の上下関係を明記する礼器でもあったことが、中国の古代における文明の仕組みを反映しているからである。

『近出殷周金文考釈』第四集となる本冊は、近年出土の青銅器中、出土地が明らかでないものを収めたが、中に就いて「作冊般黿」という特殊な器を載せた。文献中、例えば十三経中に、射儀に関する用例はおびただしいが、黿が登場するものはない。これまで射に関する金文中にも黿の記述はなく、今回の例が初出である。射漁の儀礼に関しては、『周礼』等の文献に見える射や漁の礼に比較すると、西周金文中に見える記述は、儀礼として存在していたことは確かであるが、他の儀礼との関係が明らかでなく、文献上の在り方に比べて儀礼としては発展途上の感があり、その距離は相当に大きいと言わざるを得ない。本冊の考釈作業を通して、このような概観を得ることができたのと同時に、近年出土の銘文から従来の知見にはなかった点が判明したのは収穫である。

ところで、二〇〇八年に二松學舍大学東アジア学術総合研究所の共同研究の助成を受け、学術叢書として公刊の機会を得てから、本プロジェクトでは『近出殷周金文考釈』第一集（河南省）から、第二集（陝西省等）、第三集（北京、山東省、江蘇省等）と、中国各地における新出土の青銅器銘文の考釈を進めてきた。本冊第四集は、出土地が未詳のものを収めたことで、現時点においての一応の報告の任を果したこととしたい。これまで共同研究プロジェクトに御助力を賜った多くの方々に深く感謝の意を表するものである。

二〇一四年十二月

高澤浩一識す。

【執筆者紹介】

髙澤浩一（たかざわ　こういち）
一九五八年生。二松学舎大学大学院中国学専攻修了
二松学舎大学文学部教授
「梁啓超碑帖跋」（『書学書道史研究』第一二号、二〇〇二年）
「王文治の書法鑑賞観」（『望岳室古文字書法論集』萱原書房、二〇〇六年）
「何君閣道摩崖の書」（『書学書道史研究』第一七号、二〇〇七年）
『書道要説』（二松学舎サービス、二〇〇九年）
『顔真卿・東方朔画賛』（天来書院、二〇一一年）

大橋修一（おおはし　しゅういち）
一九五〇年生。大東文化大学中国文学科修士課程修了
埼玉大学教授・東京学芸大学連合大学院教授
『ヴィジュアル書芸術全集　第五巻　南北朝』（雄山閣、一九九一）
「江戸末期における書文化考」（『文字文化と書写書道教育』萱原書房、二〇一一年）
「殳書試探」（『書学書道史論叢／二〇一一』萱原書房、二〇一一年）

染谷　進（そめや　すすむ）
一九五六年生。大東文化大学文学部卒
千葉県立京葉高等学校教諭
「金文学習における指導上の留意点」（全国高等学校書道教育研究会、二〇〇八年）
「召尊解題」（『全国高等学校書道教育研究会集録』、二〇〇九年）

津村幸恵（つむら　さちえ）
一九六五年生。東京学芸大学大学院修士課程修了
千葉大学教育学部非常勤講師。
「大英博物館蔵殷周金文略考」（『望岳室古文字書法論集』萱原書房、二〇〇六年）
『明解書写教育』（分担執筆、萱原書房、二〇〇九年）

長谷川良純（はせがわ　よしずみ）
一九八二年生。二松学舎大学大学院博士後期課程中国学専攻単位取得満期退学
二松学舎大学非常勤助手
「卜辞の語法系統についての研究1―「穀物の稔りを祈求する」内容の卜辞」（『二松学舎大学人文論叢』第八八輯、二〇一二年）
「卜辞の語法系統についての研究2―卜辞における時間詞のとり方から考える」（『二松』第二六集、二〇一二年）
「㺇簋銘文新釈」（『二松学舎大学論集』第五八号、二〇一五年）

本間一洋（ほんま　かずひろ）
一九七五年生。淑徳大学大学院修士課程修了
淑徳大学書学文化センター研究員・高等学校非常勤講師
創玄展審査会員　毎日書道展漢字部会員
「曹全碑考―拓本の新旧に関する一考察―」（『書学文化』第九号、二〇〇七年）
「語石異同評　七～九」他（『書学文化』第一二号～第一六号、二〇一〇年～二〇一五年）

浦野俊則（うらの　としのり）
一九四〇年生。新潟大学教育学部卒
植草学園大学教授・元二松学舎大学教授
『近出殷周金文集成』第一集～第五集（二松学舎大学東洋学研究所、一九八九～九六年）
「陝西眉県楊家村出土逨器銘文考釈」（『望岳室古文字書法論集』萱原書房、二〇〇六年）
「秦公簋銘の字模考」（『二松学舎大学百三十周年記念論文集』二〇〇八年）
「射魚礼関係金文考釈」（『二松学舎大学東アジア学術総合研究所集刊』第三九集、二〇〇九年）
「西周金文における同銘異筆試論―㺇簋銘文を例として―」（『書学書道史論叢／二〇一一』）

中溝かおる（なかみぞ　かおる）作字担当
一九五九年生。二松学舎大学大学院修士課程修了
神奈川県立弥栄高等学校非常勤講師
神奈川県立綾瀬西高等学校非常勤講師

二松学舎大学学術叢書

近出殷周金文考釈　第四集

二〇一五年三月二〇日　第一版第一刷印刷
二〇一五年三月三〇日　第一版第一刷発行

定価［本体六八〇〇円＋税］

編　者©髙　澤　浩　一
発行者　山　本　實
発行所　研文出版（山本書店出版部）
〒101－0051
東京都千代田区神田神保町二－七
ＴＥＬ　03－3261－9337
ＦＡＸ　03－3261－6276
印刷・製本　モリモト印刷

ISBN-978-4-87636-394-0